当代作家作品精选集

风软一江水

黄复彩 著

贵州出版集团
贵州民族出版社

图书在版编目（CIP）数据

风软一江水 / 黄复彩著 . -- 贵阳：贵州民族出版社，2025.6. --（当代作家作品精选集）. -- ISBN 978-7-5412-3094-3

Ⅰ . I267

中国国家版本馆CIP数据核字第2025V3740G号

风软一江水
FENG RUAN YI JIANGSHUI

著　　者｜黄复彩
图书策划｜李江山　魏润滋
责任编辑｜李江山　杨　意
装帧设计｜姜　龙　胡小珍
出版发行｜贵州民族出版社
地　　址｜贵州省贵阳市观山湖区长岭北路贵州出版集团18楼
邮　　编｜550081
电　　话｜0851-86825177
印　　刷｜长沙市雅高彩印有限公司
开　　本｜880 mm×1230 mm　32开
印　　张｜11.75
字　　数｜320千字
版　　次｜2025年6月第1版
印　　次｜2025年6月第1次印刷
书　　号｜ISBN 978-7-5412-3094-3
定　　价｜82.00元

版权所有，盗版必究
图书凡有印装差错，请与营销部联系

自 序

永不干涸的河流

故乡大通，古名澜溪，位于长江中下游右岸，顺江而生，水，几乎占据了我童年的大部分记忆。仿佛有一只无形的大手在操控着，每隔三五年，江水就会爬上堤岸，涌进街道，大通人便说："上水了。"日子照常地过，商店照常地营业，男人照常喝酒，女人照常骂街，码头上的船工号子也一声比一声响亮。多少年了，大通人对"上水"这件事早就习以为常。"小暑涨一寸，大暑退一尺"，一般说来，少则三五天，多则半月，水退下去，退到江心，只是少不得要有一番忙碌：清淤，打扫屋子，将被水泡松的墙窟窿补齐，抹上水泥，涂上白灰。繁盛了多少年的街道恢复原来的模样。这颇似人类的生活，快乐与烦忧相伴而生。没有一帆风顺的人生，苦难的泥土中总会孕育起美艳之花。

2019年，江水又一次漫进故乡的石板路街。我特地回到故乡。大雨倾盆，一艘木船载着我们在大雨中穿街而过。眼看那条熟悉的街道被泡在一米多深的洪水中，眼看人声鼎沸的水陆码头寂无人影，我忽然觉得自己的聊发少年狂是多么可笑。看着船工浑身精湿地为我们努力撑船，忽然就有了一丝羞愧。这一刻才明白，我已非我。我已不再是趁着父亲不注意，一个跟斗栽到水街道上游得畅快的顽童，亦不再是吃饱肚子便忘了一切的少年。七十余年过去，故乡的一切，越来越频繁地出现在我晚年的梦中，既有苦痛，也有欢乐。

进入晚年，我几乎每年都会回来几次，或是在附近开会，或是路过，或是我就想回来看看，就是这样。这样的好处是让我能一直保持对故土的新鲜感和认同感，每每精神疲倦，闻一闻故乡的味道，晚上做一个童年的梦。但我知道，我再也回不到童年时代，或者说，我已不再属于这条街道。每念及此，我内心难免会生出一丝痛楚。这条起于唐宋、兴于清末民初的古镇街道，见证了太多的骄傲，太多的屈辱，太多的辛酸与苦难。毁灭与重生，是历史的常态，也是故乡的周期。我书中零散的文字，是一段古镇的历史，也是我的某一段个人生活史。奇妙的是，当我提起笔重新回顾这一段历史时，居然有一种别样的甜蜜。

这本书稿分上下两部，书稿上部是以童年的视角对故乡生活的观照，下部则是我近些年行走大江南北的随记。

《风软一江水》是一首献给故乡的歌。我以这本书表达自己对这片赖以生存的土地的深情。我写作这些文字的同时，也是不断修复自我心灵的过程。唯此，我希望在余下的时光中我能更多地爱这个世界，以回馈这片土地上所有的人。

黄复彩
2024 年 10 月

目 录

上部·故乡的河

一条大河波浪宽 / 002

夏日清凉 / 006

桃花 / 010

一九六三年的婚礼 / 013

棉花 / 019

油画 / 028

年画 / 033

江流天外 / 036

老屋烟火 / 043

湖岸 / 047

一口老井 / 066

俱乐部 / 069

奔跑的篮球 / 073

鹊江码头 / 076

共和街 64 号 / 079

旧街 / 083

头顶上的事业 / 088

蓝色的江豚 / 092

一条船,父亲母亲和我们 / 095

茶歌 / 108

宋村瓦相 / 115

灯花 / 121

端午 / 125

清明时节 / 130

皖南老街 / 135

走皖河（三篇）/ 139

二道街 / 151

和悦洲小上海 / 154

三道街 / 160

木匠 / 165

青通河赋 / 169

大新娘子 / 173

挑水的老陈 / 178

小菜园张家 / 181

我的名字叫黄狗 / 186

故乡记 / 197

沧江百折来，到此如东流 / 204

夜路 / 208

变声期 / 215

窃书记 / 220

一屋书香 / 226

黄小姑 / 230

故事中的故事 / 235

温樽 / 239

经世学问（二篇）/ 245

岁月之河 / 249

下部·过去的足迹

余氏父子 / 254

把心放下 / 260

欢喜心（外一篇）/ 263

贵池看傩 / 266

放猖 / 271

沈从文的歌 / 275

茶姑子 / 278

滁州的亭子 / 283

兴济桥 / 287

安园小记 / 290

竹米 / 292

雾与悟 / 297

村庄（外一篇）/ 299

朱家大屋 / 306

春天，在秋浦河源头 / 310

杨梅烧酒 / 315

楼台山记 / 318

神龙谷 / 321

庙前的雨 / 324

一只画眉鸟 / 328

螳螂 / 330

书蠹 / 333

会飞的蟋蟀 / 336

半山亭记 / 339

家在龙山凤水 / 343

看车人的生活 / 346

打烧饼的中年夫妇 / 349

青阳六记 / 352

跋：我的老师黄复彩 / 357

上部 故乡的河

我知道，若干年后，我将会永远地归于这条河。那时候，就让这条河载着我的灵魂，穿越在无限的时空。我可以对自己说，我就是一条河，一条真正的永不干涸的河流。

一条大河波浪宽

很多年前的一次写作，让我对故乡文学有了更多的涉猎。在中国文学的历史长河中，清初的查慎行少有人知，但他却是一名杰出的文人。

吾生也晚，故乡在青通河南岸，晚来又好居于九子山下，此诗一读，就放不下了。青通河之水与鹊江汇合，在下游汇入长江主干流，一泻千里。一江之水孕育了一河两岸。北边的和悦洲如一片绿荷漂浮在浩瀚的江面上，南岸的澜溪如一只巨鹊匍匐于岸边，两岸之水就有了一个好听的名字——鹊江。

鹊者，喜阳性，乃喜庆之鸟。不知是谁给故乡取了这样一个喜庆而好听的名字，我们应该感谢他。

鹊江是一条温暖的水流，它孕育了我的童年和少年。从出生始，吃之哉河，饮之哉河，它是我的兄弟，也是我童年最好的伙伴。夏日午上，趁父母不备，几个小伙伴一溜烟就到了河边，脱下衣裤,将其藏在某一处树洞里,接着一个个就如浪里白条,一头扑进鹊江,不一刻,就到了下游的大矶头。眼看着下游那一片水域波浪翻涌,他们赶紧攀住一艘上行的船只,哪管船夫站在船舷,喝声凌厉,很快便回到刚才下水处。有时候,藏在树洞里的衣裤被恶作剧者窃走,或是短裤上爬满了蚂蚁,那又是一则乐极生悲的故事。

故乡有鱼,丰肥了两岸。

八九月鱼汛期,鹊江上的渔罾遮天蔽日。河两岸,家家有罾,罾罾有鱼。二三月的草混,五六月的青混,七八月的江洄,九月里的白鳊,腊月里的鲈鱼和肥鲫。最难忘怀是九月,肥嫩的白鳊总是一群群来,一群群去。它们来时,上游的河岸处便有一阵骚动,呐喊之声沿着江岸风暴一般刮下来,一直刮到鹊江之尾。随着渔罾的起起落落,江岸上鳞光波动,鱼跃鸢飞的景象怎不令人激动难扼?冬天,鱼潜于渊,但却是江虾的季节。我们用四根竹竿撑住一块纱布,十几只小罾在江边一字排开,人就在那些小罾前来来回回,几乎每一罾都不会落空。江虾形如弯钩,色泽透明。人们捞回的江虾一时吃不完,就置于阳光下暴晒几日。等江虾干透了,将其包在纱布里,于石板路上一顿猛砸,簸去虾皮,留下青白的虾仁,做成虾酱。几滴香油,加一勺辣椒,饭头上蒸着,香着,辣着,急着,那餐饭就吃得大汗淋漓。

那一年大哥病重,看情形是无法挽回了。病房里,兄弟俩说着少年时的种种往事,说到了父母的艰难,说到了日子的艰辛,而当说到鹊江岸边夜间扳虾的事,大哥的脸上便有了一丝煦红,我们的谈话也热烈起来。

白日间，兄弟俩一个要上班，一个要上学，我们便选择夜间出行，在江边选一个位置，就等着这一晚的运气了。正是江虾活动的季节，冬天的夜晚，寒风刺骨，兄弟俩一个起罾，一个投食，起罾的瞬间，网罾里一阵欢跳，顿时忘却了寒冷。虾群一阵阵地来，一阵阵地去。虾群来时，我们手忙脚乱，虾群去时，我们就坐在沙滩上，说着闲话，或什么话都不说，默默地坐在江岸上，看江上的景色。月牙如钩，江风习习，波动的江水中抖出一片散碎银子。一艘航船驶来，网罾被随之而来的浪头卷走一二，兄弟俩又是一阵手忙脚乱。夜深了，耐不住瞌睡的我歪在沙滩上睡着了，大哥舍不得回家。等我醒来，提出水面的虾篓已经很沉了，兄弟俩这才打一个哈欠，收拾网罾，昏昏糊糊地往家里走去。母亲打开门，吓了一跳，说："还以为你们兄弟俩在楼上睡觉呢。"见到篓子里的虾子，母亲乐呵呵地说："这要值好几角钱呢。"

很多年前，我曾想在故乡置一处房子，再于江岸安几只小罾。但我知道，在无数个岁月的路上，我已丢失了许多，我已非我，而爱我疼我的大哥撒手天涯，再也找不回幼时的快乐了。年岁的枯槁，我唯一能做的就是愈加频繁地回到故乡。在故乡的石板路上，我一趟一趟来来回回，人们不知我究竟要寻找什么，我也不知。

有一年，我遇到童年时的街邻钱和生。退休后的老钱不辞劳苦，硬是在旧居的阁楼开辟出一个家庭博物馆，那些带着旧时风情的家具、古董、泛黄的书籍以及二十世纪的各种票证等杂七杂八的老物件，堆满了那间低矮的阁楼。那些被他祖辈温暖的大手摩挲过的每一件锅瓢碗盏都带着时代的包浆，逃过一次次劫难。他给他所有的亲属都配上一把钥匙，为的是让他们在空闲的时候能随时回到这间老屋重忆父母的恩德,重温一个大家庭的兄弟姐妹们共居一室的温馨。钱和生的行为被很多人称为"迂腐",但我却被他的故事感动了。

站在老钱家的阁楼上,透过临江那扇窄小的窗户,可以一览那千古不变地流淌着的一脉江水。鹄江对岸的龙头山上,西班牙人的大钟亭卓然而立。目光越过那片江水,只见不远处银白的江滩上,浪涛拍岸,卷起千堆雪。

对着那片充满温情的江水,脑海中忽然涌起一句抒情而澎湃的歌词:一条大河波浪宽……

夏日清凉

一条麻石铺就的石板路，两旁一色，带着民国风情的徽派建筑，说不清有多少年了。马头墙、穿方的梁，梁上有一些戏文上的人物，生旦净末，俱是人间大戏场。石板路毗邻着鹊江，街道上有一家连着一家的旅社、各种商铺、药店、照相馆以及数不尽的往来人流。

铁匠铺的掌柜姓丁，带着他的徒弟。师徒俩都很本分，话也不多，每天只听到从他的铺子里传来一阵紧似一阵的打铁声。因街道连接着乡镇，找丁铁匠打制锄头镰刀之类农具的人数不胜数，即便是在这暑热的中午，他们的铺子里仍是风箱习习。白铁店里的张小扣也是一个不肯闲下来的人。这时，他把一块白铁皮贴在一根茶碗粗的圆铁棍下，然后用一块方木一下一下地捶打着那块白铁皮，不多久，一只大号茶炊完工了。

午饭后，棉匠老梅和他的一帮伙计们就睡在作坊里的大铺板上。他们打着赤膊，穿着短裤，起先还在恹恹地说话，说到开心处哄然一笑，接着就得了号令似的，说睡着就都睡着了。他们睡得很沉，相互粗粗地打着呼噜，汗把身子底下的铺板濡湿了一片，任凭丁铁匠和张小扣起劲地发出一声接一声刺耳的敲击声，只是在各自的清梦中。

杂货店里的老佘此时虽坐在柜台后面，头却一点一点地打着盹。杂货店不大，一个"L"字形柜台临着老街，柜台里面的架子上放着烟、酒、火柴、糕点、大表纸什么的。这时候，一个孩子穿着木踏子噼噼啪啪地跑到老佘的杂货店来，猛然一叫："买糖，来两块糖！"说着就将手中的零角子重重地拍在柜台上，那气势不减绍兴城里排出九文大钱的孔先生。这叫声让老佘猛地从瞌睡中惊醒，他骂一声："小狗日的，吓我一跳！"但他还是很高兴地接下这一笔生意，将几块什锦糖扔到柜台上，拾起手边的一把蒲扇，使劲摇了几下。瞌睡是没了，但人仍是恹恹的，两眼迷离地看着街道上正在"打水"的公鸡。

正是一年中最热的时分，太阳毒辣地照在石板路上。不知是谁家的孩子为了追赶出门玩水的哥哥，鞋也来不及穿就跑到街道上，结果小脚板被灼热的石板路烫得左右起跳。于是，孩子的娘追出门来，一边指着那追不到影的"大短命鬼"，嘴里说着晚上要扒他的皮，一边抱起"小短命鬼"，并腾出手来抽打他的小屁股，抽打得那"小短命鬼"越发没命地哭叫起来。这时候，有人从门洞里探出头来骂一句什么话，打一个哈欠。丁铁匠的一把锄子刚刚出炉，于是，尖锐的"叮叮当当"声盖过了方才发生的一切，街道上只剩下一片此起彼伏的捶打金属的声音。

午后的那段炎热的时间实在是太长太长了,人们都等着太阳落下去的那一刻。

时光漫长得快让人窒息,过了很长时间,太阳终于慢慢地沉到对面的屋顶下,落到江里,江面上一片煦红。江面上吹过来一阵风,风中仍带着一股火烧火燎。于是,连那只睡在街檐下的狗也站了起来,抖一抖身上的黄毛,然后懒洋洋地去啃不远处的一块西瓜皮。

傍晚,人们早早地在门口泼上水,好让暑气随蒸腾的水汽挥发开去。接着,女人将家里的竹床搬到门口,街道上的晚餐开始了。那是一种铺排,也是一种展览,有乌黑的霉干菜烧肉,有熏得焦黑的小干鱼,还有臭干子炒辣椒。男人照例是要喝两盅的,于是就坐在竹床头上,用赤着的双脚抵在自己的屁股底下,街道上飘着一股经久不息的酒香。隔壁与隔壁的人家相互交换着小菜,人们谈论着这一天所发生的事情,孩子们端着饭碗仍是不肯安生,满世界地疯跑着。谁家的孩子一不小心扑倒在地,手里的瓷碗溜溜地在石板路上滚动着,林林总总地洒了一地。于是,女人撵上来,少不得又是一顿好骂好打。男人们对这一切仿佛浑然不觉,他们只是喝着酒,仍是兴奋地说着他们男人世界里的事情。

晚饭结束,男人早已放下了碗,在女人的一再催促下进屋洗澡去了,洗过的水再泼到街道上。洗澡的时候,也是孩子遭殃的时候。脱光了的孩子知道迟早有这么一顿,只是站在澡盆里拼命地干嚎,绝望地等待这一刻早一点过去。有趣的是女人骂着骂着就离了题,于是,听出话音的另一家女人当然不会息事宁人。街道上的女人们就像那树上的蝉,整天的知了知了。可是,她们到底知道些什么呢？

天黑尽了，街道上的路灯浑浑黄黄，一片木踏子碾过石板路的声音响起。男人们赤着膊，摇着蒲扇串门去了。女人们坐在竹床上，身上的穿着因天气的炎热实在不能再少。不知是谁在这时候拉起了一把二胡，那二胡呀呀的声音似乎平息了街道上一天所有的暑热所有的烦闷，于是，有人建议隔壁的鲍小翠唱一段黄梅戏。鲍小翠年轻时曾跟着当时红遍大江南北的桂月娥跑过很多大码头。桂月娥的班子每到一个码头都会唱《小辞店》《渔网会母》《乌金记》，一般都是连唱七天，七天时间里，天主教堂的那间礼堂里场场爆满。有时候，鲍小翠会接替桂月娥串场唱上一段，好让桂月娥喝几口茶，吸半支烟。

时光漫卷，桂月娥连同她的班子换了一茬又一茬，但鲍小翠似乎仍活在戏里。桂月娥歇戏后，鲍小翠也黄花不再，偶尔，她还会在镇上的业余剧团客串一个角色。虽已不再是当年明月，但鲍小翠一开腔，街道上那些见过世面的老男人仍然热泪盈眶。在鲍小翠的歌唱声中，老男人们似乎也一下子回到他们曾经有过的壮阔而风流的年代。

江边的巷子里吹过来一阵穿堂风，带着江水的凉爽和江水的气息。附近的竹床上传来一阵似有若无的鼾声，这鼾声像是传染了周围的人们，这时，除了偶尔从哪一处传来一两声蒲扇拍打身体的声音，被暑热折腾了一天的街道开始安静下来。

桃花

那一年我第一次从源溪傩戏会首曹季泉家出来,一回头,就看到那半截院墙上一枝桃花从墙里探出头来。正月初,刚下过一阵小雪,这枝从院墙里探出头来的桃花算是这个寒春的第一枝了。枝上一串花苞,却只有这一朵开得那么放肆,那么浪漫,那么精神。我注意到它的一片花瓣上有一颗晶亮的水滴,它的花瓣正朝着我站立的位置,像是专为我开的,让我在这个寒冷的早春有了一丝暖意。我不能辜负了这朵桃花,便用那台老掉牙的海鸥相机对准了它,从不同的角度按了一连串的快门。事后我冲洗胶片时,却不见桃花。等到我再去老曹家时,那棵桃树上的花全都开了,原先的那一朵却先败了。可见生命都是有时的,无论先后。

农村的谚语有"桃三杏四李五年"。我的老家枞阳店屋有很多杏树、桃树,后门大爹爹家院子里种着很多花,有洗澡花、鸡冠花、凤仙花、桃花和杏花,还有一棵高大的柿子树。四姐喜欢用凤仙花染指甲,有时候,也会用凤仙花涂到脸腮上,她原本白皙的脸上就多了一层红晕。我则很奇怪那洗澡花为什么会叫洗澡花，因为好几次，我明明下午就在大潭里洗了冷水澡，而等到我迫不及待地去大爹爹家的院子里，那洗澡花却并没有开，我便更觉得这名字的来历有些奇怪了。

那时候，几乎每年三四月我们都跟着父亲回老家过清明，正是村子里的杏花、桃花盛开的时候。满村的桃红杏白，大爹爹家的院子里更是一片繁茂。等到七八月里我们因躲水而再次回到店屋时，虽总是过了桃树挂果的季节，但却有吃不完的杏子，直吃得满口的牙齿酸涩难耐。有时候我们会在老家一直待到年底，十月里，大爹爹家院子里那棵老柿子树挂果了。一夜风雨，我们就去那院子里捡拾落在地上的柿子，将青涩的柿子切成片片，穿在筷子上，两头穿上线，晾晒在屋檐下，不几日就成了柿干，吃起来甜得很。过几日，大爹爹就用沉沉的布兜往我们屋里送来一些吃的，并说要考考我们，让我们猜一个谜语："红灯笼,绿宝盖,十人见了九人爱。"我们猜不出，大爹爹哈哈一笑，打开那只布兜，里面竟是一个个捂熟了的柿子，果真像一盏盏红灯笼。他是我祖父的堂兄弟，长我祖父几岁。我从来没有见过祖父，看着大爹爹的模样，再看看墙上挂着的祖父的相片，到底有些不同。祖父穿着长衫，剃着光头，而大爹爹的头发却从两边长长地披下来，一直遮盖住自己的耳朵，就像电影里的教师爷。我后来知道，他的确曾是私塾里的先生，学问很好，十六岁就成为秀才。

那几年家里的境况不是很好，我们也很少再回老家过清明。直到我二十世纪七十年代末再回到店屋村，村子已荒芜得不成样子，更不见幼时的那种桃红杏白。只是在大爹爹家的院子里，那棵老柿子树还矗立在那里，只是很少再结柿子，我便又想起那位将长长的头发从两边分开，一直披到耳朵下面的老人。又过了几年，我再回店屋村，还是喜欢去大爹爹家的院子看看，院子已是与这村子一样的荒芜,连那棵老柿子树也不见了。只是在那片屋檐下,洗澡花盛开着。正是午后,紫红色的花朵闭合着,直到傍晚太阳下山时,一丛丛洗澡花开放了,单个地看起来并不起眼,但整片地看来,却是姹紫嫣红的一片,精神得很。大爹爹的女儿也已老了,寻常时候她住在县城里的女儿家,偶尔回来,打理一下她们的祖宅。

九岁那年,我们家从鹊江对面的和悦洲搬到南岸的大通,住在徐家的后一进屋子。刚刚经历过一场劫难,父亲回到镇上,家里有了一段难得的平静时光。母亲便将那块空地开掘成一片菜园,种上辣椒和茄子。那时候我上三年级,课文上有关于苏联植物学家米加林的一篇课文,我便异想天开,将茄子嫁接到辣椒上,又将辣椒嫁接到茄子上,希望能有奇迹发生。奇迹是没有的,菜园里却不知何时长出一棵野桃树。几年后,野桃树上开出几枝桃花,没有结果。到了第二年三四月,野桃树上便有了灼灼的一片,映衬着桃树下的菜地,红是红,绿是绿,野桃树自由地生长着,越长越高。有时候我会站在那棵野桃树下,与桃树比着身高,但到底是比不过桃树的,这棵野桃树就一年一年地往上蹿着,树上的野毛桃也一年比一年结得多。六七月里,毛桃成熟的时候,母亲就用脸盆将熟透了的毛桃一家一家地送,每一家都是欢欢喜喜的。那时候我们没钱去买集市上又大又红的桃子,这棵野毛桃树在饥荒的年代为我们丰富了食物,让艰难的生活多了许多亮色。

几年前,苏州朋友赵世界送我一幅画,正是清初画家恽寿平的桃花。恽寿平是清初没骨画的代表人物,他不单善画花鸟,更善画山水。恽寿平笔下的山水高旷清淡,他的花鸟同样安静得很。网上查了一下,恽寿平的画价格不菲,赵世界的这幅桃花如果是真品,真是让他破费了。

上部·故乡的河

一九六三年的婚礼

"花棍打,九月八,九月十八摘棉花。"

江南有的地方叫花棍为连枪。连枪是用竹子做的,从中间破开一道道口子,将一串串铜钱串在里面,敲打时,就发出有节奏的声音。棉花让人想起丰衣足食,想起人间冷暖。小时候,我家兄弟姐妹多,每到冬天,一家人挤在一张床上抱被取暖的情形历历在目。我好尿床,往往半夜里就梦见到处找厕所,找呀找呀,找到一块地方,结果可想而知。如果尿的面积不大,赶紧就将热热的身子盖住那块地方,如果尿的面积过大,一床的人都睡不好。母亲只得起来,骂着,换被子,换衣服。那时候,哪有多余的被子,更何谈多余的衣服,一般情况下,我就只能忍着,一直到天亮,带着一身的尿骚,上学去了。

我们所住屋子临街的一进是棉花加工厂,正月十八,是棉匠小马结婚大喜的日子。小马与铁板洲的姑娘沙春梅是前年上半年就谈定下来的。铁板洲是棉产区,一九六二年铁板洲棉花丰产,小马就是这样与铁板洲的姑娘沙春梅好起来的。老闵的妻子梅香嫂从中一撮合,事情就成了。小马是一个老实人,平常扁担都压不出一个屁来。都说做一次媒人添十岁,他与沙春梅举办婚礼的所有流程,都要靠梅香嫂操持,好在一切都顺风顺水。按小马的意思,一九六二年腊八就把事情给办了,但梅香嫂还是请街道上的麻大姑算了算,麻大姑说小马的属相犯了太岁,还是等过了这个年吧。"好事不在忙中起。"麻大姑说。

刚刚度过艰难的三年,小马老家无为那边也没什么人,好在铁板洲那边,小马的丈人老沙人很开通,说:"现在是新社会,不必讲究太多的规矩。"梅香嫂便说:"小马从小孤苦伶仃,让他讲究也讲究不起来,只好请老丈人包涵了。"话虽然这么说,但该有的规矩还是要有的,婚期就定在正月十八,"若要发,不离八"。按照无为那地方的规矩,大通这边去迎亲的要五人,去单回双。去时五个,老闵夫妇,梅明怀和新郎小马,还须有一个童男,梅明怀就点兵点将到我的头上。我们回来带着新娘子,就是六个人,六六大顺,好事成双。

这个秋季,我就要上初中了。依照父亲的意思,去年就该歇了我的学,跟着他学手艺,学木匠。母亲知道我不愿意,便说:"我黄狗身子骨单薄,再等年把吧。"可过了一年,我的身子骨仍是单薄。但父亲不管这些,执意让我歇了学,去跟他学木匠。我同父亲抗争着,明知道拗不过父亲,就指望大哥来帮我了。可大哥在煤矿上参加了一个业余剧团,排练的独幕话剧《春归何处》到处巡演,风生水起的。我自我感觉是无救了,心情一直灰暗得很。

梅明怀找到我，我开始是不情愿的，只因我与梅明怀的关系非同一般，最后还是答应了下来。

母亲很高兴，那天一早就开始为我做着准备。母亲从柜子里翻出哥哥的一件旧大衣让我穿上，虽然有些肥大，也只好将就了。她又再三地叮嘱我说到了铁板洲沙家要守些什么规矩，不要走在新郎的前面，以免拦了人家的风头；进门时不要踏踩门槛；吃饭时不要主动夹菜，人捡什么菜就吃什么菜；筷子不要伸到碗那一头；哪些菜是不能动筷子的，哪些菜可以动；碗里的饭必须吃得一粒不剩；不要乱说话；不要乱插嘴等。我听了就不想再去了，把那件旧大衣脱下来，扔到床上，说："我不去了，谁想要去做这种倒霉的童男，我都开始发育了。"母亲笑了，说："你发育了又怎样，说说看呢？"我的脸便红了一片。这时梅明怀进来，看到梅明怀，我不好再耍脾气，便重新将那件大衣穿到身上。梅明怀掏出用红纸包着的新钞说："这是小马给你的喜钱，你留着。"那是一角一角的十张新票子，正好一元钱。我跟着梅明怀出去，母亲又追在后面叮嘱着："沙家要是给你钱，一分钱都不能要。"我说我知道了。我盘算着口袋里的那一元钱，决不能落到母亲的手里，如果下半年能去上铜陵中学，或许能派上用场。我卖碎玻璃和捡废铜烂铁也积攒了差不多一元多钱，这些母亲都是不知道的。从现在起，我慢慢地积攒钱，一分一分地攒，到了秋天，也许学杂费就够了。

小马今天穿着一套半新的中山装，戴着藏青色人民帽，上衣的口袋里竟然插着一支钢笔，我看着他这样子有些滑稽，忍住了笑。老闵雇了一条民船，权当迎娶新娘子沙春梅的花轿了。小马递给船夫几张用红纸包着的喜钱，船工似乎嫌少，嘴里不知咕哝些什么，梅明怀又递给他一包飞马香烟，船夫接下了。船一点一点地离开大通的江岸，向对面的铁板洲方向驶去。铁板洲与和悦洲，虽是两块不同的沙洲，但事实上早就连在了一起，中间一片无人区似乎成为两座沙洲的边界区。但铁板洲与和悦洲是完全不同的地属，和悦洲人是看不起铁板洲人的。和悦洲人是"吃商品粮"的非农业户口，而铁板洲人是农业户口，铁板洲人只能在那片沙洲上耕种着，棉花是他们的主要产品。近年来棉花的增产，给铁板洲人带来了生机，他们渐渐地与大通镇上的人通婚了。过去的几年，我多次在学校的组织下与同学们一起去铁板洲参加助农活动，每次回来，铁板洲人都会把花生种炒熟了，让我们每人分到一小碗。我们就把那热热的炒花生揣在口袋里，嘴里说不要吃了，不要吃了，留给家人一个惊喜，可等回到家中，那口袋里的花生已寥寥无几了。

　　船靠岸了，早就等候在那边岸上的沙家人开始放起一挂长鞭炮，空气中弥漫开一阵蓝色的烟雾，但很快就在寒冷的空气中消散开来。梅明怀附在我耳边说："上岸后，你要走在小马前面，不要落下了。你要高兴些，今天是小马大喜的日子。"我想起母亲的话，便说："我妈说不能走在新郎前面。"梅明怀又说："你是童男，你必须走在新郎前面。"我知道梅明怀的话是不错的，这是无为的风俗，便不再说什么。一行人走了不到半小时，便到了沙家。门口自然是人来人往，又是一挂长鞭炮，一群人迎了上来。有人将一个红纸包塞到我的口袋里，我想着母亲的叮嘱，便拉扯着。梅明怀说："这是给你的喜钱，你就收下吧。"我感觉口袋里沉甸甸的,其实是我的心思沉甸甸的,总想趁人不注意,打开那个红纸包,看看到底有多少钱,却又总找不到合适的机会。

老闵把前一天就准备好的喜礼一一呈上,半扇猪肉,两条十斤以上的鲤鱼、两条方片糕、两篓欢团、两条飞马香烟,猪肉和鱼上都贴着红纸。这些喜礼在一九六三年算是丰厚的了。小马的老丈人高高的个子,穿着对襟棉袄,他从口袋里掏出香烟散给大家,也散给我一支,我不知道接还是不接。梅明怀碰了我一下,说:"是喜烟,你就接了。"我接过烟转身递给了梅明怀。

整场迎亲似乎并没有复杂的仪式,新娘子沙春梅此前见过,此刻她穿着一件红色的棉袄,坐在屋子里的一张床前。屋子里有几个铁板洲的女人在同她说话,包括沙春梅自己,都是喜滋滋的,看得出,对这门婚事,双方都是满意的。梅明怀说:"沙春梅嫁到大通来,就成了棉花加工厂的职工,也是可以吃商品粮的。小马人又是出奇的老实,沙春梅嫁过来就当家做主。"

沙家在铁板洲上亲戚很多,该来的今天差不多都来了。很快就开席了,我坐在老闵妻子梅香嫂与梅明怀之间,不知所措。菜一道一道地上来,母亲曾经叮嘱我的许多注意事项,现在一条都记不住了。一九六三年的婚宴不可能办得太奢华,但一道一道的菜还是让我眼花缭乱。一桌子的人狼吞虎咽,我不敢越规矩动筷。梅香嫂催着我:"你怎么不吃?"我不说话。梅明怀喝着酒,似乎刚发现我面前的筷子一动都没动,他说:"你怎么这么没出息?"我懒得回答他,我只是记着母亲叮嘱我的话,又或者是我第一次参加这样的宴席,面对这么多人,我根本没有勇气去动眼前的筷子,我不知道怎么个吃法。沙家的人也注意到我坐在那里局促不安的样子,说:"这些菜不合你们街上人口味吧,给你盛碗汤喝吧。"汤盛来了,我仍是一动不动地坐在那里。

  直到一个叫沙开成的少年走到我的身边,他碰了碰我的胳膊,附在我耳边说:"我带你看大沙滩去。"我顾不得桌上的人,也顾不得酒席上的一切规矩,跟着少年一溜烟地跑出屋子。少年往我手上塞了一块热乎乎的山芋,我们来到洲头的一处沙滩上。正是枯水期,那一片广袤的沙滩,在阳光下闪着白亮的光,刺人眼目。沙滩的那面是宽阔的长江主航道,天是蓝的,水也是蓝的,一艘大轮船从上游驶来,我数了数一共五层。这是我第一次近距离地看一艘大船,想着若是什么时候也乘着这艘大轮,在世界周游一圈,也不枉活了一世。

  我们在那片沙滩上疯跑着,在沙滩上打滚,翻跟斗。我与沙开成交换着画片和铜钞,我告诉他:"这些都是我在与共和街的一帮屁孩子们的游戏中赢来的,都送给你吧。"

棉花

共和街68号的格局与这条街上所有的公房大致相同，临街是从前商家的门面房，公私合营后，大部分门面房都不复存在。那些建于民国的徽派老房子被房屋管理委员会隔成一个个房间，就像切蛋糕一样，一块一块地租住给街道上的居民。整条街宛若一截长长的火车厢，一直逶迤到后面的祠堂湖。每一栋房屋都住着六七户，甚至上十户人家。我们家就住在"火车厢"最后的一节，后门一个院子，院子里有一棵野桃树，每到春天，一树的桃花开得火一般热烈。到六月里，满树的野毛桃熟了。野毛桃虽然看不上相，但吃起来味道却并不差。母亲用脸盆端着成熟的毛桃，一家一家地分发。母亲还在院子里开了一片菜地，种了辣椒和茄子。那是家族中一段相对平静的时光，我也在这种相对平静的时光中渐渐长大。

有一天，临街的屋子传来弹棉花的声音："嘣——嘣嘣——

嚓，嘣——嘣嘣——嚓。"我很讨厌这种声音，单调又乏味，一点诗意都没有。那几年日子好过了，每一条街道上都有一两家从江北过来的棉匠，他们替人弹被子，压棉花，压出的棉籽可以榨油。很多人都喜欢用棉油炒饭吃，我却一见到那黑乎乎的棉油炒饭就要呕吐。棉匠是一个高个子的男人，六十来岁年纪，打下手的是他的妻子。两人已经弹好一床棉被，用一根红头绳在棉絮中央盘上一个大大的双喜字，又一来一往，将一条条棉线在棉被上织成细密的经纬，一床婚被就算完成了。他们脱下黏着棉绒的工作服，摘去帽子。男人掏出一把小梳子，将头发仔细地向后梳着，梳得一丝不乱，是当时那种时尚的干部头，乌黑油亮。他的妻子生得富态，皮肤也是白白净净的，看不出是做活计的女人。棉匠姓戴，熟悉了，我们叫他戴伯伯。后来听隔壁刘瞎子老婆说，老戴与那女人是一对半路夫妻。老戴在无为那边有过一位妻子了，且有一儿一女，而现在的妻子却是附近圩区的。有一年老戴去圩区给人弹被子，不知怎么就与现在的女人好上了。为了这一段婚姻，女人与她的前夫闹得沸沸扬扬，寻死觅活，那男人怎么都不肯妥协，女人就剃光了头发，在一个尼庵住了很久，逼得那男人不得不松了手，好在他们并没有儿女拖累。于是，女人就成了棉匠老戴的妻子，我们叫她戴妈妈。

后来又陆续来了几个棉匠，最多时十来个人，都是老戴从江北无为那边带过来的亲戚，也是他的晚辈，其中的小马和梅明怀都是幼失怙恃，无依无靠。这些棉匠，他们说着统一的无为话，在一口大锅中吃饭，烧饭的却是老戴的女儿福英。这些人一来，原先有些冷清的共和街68号连同整个上街头一下子就热闹起来，棉花加工厂里整日的"嘣嘣——嚓，嘣嘣——嚓"竟然盖过了对门丁铁匠师徒叮叮当当打铁的声音，再加上隔壁白铁店里张小扣用木槌捶打着白铁的声音，就成了共和街无休止的混合交响曲。老戴的徒弟多了，老戴就不再弹棉花了，他在门口挂了一块牌子：大通共和街棉花加工厂。他自己就做了厂长，又买了一台压花机，添了几套设备。棉弓是取于山顶上百年以上的杉木制成，晾干了至少也有二十斤重，这样才经得起一年四季的弹压。好的弦用骆驼皮制成，最次也须是黄牛皮，这样才经得起长久的捶打。青檀木或黄檀木的棉槌，有着足够的重量，弹出来的声音松脆明亮。那几年里，老戴的屋子隔三岔五都会有酒席，招待的都是共和街有头有脸的人物，工商、税务和居委会，甚至镇政府的人也不时成为老戴家的座上宾，戴家的厨房里总不时飘来酒肉香气。三年困难时期刚刚过去，虽然大家都能吃饱饭了，但像戴家这样隔三岔五地办酒席的人家还是不多。人家就说："这个老戴，看上去温文尔雅，但真不是一个等闲之辈，且看他将来会有怎样的下场。"说这种话的人当然不乏嫉妒。一个外乡人，凭什么活得比别人滋润？谁都心知肚明。

老戴的儿子金华，从部队退伍后就在市区机械总厂做了厂办秘书。金华像他的父亲，长得高高大大，篮球打得尤其好，三米线外定点投篮几乎百发百中。我那时正是对英雄崇拜的时期，每当金华回来，我总是要围着他转。他在场上与人比赛，我便在场外为他喝彩，用今天的话说，我是戴金华的铁杆粉丝——华粉。金华的妹妹福英，有些近视，穿着在当时很时尚的丁字绊皮鞋，从火车房里走出来，一路就留下皮鞋的"笃笃笃笃"的响声。当时码头一带时常有一个卖大力丸的北方汉子,那人来时,先在空地上打一个场子,然后是一番逗人发笑的表演。有一次就扭动着腰肢,学着一个用七元八角钱买了一双新皮鞋的女子走路的声音:"七块八角,七块八角,七块八角,七块八角……"因此,每次当福英穿着她的丁字绊皮鞋从我们面前走过时,我们就学着那卖大力丸的北方汉子,跟着她的脚步念着"七块八角,七块八角"。福英也不生气,说:"这鞋是梅明怀送我的,他那么节俭的人,哪舍得花七块八角钱买一双皮鞋送我?说不定是在哪个旧货摊上买来哄我呢。"梅明怀自幼失去双亲,为人老实,做事肯卖力气,老戴把他带到共和街,就是要招他为上门女婿的,据说婚期安排在第二年春上。

打篮球的戴金华离我是那么遥远,而这群棉匠却近在咫尺,我很快就与这群棉匠做了朋友,而在这群人中,我与梅明怀处得最好。我不再讨厌那单调的弹棉花的声音,有时候,我就站在门口,看棉匠们背后插着棉弓,手握棉槌,怎样将一堆雪一样白的棉花弹得蓬蓬松松,再压制成一床棉被的雏形。我尤其喜欢看一个棉匠站在一只棉砣上,背着双手,熟练地扭动着腰肢,在那床棉被上稳稳地滑走着,将棉絮压实。夏天,火车房里热得让人喘不过气,棉匠们就睡在白天工作的铺板上。我与他们混熟了,就同他们睡在一起,睡在那一块宽大的铺板上,晚上听他们扯他们故乡无为那边奇奇怪怪的故事,半懂不懂,很快就睡着了。有时候,夜很深了,伴随着下街头码头上小火轮的一声长鸣,浪涛拍打着江岸,轰隆轰隆,街面上霎时人声鼎沸。忽然的,一个棉匠的妻子来了,来看她久违的男人,大家就一起轰赶那个棉匠,让他回房间去陪自家的女人，他也半推半就过去了。这边的棉匠们没来由地兴奋着，所谈的话题也就越发露骨。明怀轻轻地推一下我："洋狗，洋狗……这家伙睡着了。"我自然假装睡着了，其实却竖着耳朵在听呢。

冬天来了，我仍然黏着梅明怀，晚上就给他暖腿。我家兄弟姐妹多，父母巴不得我有一个借宿的地方，正好腾出一块地方，梅明怀的单身小屋成了我的又一个家。我在他房里写作业，看书。有一次，我居然从他的枕头下翻到一本《粉妆楼》，一本《二度梅》。十三岁的我身体开始发生变化，那两本书看得我心惊肉跳。终于梅明怀发现了，他大怒，说："你怎么能看这些书？"我反唇相讥："你能看，我为什么就不能看？"梅明怀似乎不再有任何理由反驳，过了一会儿他说："我要结婚了，你不能再同我睡在一起了。"我赌气似地捡拾着自己的书包抬腿就走，梅明怀说："要不今晚还在这里睡吧，我又不是说马上结婚。"我不再理他，坚毅地走出那间小屋。我知道，我将要失去一个最好的同伴。我也知道，每一个男人，包括将来的自己，都是要有一个妻子的，那是任何同性之间的友情无法替代的。但我总觉得福英傻傻的，根本配不上我们明怀。我为梅明怀感到可惜。

刚刚经过三年饥荒，现在形势好了，农民们开始腾出更多的土地来种植棉花，大通镇上的棉花加工厂便不再只是老戴一家。业务少了，老戴便把手下的棉匠分成几个小分队，让他们出门找活干。临出门时，照例要开一个誓师大会，老戴分配了指标，要求必须完成任务。临走前，他们总想讨我一句吉言，说是童言无忌，童言无邪，我便说："大吉大利，满载而归。"他们听后会非常开心。等到年终,一个个棉匠陆陆续续地回来了,果然是满载而归。小马和梅明怀也分别在年前年后举办了婚礼。

一九六三年,我考入全县唯一的中学——铜陵中学,父亲却决定让我休了学业,跟他去学木匠。那时候,我已读过一些文学巨著,既有中国的,也有外国的。我纵有一百个理想,却从来没想过要去做一个木匠。开学已经第六天了,可我仍然困在家里与父亲做着无谓的抗争。整个白天,我都是坐在江岸的沙滩上,看江上的船只往来穿梭。很多时候,我都想随便跳上其中的一艘木船,跟随船夫们去四海游荡。最后,我索性破罐子破摔,找到梅明怀说:"干脆,我拜你为师,跟你学做棉匠罢了,也好跟着你走遍天涯。"梅明怀说:"棉匠行里有老规矩,未满十六岁的不能从事这一行业,只有等成年了,肺长实了,才扛得住整日飞扬的棉絮。"

新学期的第九天,我拿着梅明怀送来的五元钱和一床新打的棉絮,以及我的小学班主任用夸张的语言介绍我的信去铜陵中学报到。

一九六五年冬天,明怀来学校看我。他把我带到县城的一家小吃店,给我点了一笼热气腾腾的包子,于是我才知道,他岳父出事了,一同出事的还有镇上的几名干部。这似乎是迟早的事。那天下午,我与梅明怀坐在学校后面的笠帽山上,默默地看着山脚下那条绵延的江流。戴伯伯快七十岁的人了,我们都不知道他能否熬过白湖农场那漫长的刑期。与此同时,戴妈妈也从街道上消失了。有人说,她在市区做保姆去了。等我再回到共和街时,老戴的棉花加工厂已与麻绳厂和雨伞厂合并成大通手工业综合加工厂，隶属于镇政府的镇办企业。那时候，梅明怀已搬离共和街68号，我们也从共和街68号搬到64号，但我每次从铜陵中学回来，都会去找梅明怀。他们有了儿子江涛，又有了女儿小梅子。没过几年，最小的儿子梅海涛降生，日子过得虽不算好，但也顺风顺水。明怀一人的工资养活着一大家人，福英把一个家打理得很好。自我上中学之后，连我的父母都开始叫我的学名了，而福英姐仍然叫我"洋狗"。听着她叫我的小名，忽然感觉到无比的亲切。

一九六六年，我初中毕业，正逢一场旷世的劫乱，直到一九六八年十月，等待我们的是即将下放到某一个山区的命运。那天在梅明怀家里，福英姐炒了几样好菜，梅明怀在高浓度的大曲酒里加了白糖，让那刺烈的白酒喝起来稍稍入口。我借着那酒，当着梅明怀的面，将满腹的忧愁倾诉一尽，而后醉得不省人事。

一九七四年，是我从下放的农村招工到一家工厂的第三年。那一次回家，母亲说："你戴伯伯回来了，你去看看他吧。"穿过一条小巷，我找到了刚出狱不久的戴伯伯，他的形象并不像我预想的那样不堪，七十多岁的人了，乌黑的头发依然像从前一样向后梳着，一丝不乱。说起这十年的生活，他说在白湖农场，他依然是在弹棉花，依然是打着一床又一床被子。说到他的妻子，他说戴妈妈这些年一直在给人做保姆，说他过几天就接她回来。等到我下一次回到共和街时，上街头老桥口处新开了一家日杂店。开日杂店的老两口清清爽爽，戴伯伯的头发依然梳得一丝不乱，谁都看不出他是一个吃了十年牢饭的人。

父亲过世后，母亲也随我们去了我工作的所在地，大通的家不复存在。距离，让我与少年时代的好友梅明怀之间的情感渐渐疏淡。偶尔我会想起他，想提笔给他写一封信，向他说说我的家庭，说说我发表的小说，但终归没有动笔。

一九八三年，送走了一届毕业生，我想趁着漫长的暑假写一个酝酿已久的东西。然而一场洪水破坏了我的计划。大通的家虽然不复存在，但那间阁楼上还堆放着几件祖上留下来的家具，而最重要的则是父亲亲手给母亲打制的寿材。母亲的念叨让我意识到，我必须回到大通，将父亲对母亲最后的馈赠从洪水中迁移到更加安全的地方。收音机里每天播送着水文公告，可那段日子里，我却窝在那间昏暗的阁楼上，沉浸在自己的小说世界里，昏天黑地。直到那一天清晨，当我从狭小的窗口探出头去，仿佛是在一夜间，江水已经漫到共和街64号的门槛下了，我当即意识到事态的严重，却一时无计可施。要知道这里除了母亲的寿材，还有借住在我家楼上的一对老裁缝夫妇。滂沱的大雨中，一艘木船驶抵共和街64号，披着雨衣，站在船头撑篙的正是我少年时期的好友梅明怀。梅明怀跳进齐胸深的洪水中，我们上下发力，接过老裁缝夫妇以及将母亲的寿材从阁楼上艰难地搬下来，安置好两位老人，再将那口寿材运抵坐落在长龙山上的一间空置的厂房里。

梅明怀死于他五十岁生日当天。后来我了解到好几个我熟悉的棉匠都死于同一种疾病。杂乱的工作环境，空气中飞扬的细小棉絮，严重地损害了棉匠们的健康。那是1987年秋天，我在北京与中国文联出版公司签订我第一本小说集《魂离》的出版合同。合同久久签不下来，这天就接到家人的电话，说梅明怀的儿子海涛来信，身患绝症的梅明怀想见我最后一面。接到电话，已是傍晚，我茫然地走在北京永定门大街上，想着我与明怀之间这二十多年的交往，每每人生的至暗期，明怀总是及时出现在我的生命中。想着梅明怀的话，"你要好好的，将来不要像我一样，一辈子就只能做一个棉匠"。现在，我终于好好的了，他却要从这世界消失了。

我再也顾不得那张合同，赶紧托人买了一张回程的机票。那天北京的雨下得很大，很猛。朋友说："北京很少会下这么大的雨。"我一直担心航班会取消，幸好没有。飞机在大雨中加速，冲刺，突然升空，穿过铅一般沉重的云层，机舱内突然明亮起来。机舱外，那一团一团的云，一眼看不到边的云啊，雪白、明亮、蓬松，就像一团又一团棉花，无边无际。我对着机舱外，对着那一团团棉花一样白，棉花一样蓬松的云层说："哥啊，明怀，你就在那一堆棉花中好好睡一觉吧，你太累了。"说时，泪如雨下。

油画

我是在同一个时间，同一个场合认识小陈和她的丈夫徐文卫的。在故乡大通小学的一间教室里，深圳大学教授郭熙志的一个纪录片小型展映场，二十来人，全是大通老乡。应该说，那是一部个人情感很炽烈的散文诗式的纪录片。此前，我也曾看过郭熙志的另外一部长篇纪录片《渡口编年》。郭教授用二十年时间跟踪拍摄了三户家庭，三户家庭二十年的编年史，那是具有转型时期中国社会史诗性质的纪录片。

纪录片结束后，郭教授夫妇邀我们去一家饭店共进晚餐。席间，小陈端着酒杯笑吟吟地走到我跟前。她一开口，我立即就记住她了。人就是这样，有的人看一百次也记不住，有的人一眼就让人记住了。我发现她有点像我的一个妹妹，于是就说了我最小的妹妹黄学敏的名字，她说见面了也许认得。但她说很早就认识我。这是有可能的，小陈的家就在我家隔壁。但我很早就离开大通了，我离开时，小陈可能还是一个梳着麻花辫的小姑娘。

想起她的丈夫徐文卫，那天下午郭教授纪录片展映现场，整个活动都是他在张罗，布展、接待、端茶递水。他有着一张很朴素的脸，黑黑的。我一开始以为他是这所小学的门卫，或者是这所小学的勤杂工，结果都不是。直到我快离开时，才知道他是这所小学的一名高级教师。

我走时，小陈送我到楼下，我随口一说："再来时去你家吃饭。"小陈高兴的样子有些像还在念书的学生，她说："那好，说定了啊。"这一刻，我似乎真的想起隔壁那个梳着麻花辫的小姑娘。

大约是在一个半月后，我就真的到小陈家吃饭了。我去的时间有点早，小陈正在厨房里备菜，屋子里有一股呛辣气味。徐文卫给我们泡了茶，闲聊时，我却被墙上挂着的几幅油画吸引了。我问："你画的？"他回答说："是的，画着玩的。"我站起身来，凑近去看那些油画，我说："我的天，画着玩的都画得这么好！"森林、小道、横倒在小路旁的树段、天空、草地、我熟悉的河流，还有停泊在岸边的船只以及和悦洲民国时期街道的黄昏。我把这些画拍下来，传给我的同事、散文作家甲乙，他过去是画油画的。甲乙回信说："一开始以为是摄影。"甲乙的这句话似乎既有褒奖，也有批评，就看你怎么理解了。

徐文卫一九八九年考进铜陵师范，毕业后分在大通对江和悦小学。和悦洲是我的出生地，我的蒙学就是在徐文卫曾执教的那座西班牙人的老教堂里。徐文卫说他在和悦小学一待就是二十年，直到二〇〇八年才调到大通小学。他很骄傲地告诉我，那次参加郭熙志纪录片展映的小说家朱斌峰、画家沈邦彪都是他的同班同学。朱斌峰的小说目前正频繁地占据着国内各大文学刊物的版面，沈邦彪以自己前卫的绘画技巧为国内很多刊物做插图。

小陈的菜还没有备齐，徐文卫把我带到他楼房的顶层，逼仄的空间被各种根雕塞得满满当当，走路须得小心。他一件件向我介绍这些根雕，徐文卫根雕最大的特点是很少下刀，不像他的油画，每一笔都特别精细。这是我认同的，这样的好处是较多地保存了这些来自山野的天然之物的原始气息。

站在楼层顶处的阳台上，远处，是那片我熟悉的湖，我就是在那片湖里泡大的。湖的南岸，是共和街 64 号我的旧居。隔着一条江水，和悦洲真的就像是一片碧绿的荷叶漂浮在那片远古的江面上。徐文卫感叹说，在大通住家过日子真的是再好不过了。他说这几年一批批人离开大通，在市里买了房子，可他们却从未想过要离开大通。他指着那条江水说，有时下班后，他就和小陈一同去江边散步，顺便就把那些从上游冲刷上岸的树根捡回来，稍加处理，就成了根雕。根雕很快就塞满了楼道，有人喜欢，就随手拿去，然后他们再去捡，再次把那个楼道塞满。

阳台上摆着一些盆桩：榆桩、雀梅、映山红、金钱松，还有小叶紫檀、六月雪以及我叫不出名字的，总共二十来盆，翠绿的一片。他说去年底他们在新区买了一处较大的房子，仍然是顶层，看上的就是那处房子顶层有一个很大的平台，可以养更多的盆桩。

晚餐的菜并不奢华，但每一样都合我的口味，家常的味道。有酒。为了小陈做的这些美味的家常菜，我也得好好喝几杯。小陈也喝了，主要是敬我们。喝了酒的小陈脸红红的，让我想起巴黎罗丹艺术馆里见过的一幅油画——《岩石上的夏娃》。油画中的夏娃有着天使般的微笑。我想,小陈依偎在她丈夫身边的样子如果被徐文卫作为题材画下来,一定会是一幅很好的艺术品。

徐文卫与小陈的结合,是徐文卫的同事、小陈的堂哥做的媒。徐文卫说,他与小陈结婚时就像摇滚歌手崔健唱的《一无所有》,但小陈还是坚定地嫁给了一无所有的徐文卫。新婚当天,徐文卫雇了一条机动船,就这样把小陈从大通上街头接到和悦小学的一间临时被当作新房的教室里。徐文卫与小陈的这段故事,我曾听郭熙志说过。郭教授说,他当时听了这段故事就立即有要拍一段影片的冲动。我想象着郭熙志那段影片的画面,远远的,机动船剪开冬天清凛凛的江水,船上的马达"突突突"地吼叫着,小陈大红的毛衣倒映在碧绿的江水上,船上还载着蓬松的棉被、花枕头以及陪嫁的衣箱等物品,清字巷渡口的鞭炮连番地炸响着——这分明是一幅油画的画面。

徐文卫在摆弄着他的画,他把那些画一幅幅挂在那里让我欣赏,并且解释说哪一幅是临摹的,哪一幅是他的创作。他说他是在铜陵师范读书时偶然看到俄国十九世纪画家希斯金的油画:森林、森林中的小道、河流、河岸边的小船。他说希斯金那种诗意的气质深深地打动了他,看着希斯金的油画,当时就想一头扎进那些画里,头枕着一截被风刮倒在地且散发着松油气息的树段,就这样一直看着头顶上的天空,什么都不想,什么也不做。

我问他:"这些年有人买你的油画吗?"徐文卫看了看小陈,说着前些年儿子小,小陈东奔西跑地做生意很辛苦,就希望有人来买他的油画或根雕,也确实卖过一些,价钱都很低。小陈接着说:"现在情况不一样了,我儿子从铜陵一中毕业后考入重庆医科大学，五年后又考上复旦医科大学研究生，不久前又转博了，经济压力小了，就不想让他再卖画了。"小陈说着这些时，眼睛一直盯着她的丈夫，好像在说："看啊，我的这个男人，他是多么好！我的这个男人啊，你就好好画吧，随心所欲地画，我再也不让你卖画了。日子，已经够好了。"

  因喝了酒，睡不着，那天晚上我便一遍遍地在那条灯火阑珊的街道上走着。最近几年，我利用各种机会频繁地回到大通，回到我出生的地方。五十多年过去，这条街道发生了太多的变化，人也换得一茬又一茬，但它依然是我熟悉的街道：安静、闲适。很多时候，我都想在老街置一处房子，稍加改造，然后就一头住下来，住到我地老天荒。往往这时候，我就很羡慕徐文卫和小陈，羡慕吴利民和他开着一个伴手礼店铺的妻子伊梅锦。这些故乡的人以及故乡的含民国风味的老房子，每一处都是一幅油画，给人一种隽永的艺术魅力。这些新一代大通人，他们住在这里，住在这条安静的街道上，未必需要太多的理想，也未必要去做一番很大的事业，就像徐文卫，油画和根雕不过是他平常日子的一种点缀，有没有人买，卖出多高的价格都是无所谓的。他和妻子小陈就这样安静地过着属于他们的日子，慢慢地品味着这条老街旧有的气息和感受着不时从江面上掠过来的新鲜的风，这就够让人羡慕的了。

年画

每次回家过年,我要做的第一件事就是把楼上两个房间的四面墙壁和天花板用旧报纸重新糊一遍,再买几张年画贴上,我的任务也就算完成了。

我们所住的房子,从前是一家饭店。饭店歇业也有三四十年了,后来房管会就把楼下和楼上隔出若干间,承租给居民。我们在这间屋子住了快二十年,两楼一底,楼下是厨房,楼上是两个房间,后来父亲又隔出一间,两间变三间。这样,即使我们兄弟姐妹全回来,也大抵够住。只是,房子年数久了,靠西的那面山墙墙砖开始松动,不知什么时候被换成木头条子,再糊上泥,又很多年了,糊上的泥也开始脱落。夏天倒也能对付,冬天若一处漏风,则一屋寒冷;若一处渗水,一屋就在泥泞中。糊上报纸,既能让房间出新,又多少能抵挡冬天的寒风。去年新糊的报纸,一年过去,就又被风吹雨打得面目全非,因此,用报纸糊墙的工作每年都做，每年也都是由我来做。旧报纸有的是哥哥从单位拿回来的，有的是父亲从废品收购站买来的，因父亲认识收购站里的人，那些报纸等于白送。

　　我的这项工作做起来大约需要大半天时间。我会先用沸水把面粉调成糨糊，几乎大半个脸盆，接着用鸡毛掸子将墙壁上的浮灰掸净，抹上糨糊，再把报纸一张张地贴上去，最后用刷子刷平。我平时不大看报，利用这一刻的时间，总算对前一年或这一年发生的一些大事件有了大致的了解。某国总统到访中国，周恩来总理到机场迎接；上海造船厂又一艘万吨级货轮下水；我国又一颗人造地球卫星上天……

　　这样读读糊糊，糊糊读读，到下午两三点钟，两个房间的四面墙壁，包括天花板，都被我用旧报纸重新糊过一遍。屋子里有一股浓浓的糨糊气味以及旧报纸所散发出来的潮湿的霉味，但整体看来，房间里亮堂了不少，也整洁了许多。父亲回来，他把春节要用的烟、酒以及必要的糕点放在那张比我的年龄还大得多的条几上，然后朝房间四周看了看，从他的表情可以看出，他对我的工作是满意的。父亲说："你去买几张画来贴贴，老古话，有的吃，无的吃，买张画儿贴个壁，顺便你把头剃了。"我说我知道了。我在楼下洗了洗手上粘滞的糨糊，上街去了。

　　临近春节，新华书店前人来人往。平时专门给人代写书信的余老头今天不写书信了，他在书店门前摆放一张桌子，开始替人写起了春联。老头的字不错，我请他给我写了一副春联，他问我写什么内容，我说随便，他就写了"春风杨柳万千条，六亿神州尽舜尧"，又写了一副"听毛主席话，跟共产党走"，是贴在楼上房门上的。

来买年画或对联的人很多,有大通本街人,更多的是附近乡村里的人。书店在门前临时搭了块铺板,铺板上摆着各种年画:刘海戏金蟾、孙悟空三打白骨精、盗仙草、贵妃醉酒、小二黑结婚……后来是样板戏人物,大寨铁姑娘、大庆王进喜等,随着那四个人的大戏散伙,又有了四季挂屏、山水人物以及寿星献桃等。而到了盗仙草、刘海戏金蟾又重新出现在新华书店门口时,似乎又过了一个轮回,这一年十月,父亲过世了。

那一年我没有再往墙壁上糊报纸,也没有买一张年画。又过了一年,我们离开故乡,从此以后,我们再也没有买过一张年画。

江流天外

宣城差旅几日，归途，急雨敲窗，车窗外只是一片轰轰隆隆，催人昏昏欲睡。车行一处，豁然惊醒，司机像是摸透了我的心思，南向一拐，进入一条国道，不一刻，那座西班牙人建造的大钟亭映入眼帘——这是二〇二〇年七月，大雨滂沱，我再次回到故乡大通，古名澜溪。

江南的梅雨季节，我站在龙头岩上，看着鹊江对面的和悦洲漂浮在那无边的浑黄中，越发的碧绿轻盈，如一片巨大的荷叶，满目苍茫。在我的脚下，灰褐色的瓦连绵一片，前不见头，后不见尾。此刻，这些民国时期的老建筑被满灌的江水切成一条条，一块块。

七十五年前，我降生在鹊江对岸和悦洲的一条街上。八岁，举家迁居澜溪共和街64号，一直到父母相继离世。现在，我成了一个外乡人，一个游子，浪迹天涯。有时候，我回到澜溪，却难得见到一个熟悉的人，偶然大街上遇到儿时的伙伴，俱已鬓发苍苍，表情都是淡淡的，决没有之前想象的激动。而我，却为再也讲不好纯正的家乡话而尽量寡语，免得别人说我"洋不洋，广不广"。

大雨毫无节制地下着，接到电话的张利华为我们带来几把雨伞，还有一艘不小的木船。几年前，长江禁渔，有人要一把火烧掉沿河所有的渔船。远在深圳的郭熙志联络我们几个乡友共同发起倡议，希望能为澜溪渔民留下最后一点记忆。被我们保护下来的渔船，现在又担负起为我们服务的义务，世界上的事情，原就是互为因果，循环往复，说是说不清的。

江岸沙滩的累年淤积，加速了江河的改道，现代发达的空中交通和陆地交通取代了老式的马车和轮船，这座曾经有过"小上海"之称的古镇早就繁华不再，就像一个老人，渐渐地，它被人忘却，受人冷落。

兴于水而衰于水，这也许就是故乡的命运。

大约一百五十年前，湘军首领曾国藩头戴花翎，身穿蟒袍，站在坚硬的甲板上四下巡望。远处，一片白亮的沙洲引起他的注意。近了，只见枫叶荻花，秋风瑟瑟，又几点灰白，一两处村庄，二三十户人家。鸡鸭成群，牛声哞哞，男耕女织，一派祥和。我相信，发现长江上这片白沙孤岛的一刻，曾国藩的兴奋不亚于哥伦布发现了非洲大陆！他让部将彭玉麟镇守这一片水域，以抵挡从南京即将打过来的陈玉成军。他又给这片荷叶般漂浮在江面上的孤岛易名和悦洲。从此孤岛不再冷落，各路商家纷至沓来。洲上有了头道街、二道街、三道街，有了清字巷、泂字巷、浩字巷等十三条通江的巷子。为了控扼水上命脉，他又在对岸那个早被文人写进诗里的古镇澜溪设立盐务招商局。曾国藩比谁都明白，当下的世界，谁掌控了盐，谁就能上控武汉，下夺南京，从而所向披靡。

历史有时会特别垂青于某一块地域，是天时，是地利，更是命运的使然。大通位于鹊江南岸，在其下游两三公里处，有羊山矶立于潮头，其水深不可测，险石暗礁遍布，江面上水流湍急。当鹊江平缓的江水顺流而下，遇到羊山矶湍急的漩涡时，便形成"江拐弯，海掉头"的独特水势。遇到这种情况，去往下游的船只不得不掉头，返回鹊江岸边的小镇大通歇息，静待风平浪静。在陆路交通并不发达的古代，坐于江南的大通镇便"大道通衢，融达八方"。至明清后，大通迅速崛起成为长江沿岸一座商业重镇，并与上游安庆，下游芜湖以及淮北的蚌埠并称为"皖省四大商埠"。历史的吊诡，十九世纪后期清政府被迫签订的《中英烟台条约》加速了故乡迈入现代化的步伐。那时候，歌星周璇的《夜上海》《四季歌》刚刚在上海大世界唱响，很快就传到了大通澜溪；南京路上刚挂出的时髦西服，一星期不到就穿到澜溪人的身上。难以想象，弹丸之地的大通澜溪，在当时居然有二十几万人口，大通总商会下注册一千两百多家招牌，有地方报纸，有专设的红灯区，有电灯公司，有现代化的水运码头。轮船靠岸后，平整的大街上黄包车飞快穿梭，车上的铜铃一遍遍地响过。洄字巷里，灯红酒绿，纸醉金迷，外地人见证了小地方大城市的格局，于是便有了"小上海"之称。

物极必反，大通澜溪的盛世是短暂的。淞沪抗战，下游告急，大佬们早早地撤走了，驻守和悦洲要塞的川军眼看抵挡不住，临撤退前，一把火将其点燃，"大火持续三周"，留给日本人的，果然就是一片焦土。自此"小上海"元气大伤，逐渐衰落。

似乎是在不久前，我们还经历过"鱼蟹不论钱"的时代。少年时，我们用四根竹竿撑起一只渔罾，蹲守在江岸上，不消一个时辰，便能满载而归。九月鱼汛期，青通河上渔罾遮天蔽日。河岸两旁同样是一张张渔罾依次排列。夜里，我们将一盏马灯守在江边，呆笨的江蟹顺着灯光爬上来，趴在江滩上纹丝不动，就等着我们伸手去捉。九月，鱼汛到来时，从上游传来的欢呼声如风暴一样从河岸两旁迅猛卷过，那是渔民的歌唱，是渔民们对天地日月的祈颂，是渔民对丰收时节的礼赞。鹊江与青通河，也就是这样年复一年地敞开胸怀，让临水而居的人们有一个丰饶的时节。

那可真是"鱼蟹不论钱"的时代啊！

大通澜溪有渔村，河南嘴是江南平原伸向长江的一只尖沙嘴，二三十户人家，一半在水，一半在岸。境况好的人家，水上捕捞，家在岸上。一般的人家，一只乌篷船就是他们全部的家当。船板被桐油油过，在日光下泛着古铜的亮色。很多年前，他们是大通的"贱民"，被人称为"鱼花子"。不知从何时开始，鱼蟹又开始论价了，尤其是冬天，能把躲在江底石缝中的鲤鱼、鲫鱼逗到鱼市的渔民，会迎来人们赞赏的目光。

我小学时的数学老师章贤贤娶了我同班同学周愿喜的姐姐。老师变成了姐夫，学生变成小舅子。章贤贤不仅数学教得好，还会拉一手漂亮的手风琴。他一边拉琴，一边教我们唱"我的家在东北松花江上"，我们就唱"我的家在青通河小渔船上"。周愿喜数学成绩一般,语文成绩不错。小学五年级时,语文老师方来和让我们用一句话表达自己将来的理想。周愿喜说:"我的理想是重新回到母亲的子宫里,从此不再看这人世间的苦难。"

成年后,我爱上了文学,有时候,我会踩着青通河松软的沙滩在江岸慢慢地散步,并开始主动与渔民搭讪。得到允许后,我会小心地踏到窄窄的跳板,爬上一只渔船,像他们一样盘着腿坐在船舱里喝茶。我坐在那里,看船妇用一双灵巧的手快速地编织着一张尼龙丝网,一边熟练地往缸灶里塞着柴火。饭熟了,船主留饭,我也就不客气,一碟蒸干鱼,一碗乌黑的霉干菜烧肉,我与船主喝两杯酒,话匣子就打开了。我们聊江上日月,聊婚丧嫁娶,聊古今传奇,其中"淌捐"一事后来被我写到一部长篇小说中。

船主说他曾祖父原是只有一条小渔船,在鱼蟹不值钱的年代,他曾祖父决心干一票大的,这一干,就歇不下手了。他曾祖父的船越来越大,吨数越来越重,后来就开始了"淌捐"。清政府在大通设立了水事局,过往的船只都得按吨位纳税。官府有苛捐杂税,船家自有偷税漏税。最狠的,是除夕夜里的"淌捐"。每年除夕,大通水上督察局连同税卡照例会关闭一夜,回家过年。船家便有了一夜"淌捐"的机会——任船顺江而淌,免去官税。侥幸漏过一次官税算不得什么,那年头,撑死胆大的,饿死胆小的。

光绪三年(1877年)除夕夜,上千艘船只满载着"货物"隐蔽在洲头的芦苇荡里。那天晚上,他祖父与曾祖父也早就做好了准备,就等那一刻了。天将黑时,不远处的芦苇荡里一群鹭鸶贴着水面惊恐地飞过,大年三十,天气却热得像三伏天。听得一声骤响,那一片大铁锚起出水面时的响声惊天动地。刹那间,千帆竞发，百舸争流。他祖父已经将大锚起出水面，却听到他曾祖父大喝一声："下锚，吃年饭！"他祖父说："老头你疯了吗，可不就等着这一刻吗？一年的盼头啊。"他曾祖父说："你是老子还是我是老子？"他祖父急了，回嘴："这舱里的货你留着生吃吗？"说话间，芦苇荡里就剩下他们这一条船了，他曾祖父神色严峻，将一杆撑篙递给儿子，又指着自己的胸膛说："狗日的，老子不想死后连个送葬的都没有，你先做了我，再'淌捐'去吧。"看着曾祖父铁青的面孔，他祖父不敢再说什么，只是将那只大锚狠狠地砸进水里。

第二天上午，从大通羊山矶传来的消息让他祖父惊出一身冷汗。那一片江面上，到处是一块块被撞碎的船板，还有一具具变形的尸体。谁也不知道那天晚上羊山矶一带究竟发生了什么。事后，他曾祖父变卖了大船，置一条渔划子，开始在青通河上以捕鱼为生。老人家一直活到九十六岁，临死前说："记住，天道难违。"

从宋人杨万里的"鱼蟹不论钱"到曾经的鲥鱼、白鳍价比千金，是一个水上历史的圆周。似乎又在眨眼间，历史像翻了个个，包括白鱀豚在内的一大批水中珍稀动物相继出现功能性灭绝的趋势。白鱀豚、鲥鱼、鲚刀鱼，成为极危物种。在地球上活了1.5亿年的长江白鲟，如今也消失得无影无踪，历史的变幻，真是比翻书还快。

十年禁渔，世代以打鱼为生的渔民们上岸的第一夜怎么都睡不着觉，他们的耳边只有江水拍打在船舷上的玄妙音乐，只有丝网被拉出水面的一刻白鳍欢腾扑跳的场面，九月鱼汛期青通河岸边风暴一般从上游传来的欢呼声仍一浪一浪地在他们耳边回响。

这一切，依水而生、以捕鱼为业的渔民们啊，又怎能丢舍？

渔民出身的大通民俗学会会长张利华是我的朋友，他弃船上岸，不经商，不开店。长年的水上生活，早就为他积累了他与家人一生的衣食。他在大通后街创办了一家民俗博物馆。青通河上，他有一身过硬的水上功夫。每年端午的龙舟活动，他赤裸着上身，穿一条短裤，在船尾的一根竹竿上表演着水上芭蕾。他在那竹竿上或接连地翻着跟斗，或一只脚钩在竹竿上，来一个倒挂金钩，引得岸上阵阵喝彩。

这几年，大通的原居民越来越少，张利华说："我生是大通人，死是大通鬼。"

老屋烟火

将近二十年了,当年我们举家离开老屋时,我记得它已经歪斜,像一个腰肩坍塌的老人。奇怪的是,直到最近我去看时它居然还立在那里,只是歪斜得更加厉害。楼上依然住着人家——一个在街上卖大饼的师傅。这么多年里,老屋经历了一次又一次的洪水或是大火,其中的一次大火甚至烧到它隔壁的梁上,然而老屋还在。

我走进这老屋,顺着那截陡峭的楼梯爬上了阁楼,一股呛人的烟火气直向我扑来,这是我熟悉的气味。这时,我仿佛听到父亲在说:"你该去理发了。"

父亲的晚年,就一直住在那间他自己用木板和芦席隔成的小房子里,很少出来,直到他咽下最后一口气。有时候,我回来,我也就住在那间房子里。我和父亲抵足而眠。父亲紧紧地掖住他那边被头,他怕我冷着。我蜷身而卧。窗外的路灯照进屋里,夜已经很深了，但仍然有人从门口走过，他们大声地说着话，大声地争论着他们感兴趣的话题。这时，从下街头传来打火更的竹梆声，还有菊香婶那沙哑的喊更声："小心火烛，火烛小心，水缸挑满，灶门口扫清，芦蓆壁上不要挂煤油灯啦……"

第二天早上，我被门口早市上的讨价还价声吵醒。我去给父亲倒尿壶，然后我就走到那个堆满黄沙的河滩上，呆呆地看着对岸的一群鸭子依次走下河堤，又整齐地浮游到碧绿的河水中。一条拖驳拉着十几条木船向上游驶去，轮机卷起的一阵浪涛击打到我的脚下，一只大罾正缓缓起水……

我回到老屋里，父亲已经洗漱完毕，他挎着一只菜篮正准备出门买菜。他看了看我说："下次你回家要多穿些衣服，你的身子和以前一样单薄。"这时，母亲正点起煤炉。这是烧早饭的时候，老屋里五六户人家，集体用着一间厨房，呛人的烟气熏得父亲连连咳嗽，我也禁不住咳了几声。母亲赶紧拿起那只破蒲扇起劲地扇了几下，结果扇出一股更浓的烟雾。

父亲挎着菜篮，沿着那条石板路走了，他的步履看起来有些迟缓，但身体却挺的笔直，每一步都走得相当稳沉。我目送着父亲的背影渐渐远去，心里突然掠起一股羞愧。是的，我已经二十一岁了，却无法为这个艰难的家庭担负起一点责任。

过了一会儿，父亲回来了，他带来一担松柴。那个卖松柴的是我的一个小学同学，我忘了他的姓了。于是，楼下传来他与父亲讨价还价的声音。母亲嫌松柴太湿，但父亲坚持要买，母亲拗不过父亲，只好收下。

我的头有些晕，最近总是失眠。我望着天花板上去年冬天新糊上的报纸，漫不经心地读着那上面过时了的新闻。报纸不知糊了多少层了，总之每年都要新糊一层。有时候，过年的感觉就像这新糊上去的报纸一样，会给人一种莫名其妙的新鲜感。还有那门上的年画，也是一年换上一张。过年的时候也是父母亲最容易发生争吵的时候，因为过年总要花去好多钱，有些钱似乎非花不可。于是，父亲总要找一些茬子同母亲争吵，以发泄他对这艰难时世的愤懑。全家人就在这难得的过年的气氛中提心吊胆地相聚。

近二十年后，当我再次踏进老屋，居然还能找回许多当年的感觉，包括父亲当年刻在门扉上的一串"正"字。那是父亲对生活的某种记录。

东边墙上那扇窗子仍然开着，就像父亲当年住在这里时一样。几乎一整个夏天，父亲都是将他的帆布靠椅移到这临窗的位置，以享受偶然掠过来的一阵凉风。在这间屋里，大哥完成了他的婚事，而我是在将近三十岁时与现在的妻子完成了终身的大事。接下来，我们的孩子也在这间屋里度过了他们的童年。有一次，我们兄妹想记录一下母亲这一辈子到底带过多少孩子，其结果当然让我们大加感叹。二十八个！其中有一些别人家的孩子。如今，这些孩子有的做了父亲母亲，有的甚至做了祖父祖母。但是，他们是否记得他们在这间四壁糊满旧报纸的阁楼上是怎样哭泣，怎样吵闹的？所有经母亲的手一点点带大的孩子，是母亲这一辈子一个又一个作品。无论他们的现状如何，对于母亲来说，都同样是她为之骄傲的资本。

门前的石板路毁了多少次，又修了多少次？这条石板路从老屋的门口一直延伸出去。当年父亲就是沿着这条石板路走进这条老街的,后来,他又沿着这条石板路走出去了,从此没有再回来。临走前,父亲艰难地举起两根指头——我们明白,他是要我们带好年迈的母亲和幼小的妹妹。

母亲一直说想到老屋里看看,但她一直没有去。我从来没有鼓励母亲去看那间老屋,因为我知道当母亲重新回到那间老屋时会是一种什么心情。现在,我替母亲回来了,回到这间老屋里。老屋的格局依旧,但老屋的住户换了一茬又一茬。他们不认识房屋旧时的主人,我当然也不认识他们。他们说:"你是看房子的吗?虽然破些,但还好住。"

走出老屋,我沿着石板路已经走出很远了。我回过头来,老屋仍斜立在那里。我似乎听到父亲在说:"下次你回来,一定要穿暖和点……"

上部·故乡的河

湖岸

共和街64号后门的这片湖,几乎占据了整个镇子的三分之一。

这座我曾经生活过的镇子是一座有着悠久历史的水陆码头。镇子以东是这片水域宽广的湖,西面有一条江流,湖与江流之间狭长的这条石板路大街便被命名为大通,有通达八方之意。因着水上交通的便利,历史上竟有"小上海"之称。

至于这湖的名字,总是说不清的。小时候听人发音以为是"池塘湖",后学问渐长,知道湖与塘是不一样的,池塘总是小而圆的,不会有这么大的一片水域。后来又听人说是"慈堂湖",这就与镇子东南面那座西班牙人的大钟亭扯上边了。直到最近几年,研究地方文史的人多了,又说它是叫"祠堂湖"。自然,我对这名字仍是怀疑的。

说是清嘉庆年间,当地望族佘姓的领事人佘以雨因本族三百年来未出名仕,便发愿要为祖先修一座高大的宗祠,以仰仗先人的荫庇惠及后人。一日,有跛足道人路过门前,欲讨一碗水喝。佘以雨将缸中水递上一碗,孰料那跛足道人只喝了一口,便将那水泼在地上,扬长而去。望着跛足道人的背影,佘以雨似有所悟,便再去缸中取水自饮,顿觉苦涩难咽,自叹曰:"以雨啊以雨,你的名字不是与水有关吗?眼下要者,是族人齐心发力,挖一口甜水井,以惠及后人。"说时,佘以雨便去追那跛足道人,一直追到长龙山上,问道:"师父,我欲开一眼水井,何处寻得水源?"跛足道人便解开裤子,就地撒了泡骚尿。佘以雨有些厌恶,掩鼻而去。听得那跛足道人在身后说了一句:"出东南,二百五。"二百五,这是家乡骂人的话,类似北方人的"傻蛋"。第二年春,那跛足道人撒尿处长出一棵小树,却是一株刺槐。佘以雨便从刺槐处往东南处走了二百五十步,井的故事由此展开。

民间传说多牵强附会,信者自信。直到最近,我去坐落在长龙山我的小学母校处,看到那棵被很多孩子拜为干父的老槐树上挂着一块当地有关部门的保护牌,上写"刺槐,又名洋槐,落叶乔木,每年春上开花,花可食用,树龄:两百年,保护等级:一级,二〇一六年某某处立"。沿着老槐树向东南方向走约二百五十步,便是那口龙泉井,井旁立着一块石碑,碑上写着"清嘉庆丁丑年佘以雨开"。从嘉庆丁丑年(1817年)算到二〇一六年,正好是一百九十九年,差不多也就是两百年了。井龄与树龄,如此奇妙地吻合,能说这故事是"满纸荒唐言"吗?

两百年过去了,那棵刺槐树满身树痂,也被人称为丑树,而每到春天,一树的槐花散发着浓郁的香气。那口龙泉井无论遇到怎样的旱年,都从不干涸,其水仍甘甜可口。幼时我上小学,往来必经过这一口龙泉井，无论上午还是下午，井旁总是热闹的，妇女们在井旁洗濯，也在井旁笑闹，相互泼水撒欢。无论生活如何，人们总能找到属于自己的快乐。这口井，滋润着一方水土，也滋养着一方百姓。

据《佘氏宗谱》，佘以雨逝后，族人感念他当年开井之功，为满佘以雨生前遗愿，便发动族人，开始修建一座新的宗祠，建祠取土处便有了这一大片洼地，遂成湖泊，取名为"祠堂湖"。文人的这番解说，颇似北京的万寿山与昆明湖的缩小版，到底还是难以令人信服的，想想那该是多大的一座祠堂！其实，湖就是湖，就像人就是人，每片湖总有它存在的理由，至于叫什么名字，我倒是以为并不重要的。直到今天，一切帝王将相，乃至所谓能荫庇后人的祖宗，都早已化作烟云，而这片湖因为历年雨水和江水的冲击，越发的深阔，惠及一方百姓，却是真实可见的。

七岁以前，我们家是在和悦洲二道街洄字巷附近，后来就搬到鹊江南面的大通共和街64号，六七户人家，挤在一个筒子楼里。经济一如既往的拮据，日子的凄惶自不必说，但也许是有了后门口的这片湖，一家人似乎都很开心。房子原先是一个有钱人的旧居，后院就是这人家的后花园。多少年过去了，有钱人不知所终，这片后花园的花坛也坍塌了，只剩下一棵野桃树。每到春天，一树的桃花开得灿烂一片。母亲在后院开了一片菜地，种下辣椒和茄子，每到夏季，菜园里碧绿丰沛。湖当时还没有被公家管辖，湖是野的，湖里的鱼虾也是野的，七八月里，湖水清澈，里面的游鲳、大白，还有一群群青浑就在你眼前自由地游来游去，逗引得你心直痒痒。这时候，无论是湖里的鱼还是湖岸上的渔夫，都各自在斗智斗勇，演绎着"水至清则无鱼"的世间法则。到了九十月里，那些呆笨的蟹就不一样了。夜里，在湖岸边点一盏马灯，再备一把装有两节3号电池的手电筒，蟹见到灯光，就傻傻地爬上岸来，你只需将电筒的光束照向它，那蟹便盲了，也无招了，第二天就成了人家酒桌上的珍馐。

日子是平静的，像这片湖，父母也不再像从前一样三天一小吵，十天一大闹，为柴米油盐，为儿女们的衣裳和上学的费用。其时我正读小学三年级，每天清晨，我总是在一片脆响的棒槌声中醒来，推开窗户，眼前一片白亮的水域，岸边的柳树倒映在湖面上，树上雀儿们的欢唱与浣妇们热烈的棒槌声互不相妨。不时的，有从无锡、汉口或是县里来的戏班子来镇上唱戏，清晨，一群少年演员穿着肥大的灯笼裤，在柳荫下吊嗓子、翻跟斗。我去给父亲洗尿壶，站在那片湖岸，提着尿壶，痴痴地看着眼前的一幕，竟忘掉自己的职责。这些如我一般年龄的少年们，让刚从一场清梦中醒来的我又进入另一场虚境。

时光顿挫，六七十年过去了。这个五月，我回到这片湖畔，年届古稀的我是为向早已离去的父母报告我生命的信息，也为看望滋养过我生命及精神的这片湖——谁又能理解一个刚从一场大病中爬起来的人对父母所给予的生命的新领悟？

湖岸边没有一个人影，镇上的居民家家都有自来水和洗衣机，再也听不到那片热烈的棒槌声。湖对面，那座西班牙人建的大钟亭卓然而立，大钟亭以及大钟亭下一组民国时的老建筑清晰地映在湖面上，清晨的湖面在薄薄的水汽中带着山水画的水洇气，占据了这片湖三分之一的空间，湖面上没有一丝风，平滑的湖面如同镜子一般将对面岸上的一切景物投映在湖面上：黛青色的瓦，粉白的墙，湖岸边一排老柳树。五月里明丽的天空映在湖上，为这幅山水画留下一大片的白。一群鹭鸶静静地浮在那片湖面上，我的到来，像是惊动了它们的某一个聚会，从湖面上腾空而起的鹭鸶们在湖面上拉出一片凌乱的水花。

此刻，我所处的位置距我的旧居不到二十米，我记得冬季从我站立的地方有一道坝埂路一直通往对面的螺丝山。湖的另一侧，是另一片山，鸭头似地伸进湖里，似正在喝水，人称鸭山。山不高，却蜿蜒一片，原先隶属于附近的新建乡，因村中出过一位劳动模范，村子便被命名为光荣小队。虽处在同一片湖畔，身份却是不同。镇上人是吃商品粮的非农业户口，光荣小队则是农业户口。因为这些，光荣小队的人对镇上人多少是有些不快的，他们骂镇上人是"街油子"，而镇上则回骂他们是"山猴子"。星期六的下午，我们几个结伴去光荣小队的山上割山茅草回来当引火柴，难免会遭到光荣小队人高声的詈骂甚至武力驱赶。其实那些山茅草是割不尽的，正如白居易的诗："野火烧不尽，春风吹又生。"他们的驱赶，只会加深镇上人与光荣小队的隔阂。偏有一年冬天，一群孩童在山上嬉戏时生起火来烤小干鱼吃，不想竟引起山火。大火不仅烧秃了光荣小队一大片山林，还差一点殃及光荣小队的那一片村庄，却没有人为这场山火买单。因而引起了光荣小队对镇上人更大的愤怒，光荣小队认为是镇上人放的火，镇上人则认为是光荣小队的人自己不慎引起的，双方的争执竟引发了一场不大不小的械斗，直到官方介入，抓走了几个顶包的人。此后镇上人与光荣小队之间的恶声恶语相互争斗并没有停歇。不久后，县上一纸公文，将光荣小队从所属的乡划归到镇子的名下，让城与乡，一律都吃商品粮。只是随即开始的大饥荒，城乡的差别，也就不那么明显了。这样的光景下，相对于寸草不生的镇上人，光荣小队的日子到底要宽裕些。镇上人开始把自己的菜园地一步步往光荣小队的山地蚕食，出人意料的是，光荣小队这一次竟割让出一块山地，让镇上人去自由耕种。大饥荒让城与乡，让光荣小队与镇上人难得地达成有条件的和解，从此竟相安无事很多年。后来我开始写作，光荣小队与镇上人的事，曾多次让我有写一部长篇小说的冲动。友爱与仇恨、战争与和平乃至相互忍让，哪怕短暂的有条件的相互融合，"退步原来是向前"，再循环往返，就像哲学上的螺旋式发展，从而推动人类的进步与繁荣。几千年来，世界的格局莫不如此。

现在，鸭山那一片建了别墅群，却很少有人出没，往里，是一片公墓，再往里，就不再有人家。世代务农的人多半去了市里，有的则在镇上买了商品房，在临街的门口做一点小本生意。每到周末，有一批批的外地人来到镇上，对着那些修复一新的马头墙拍照，品尝着镇上特有的臭豆腐、油炸小鱼和光荣小队的各种腌姜、芝麻酱等当地美食，大通镇被列为省级风景游览区，被誉为"千年古镇"。

涨水季，那条坝埂路不见了，呈现在面前的一片水域就显得格外宽阔。年轻的时候，我总喜欢在傍晚沿着那条坝埂路一直走过去，走到光荣小队或是对面的螺丝山，眉头紧锁，学着像一个诗人一样悲天悯人。

去年，我带着病弱的身体于黄昏时在那条坝埂路上散步，竟遇到一个晚归的砍柴人,戴着眼镜,挑着沉沉的一担柴火。干硬的柴火告诉我,他一定是从二十几里路外的西垅山挑下来的。我一边侧着身,好让他过去,一边奇怪现在竟还有砍柴的人。随着那人悠悠扭动着的腰肢,扁担两头的柴火一闪一闪。走到我面前,他却歇下来,这一系列的操作,看得出他是一个砍柴的老手。难得这样的年纪,他还能去爬西垅山,还能将满担的柴火挑过几十里路,甚至都没怎么喘气。这一刻我们都相互认出了对方,他是江对面和悦洲人,是我小学时的一个同学。他的人生跌宕起伏,有过辉煌,坐过令人羡慕的位置,忽然就跌落神坛,在那里面吃了十几年牢饭。我看着他瘦小的身子,知道他的这一趟砍柴之路柴亦非柴,就如同我脚下的坝埂路,说起来也是路亦非路。在这个傍晚,我们相遇在年少时的这条坝埂路上,似乎就是天注定,彼此也就亲切起来。我说:"你这一担柴真不轻,起码有一百多斤。"他说:"是的,我老婆就想吃一口柴火饭,趁着今天有空,就上了一趟西垅山。"在那条坝埂路上,我们聊得很是投机。直到天快黑了,我看了看表说:"都快七点了,你怕赶不上最后一班渡船了。"他挑起担子,朝我笑了笑说:"没关系,赶不上渡船,就在我大舅子家歇一晚,好同他说说话,他也七十好几了。"我附和说:"是的,不用那么赶。"我在这句话前省略了"很多事"。我知道他是懂的。

  沿着这条坝埂路,有时候我会一直走到对面的螺丝山下。二十世纪五十年代初,那儿曾有过一座纽扣厂,那片山地里到处都是被机器钻成一个个圆孔的河蚌,脚踩上去,会有一片咯吱咯吱的响声。偶尔捡到几颗加工成型却不合格的纽扣,母亲会欢喜地收藏到她的鞋篮里,后来又缝到我们的衣服上。螺丝山的另一面,有父亲在困难年代开垦的一小块菜地。父亲是一个木匠,他不太擅长种蔬菜,他的菜地里从来都只有萝卜、大白菜或是莴笋。但在那些年里,正是这些最普通不过的蔬菜填补了一个多口之家餐桌上的空缺。

那一年我被《江南》杂志邀去杭州改稿,归途,就想把这好消息告诉父母。房门外套着一把铜锁,我循着这条坝埂路一直走到那片菜地,见母亲正弓着身子将一棵棵白菜秧种到打好的地窨里,父亲则将从湖里提来的水,浇在一棵棵菜秧上。我很少看到父母这样配合默契地做一件事情,他们争吵了一辈子,也这样过了一辈子。我站在远处,默默地看着晚霞中躬耕于荒地里年迈的父母,忽然有着一种莫名的羞愧。父亲直起腰来看了看我,一声不吭,继续提着桶来到湖边。我背过身去抹掉眼泪,接过父亲的水桶。那一年,父亲七十六岁,无论是他还是我们,都不知道再过一年,他将离开这个世界。但他像很多父亲一样,一生都在为生计所累,在茫茫人海中熙来攘往。第二年十月的某一天,我接到父亲病危的消息。而等我赶到家里,父亲正安详地躺在楼上的那间小屋里。我责备家里人为什么没有把父亲送到医院,父亲却生气地说:"我都七十七岁了,还不该死吗?"像很多老人一样,父亲很早就在山里为自己置办了他日后永久的居室。那几年里,他时不时地躺在那口杉木棺材里,用一把斧子前后左右地修凿着他日后居室的屋顶和四壁,直到他颀长的身子能够宽松地躺在里面。父亲在做着这些时,内心是欢欣的。他对母亲说:"我终于为自己办了一件大事。"父亲对自己的离世似乎早有安排,包括石碑和大表纸。直到咽气前的最后几分钟，母亲打开那道直通街道的门，让父亲最后看了一眼门前他熟悉的街道，熟悉的行人；父亲对前来为他准备后事的年轻同事张小扣抱一抱拳，说："劳驾你们了。"说完，他就闭上了眼睛。父亲没有什么文化，但他却用自己一生的行持教导我们，人的生命顺时而来，又顺时而去，如同花开花谢，也如同潮涨潮落。

很多年过去了，过去的稚童如今已满头染霜，我也早就是做外祖父的人了。我曾经那么厌倦那条石板路，厌倦石板路两旁各色人群，厌倦他们那长年在水陆码头养成的圆通八方的习气。哪怕是隔壁邻里，可以为芝麻大的事争吵不休，相互用着心思，说话旁敲侧击。尤其是中年妇女们，骂起人来不带脏字，却句句阴损刻毒，又好嫉妒，看不得人好，甚至不惜借一切社会风潮加以构害。这一切都曾让少年时的我时时有逃离这条街道的感觉。可现在，我站在这里，却比以往任何时候都想再听到从下街头传来的市井的喧嚣，还有江上小火轮汽笛的一声长嘶；我想再听到从丁铁匠的铺子里传来的不绝于耳的叮叮当当的敲打声，听到老戴的棉花加工厂里单调而枯燥的弹棉花的声音。人生就像一只圆轨，从原点出发，最后又回到原点，但却不再是当初。而当你开始明白这些时，你已经老了。我不能说我有多么热爱故乡，这话说来实在是空洞。故乡总是具体的，如父亲的严厉，母亲的唠叨，兄弟姐妹相聚一堂，吵吵闹闹，还有左邻右舍之间复杂而有条件的融合关系。这一派人间烟火，如沉淀过的水，即使你老了，当回忆起这些时，依然有着难舍和依恋。

很多次，久久地坐在旧居的台阶上，我看着头顶上的月亮从共和街 64 号的屋脊升上来，照亮着一整条街道，又从对面老百货公司的屋脊降落，行进的路线一如从前。街道上的路灯亮起来，街的那边，打火更的菊香嫂敲着怀里的竹筒，瞌睡绵绵地喊着："小心火烛，火烛小心，水缸挑满，灶门口扫清，芦蓆壁上不要挂煤油灯……"一时间，我竟忘记了自己是生活在二十一世纪。

清晨的风带着一丝凉意，偶或，柳条儿轻轻地拂在我的脸上，痒丝丝的。湖的那边，西班牙人的方钟亭仍占据着那座山头的制高点，画面的确颇似北京的万寿山与昆明湖，所不同的一是中式的亭阁，一是西洋的钟亭。大钟亭下的礼堂坍塌于二十世纪九十年代初的一场大雪，唯大钟亭经历着一场又一场风暴却屹立不倒。童年时我曾在那里看过一个外来的木偶戏班子演出的木偶剧《马兰花开》，当然还看过其他的一些演出，后来那里就成了我们小学雨天体育活动的场所。阳光透过一扇扇圆顶窗户上的彩色玻璃，在礼堂里投射下一道道奇异的光线，造成一种迷离的视觉效果。

去学校，须经过一片棚户区，那里住着上百户居民。附近有镇上的农具社，每次路过那一片，总会听到农具社里的电锯发出刺耳的噪声。我幼时最好的同伴李益中的家就在湖岸的一间茅草屋里。我很羡慕那些住在湖岸边的人家，这些茅草屋通常的建筑模式是三开间，中间厅堂，两边东西厢房，粗大的竹子拼接的梁柱，芦苇的墙壁糊着混合着稻糠的黄泥，不仅住着宽敞，而且冬暖夏凉。

我们居住在共和街 64 号的老房子里，就像这条街上所有的民国时期的老房子一样，每一个门洞里都住着三五户，甚或六七户人家。大家共用着一个厨房，每到烧饭的时候，整个屋子烟雾弥漫，就像发生一场生化危机。每到夏天，不等天黑，就有人将洗澡水泼到门前的石板路上,再将自家的竹榻子、靠椅在门前的街道上占据一个透风的地势。一整个夏天,人们都是睡在星露下的街道上。入夜,有人拉起二胡,有女人唱起了黄梅戏:

花开花放花花世界

艳阳天春光好百鸟飞来

柳凤英在十字街做买做卖

有一位大方客送我一块招牌

上写着四个字:绅商学界

下写着四个字:仕宦行台

……

这是传统剧目《小辞店》中的唱段,总是听不厌的。忽然,街角的某一处发生了争执,骂声中夹带着打斗声,是某个不怀好意的男人故意穿过人群,手却不听话地伸向一个穿着单薄的女人胸部。总会有人出面劝架,在这条各色人等群居的街道上,和事佬总是必要的。尽管也许下一次这和事佬也成了当事人,那以前的当事人自然也就成了和事佬。这条前街夏夜中发生的一切,毗岸而居的我们却很少出现。我静静地躺在一张竹榻上,吹着湖面上的风,听小妹妹牙牙学语地哼着一种只有她自己听得懂的儿歌,一颗流星突地划过夜空,滑向某一个未知的所在,让人思绪翩翩。湖那边的运动场上,从山东来的说书的瞎子敲着一面鱼皮小鼓,在鱼鼓声中给人们说一段山东快书都是大家熟悉的《罗通扫北》《说唐演义》之类。

　　夜气渐浓,疲惫了一天的人们终于睡去,只听到偶或的一处传来芭子叶扑打在身体上的声音,夜也睡去了。

那一年街道上流传着关于驴子狼的传闻，说是一种似驴般高大，狼般凶残的野兽在周边一带肆虐，残害了不少妇女儿童。越来越恐怖的传闻让镇上原本平和的气氛陡然紧张起来，人们不再为占领街道的某一个绝佳纳凉处争吵，也不敢整夜露宿在星露之下。一屋子的人挤缩在闷热的阁楼上，透过阁楼上的那扇小小的窗户，一边挥汗如雨，一边拍打着手中的芭子叶扇。夏天如此漫长，驴子狼的传闻久久不息，街道迅速组织了民兵，民兵们背着枪支，分布在各个交通要道，不分白天黑夜地轮班上岗。好不容易盼到立秋，驴子狼的传闻依然存在，而"秋老虎"却丝毫没有减弱的趋势。再次走出屋子乘凉的人们开始商量着对付驴子狼的办法。星露下，人们把孩子的小摇床放在最中心，渐次围成圆圈，向外的是老人和女人，年轻力壮的男人睡在最外围。各自身边都放着一把菜刀或是一根棍棒，整条街道就这样一圈一圈地，像一个个御敌千里的堡垒。那一段时间，镇上人表现出旷古未有的团结，人们的面容都和缓起来。

在即将出伏的某一个晚上，当一整条街道都沉睡在酣梦之中，某处突然传来"驴子狼"的惊叫声。那一刻，一河两岸顿时被这声"驴子狼"惊醒，人们在街道上一边疯狂地逃窜着，一边大叫着"驴子狼"，慌乱中有人甚至找不到自家的大门。抢先逃进门洞里的人死死地闩住大门，任外面的人们拍打着门环，发出绝望的哭叫声。第二天清晨，只见满街道上都是人们慌不择路时遗留下的鞋子、扇子。直到好几年后，那个第一个叫喊"驴子狼"的孩子长大了，终于承认，那天晚上他在被尿胀醒后，看到的其实是一条正在啃西瓜皮的黑狗。几年后我考入本县唯一的中学，每当有外地的同学以嘲弄的口吻说起我们镇上闹驴子狼的事时,总是羞惭得无地自容。很多年后,我回到街道上,当我向前辈或同辈人说起当年的驴子狼事件时,竟没有人说曾经发生过这样的事情。我以为,这种集体无意识的忘却其实是镇上人对人性中自私和恐惧本能的藏匿。

那个夏季,上街头宽厚的父亲死了。当人们都去宽厚家看望时,我也跟着去了宽厚的家。这是我第一次目睹一个熟悉的人死了,只见他躺在地上的门板上,脸被大表纸紧紧地捂住,但我还是看到他裸露出的枯黄的脚杆。那天晚上,宽厚父亲那双枯黄的脚杆总是在我眼前挥之不去。死亡以及每个人都要死亡的现实,让我内心在很长的一段时间里一片荒凉。

食品和衣物依然奇缺,关于驴子狼的可怕传闻,让我们的生活充满不确定性,但漫长的夏季还是为我们带来无穷的快乐。午后,趁着父亲不注意,与一群小伙伴悄悄地溜到湖岸边,我脱得精光,一头就扑进湖里。那种热与凉交替的感觉,真是快乐。有时候,父亲会拿着一根竹条突然出现在那条坝埂上,他威严地站在那里的身影让我的快乐一下子跌到冰点。最可怕的不是父亲的喝骂或一顿竹条的抽打,而是他不声不响地用那根竹条挑着岸上的一条短裤扬长而去。这时候,我只能忍受着岸上或水里小伙伴们的起哄声,将整个身体缩在水里,欲哭无泪。好在每当这时候,我的某一个妹妹就会拿着我的那条短裤来到这片湖岸边。然而那一整个下午我似乎都生活在一片阴影之下,须知街道上那些父母惩戒孩子的时间节点差不多都选择在晚饭后的洗澡盆里。好在那天父亲似乎已忘了中午发生的事,晚饭后,我胆战心惊地看着他披着一件上衣,到湖岸北侧的运动场,听那个瞎子说山东快书去了。过了几日,同样的场景再次重演,我就是这样在与父亲斗智斗勇中获得属于我的快乐。

漫长的夏季携着秋季一同远去,冬天,大地静穆,万木萧瑟,冰雪皑皑,但我们这些有着贪玩天性的孩童们,永远都是充满活力的,哪怕是面对寒冷和饥饿。上冻的日子,清晨背着书包上学是一件痛苦的事情,有时是饿着肚子,极不情愿地走在那条上学的路上。湖结冰了,我们试着能不能像电影里的北方人一样,从冰上滑过去,那要节省很多路程,结果是那些胆大而毛糙的孩子以他们的难堪为我们做了一次牺牲。我们随地捡起一块瓦片,朝湖面上掷去,看谁扔出的瓦片能在冰面上哧溜溜滑向更远的地方。这种游戏能让我们暂时忘掉寒冷和饥饿,直至听到那边山头上响起一阵急促的铜铃声,这才慌不择路地向那边跑去。下午放学时,湖面上的冰更厚了,仍然有人试着从湖的那头沿着冰面走回家来,其结果可想而知。

早在清末民初,由于水上运输的便利,大通与上游的安庆、下游的芜湖以及淮北的蚌埠并列为皖省四大商埠。鸦片战争后,《中英烟台条约》的签订,加速了这座江南水陆码头步入现代化的进程。现存的水师营、盐务招商局以及清政府对付太平军的大炮台遗址,见证了一河两岸曾经的历史。繁盛时期的一河两岸开始被人称为"小上海"。拙著《和悦洲小上海》详细地描述了故乡那一段历史和当下的生活。

大通编苇葺为庐的历史一直延续至一九四九年前后,直到我离开大通前,镇上仍有一两片简陋的棚户区。这些棚户区多以芦苇竹木为建筑材料，又多集中居住，因此，当一庐引火，则一片火情。常常是在半夜，我们被龙头山上大钟亭的火钟声惊醒，窗外，镇子的某一片天空被大火燃红。棚户区的大火有时会殃及街道上那些民国时的老建筑，烧红的瓦片带着恐怖的啸叫蹿向天空，街道上人声嘈杂，远处传来孩子和女人的哭叫声，火龙队（专业训练的灭火人员）拖着按压式灭火机飞速穿过石板路去往着火点，人们自发地提着水桶和脸盆朝着火的方向跑去，母亲将被惊吓的孩子搂在怀里。孩子们第二天早上上学时，便看到原先的那片棚户区化为一片焦土，清冷的空气中有一股刺鼻的焦土气味，有女人坐在地上捶胸顿足。直到晚年，那场景仍不时地出现在我的某个梦境中。

镇上的棚户区有好几片，但湖岸毗邻西北岸边的这片棚户区肯定是镇上最大的一处。李益和、李益中兄弟俩直到现在仍与我保持着不间断的联系。他们的老父亲戴着玳瑁眼镜，腿有微疾，长年拄一根拐杖上班下班，看上去像一个旧时的师爷。老父亲一定读过不少旧书。道家认为，只有做到"和"与"中"，天地才能归位，万物才能生长。"和"与"中"也符合儒家中庸理念，做人做事，既不剑拔弩张，也有忍辱谦让。李益和排行老大，他名下有六个光头兄弟。弟兄多了，依次排列，就得了外界大和尚、二和尚、三和尚、四和尚的称号，一直排到第七个兄弟滴和尚。滴和尚是父母最小的儿子。听过歌手侃侃的歌：

  时针它不停地转动

  滴答滴答滴答

  小雨它拍打着水花

滴答滴答滴答

是不是还牵挂着他

滴答滴答滴答

有几滴眼泪已落下

滴答滴答滴答

寂寞的夜和谁说话

滴答滴答滴答

……

人类的繁衍总是永不停息，不管日子多苦，岁月有多艰难。生生死死，时光总在前进着。

共和街64号的隔壁是竹器厂厂长李文良家，李文良家有一个患小儿麻痹症的儿子。有一年大水淹没了街道，我和这个很少露面的少年各自在自家门口洗碗，一边洗一边就聊了起来。他知道我写了一些文学作品，他说他也在写，只是要等到一定的时候才会拿出来，他说："你要相信，那时候，我要让全世界都惊出一身汗来。"

这个夏天来得有些早。刚刚进入午前，毒辣的太阳就开始照在湖面上，向我所在的湖岸反射来刺目的光线。我在一棵柳树下寻到一块搓衣石，顺便享受那一片柳树带来的阴凉。这里正对着我旧居的后门，那一片房屋基本保持着我离开时的格局。李铜匠家后门的那道大理石门楼依然坚挺在那片废墟上，据说从前是一家瓷器店，而瓷器店的隔壁是镇上的糕饼坊，父亲年轻时一个朋友的妻子就在那家糕饼坊里当面点师，我们叫她周妈妈。困难时期，周妈妈时常将一条方片糕或几包麻酥糖偷偷地送到我家。

后来我上了中学，放假回家后已不再有方片糕和麻酥糖，我也忘记了这位善良的小脚老太太，这一刻却想起她来，想起她的好。糕饼坊的下家就是老戴的棉花加工厂，那时候，那片门面房里整天传出棉匠们弹棉花的刺耳声音。等到我与那里的几个棉匠成了好朋友，就不再讨厌那"嘣——嘣嘣——嚓"的声音。老戴夫妇故去很多年了，连他们的女婿，我少年时代的好友梅明怀也因肺癌死于他五十岁那一年的冬天。现在，再也听不到那"嘣——嘣嘣——嚓"的声音了，那里被一个外乡人打造成一处茶舍，门前加盖了一座古旧的门楼，种着多肉和一种藤状的植物，开着细细的小花。茶舍的对门是佘飚大哥的家，佘飚大哥家门楣上挂着一块很大的招牌"醉梦居"，苍劲有力的炀金字凸显着佘飚大哥年轻时的狂野与豪放。他的酒与醉来自父辈的基因。那年夏天，他九十三岁的老父亲与年轻时的一位好友喝着酒，午后回家睡了一觉，就再也没有醒来，胸前还抱着小半瓶口子窖酒。

佘飚大哥的上隔壁原先是做蚊香的老王家，蚊香店关门后，住着一个姓冯的寡妇，我们叫她冯奶奶。那个闹驴子狼的夜晚，当街道上一片纷乱，我在慌不择路中竟一头闯进冯奶奶家尚未来得及关闭的黑漆漆的门洞，大叫一声，一头扑到冯奶奶的身上。受了惊吓的冯奶奶大叫一声，接着就一把将我抱在怀里，一边腾出一只手来轻轻地拍打着我的后背，一边用变了调的语音安抚着我："不怕啊，我儿不怕啊……"冯奶奶死去有好几十年了吧，这一刻想起她来，竟后悔在此后的很多年月里我一次也没有打听她的消息。

世界每天都在发生着让人始料未及的变化，而眼前的湖却依然保持着几十年前的性情：世故却也不缺做人的良知，有几分圆滑，自私中带几分狡诈，那是长年在艰难时世中提炼出的应世的诀窍和做人的智慧。这一刻，我竟是如此地思念他们，思念那些单薄而弥足珍贵的人间真情。

脚下的草够深了，一丛丛疯长的辣蓼草挡住了去路，如果不仔细去看，不会注意到辣蓼草紫红或深红色的花开得如此艳丽，这些一串串的花从草尖处清一色地朝着湖水的方向耷拉下来。我用手机拍下这些不起眼的蓼子草花的图片，发到网上，很快有人问我是鸡冠花吗？甚至有人问是不是蒲公英花。这片潮湿的湖岸似乎并不适合蒲公英的生长，但我却真的看到一朵金黄色的小花在一堆瓦砾中明亮地开放着，仿佛是对这片杂乱的湖岸灿然的点缀。

这一刻，湖面上起了一阵风，湖浪拍打着我脚下的湖岸，打湿了我的鞋。我索性脱下鞋，让它在太阳下暴晒，而将一双脚伸到湖水里，感受着湖水透心的凉。时至五月，湖岸边的柳条儿有点儿老了。记得这一片应该有一棵桑葚树的，上一次我来时，那棵桑葚树上结着紫红色的桑葚，让我吃了个够。现在，桑葚树不知什么时候被人砍了，我注意到在它的根部又滋生出一枝细小的嫩芽，这是生命的轮回，讲述着一个关于桑葚树周而复始的故事。

从对面大钟亭传来一阵尖锐的电铃声，正是小学放午学的时刻，没等电铃声歇，那边的操场上传来孩子们一阵欢快的尖叫声，他们像一群叽叽喳喳的麻雀，让这片湖立即充满了生机。马上要过端午节了，一年一度的龙舟比赛的序幕即将拉开，螺丝山那边，有工人正在搭建一座临时码头，我已经接到镇上发来的邀请函。

是的，我已经很多年没来参加故乡的龙舟比赛了。不远处的一棵柳树下，养鱼的老大解开系在柳树下的船绳，他应该是当年的渔民高大成的小儿子，他继承了父亲壮实的身板，清秀的脸庞却颇似他早逝的母亲。他当然是不认得我的，我离开时，他还没有出世呢。此刻，这个继承了祖业的年轻人用竹篙轻点了一下湖岸，船轻快地滑向湖面，水面上欢腾起一片水花。

我知道，我该回去了。

一口老井

一口井的存在，其实就是一段历史的存在。

关于这口井的传说，我自幼听到多种。有人说离此不远处的那片湖是佘氏族人为修建宗祠而挖出的坑，名祠堂湖。打我记事起，就未见过祠堂，但祠堂湖却一直都在那里，忽盈忽缺，一切都随天象，其面积大约在两平方公里。到底什么样的祠堂，会挖出面积如此之大的一片的湖？也有人说祠堂湖是龙戏水的所在，有一天，龙打了一个喷嚏，于是就有了这口龙井。听说这井是龙的一只眼睛，好奇的孩童便欲问个究竟，并四处寻找另一只龙眼。传说毕竟是传说，传说是经不住孩童之问的。关于龙的传说，无论人们用怎样的文字来描绘它，都会被人传之又传，成为故事。佘氏后人感念先祖佘以雨掘井之功，于井旁立丈二井碑一块，却一直是存在的。碑铭的文字分明：嘉庆丁丑年（1817年），龙泉井，佘以雨开。

那时候，我们无论上学还是放学，都会经过这口老井。偶尔，将头伸向井口，在那深不可测的井底，可以看到一汪水光，照着井口的我们，让人感觉那井的神秘。

井就是井，它不因你的好恶而改变其质，也不因你的冷落而收敛其性。井毕竟不是人，人有恶俗，井却无染，这是井的品德，井的高风亮节，人又如何能比？

有一年，有人一时想不开，在井里结束了性命。人们不仅不对死者报以同情，反讥讽说，长江没有关门，祠堂湖没有上盖，死就死吧，何必又污染了一井好水？

混乱年代，有人手持大锤，要砸毁那块井碑。大锤抡起间，身后大树上忽有一声鸟鸣，抬头望处，一只大鹏腾空而起，在空中划出一道黑色的闪电。鹏飞走后，那人忽然面如纸灰，丢下大锤恍然而去——当然，这又是一则传说。我下放农村的前一年，无意间又路过这口老井，见那井碑上的字被人涂上一层泥灰，碑面斑驳，像京剧中的花脸。

五十多年过去了，当年那投井而亡者不知魂归何处，砸井碑的人也不知年岁几何，但井和碑却依然矗立于长龙山下，冷眼向洋，看着这世间的一切风云变幻，看过往行人一批批来，一批批去，它只是静静地卧在那里，不发一言。

一口井的存在，即一段历史的存在，重要的是，井的存在，向世风日下的社会树立了人生的标杆：它不以人的赞誉而改变其洗濯之性，不以人之污损而改变其洁净之风。这就是井。

不知何年，有人在井上盖了一座亭子，井碑上的泥垢被人洗净，碑上那几行字也被人用红漆细心地描过，每一个字都通红透亮。但井还是井,井不是人,又何须立碑?又何须用亭加盖?三百余年来,龙泉井也无风雨也无晴,就像歌手刘欢歌词里唱的:"千秋功罪任评说,海雨天风独往来。"

俱乐部

八岁那一年,我们从鹊江北岸的和悦洲迁徙到南岸大通,居住在共和街76号曾家大屋最后一进。一间狭小而破旧的老屋,外加一间几家共用的厨房。好在我们原先的住处也不宽敞,住进曾家大屋后,也没有什么精神上的落差。但随后我便知道,我们能居住在这里是一件多么幸运的事。住处的后门,正对着大通工人俱乐部,那是一处镇上的体育文化娱乐中心,也是镇上最热闹的所在。

俱乐部是一个外来词汇,一个舶来品,现在称为会所,仍是一个外来词汇,舶来品却具有全民的意义,只要你有兴趣,这座俱乐部的大门随时为你而开。

俱乐部院子里有一排丁字形建筑,不知建于何年。那里有一个图书馆,一个电影院兼剧场。不时的,会有一些外地来的杂技团或戏班子前来演出,即使是一个乡镇业余剧团,同样是场场爆满。直到现在,我仍然能随口哼几句无锡的锡剧,合肥的庐剧——我们称"倒七戏"。

有一次听说严凤英要来演出,早三天,街道上就开始处于一片躁动不安之中。走在大街上,几乎人人都在说严凤英,说她的《小辞店》,说她被拍成电影的《天仙配》和《女驸马》,也说她当年在大通唱两头红的《乌金记》时被董店那边一个土匪掳掠去的惊险。但严凤英毕竟是严凤英,无论是民国时的安庆,还是新中国后的合肥,严凤英都挂头块牌,但也竟一次都没来大通俱乐部唱戏,据说是因戏台太小,唱不了大戏。倒是严凤英的前辈桂月娥领着她的班子来大通唱过几场折子戏。只是,当时的桂老板已人老珠黄,她早就不再上台,但她的名头还在,她的气场还在,听说她要来,票提前三天就卖完了。演出的当天晚上,俱乐部门口的人久久不肯离去,直到那场戏终场,人们还围在那里,想看看桂月娥的真面目。

很多年后,我为给大型电视专题片《黄梅戏》撰稿而去采访桂月娥。坐在桂月娥家的客厅里,老太太一边捏着一支香烟,一边同我聊着她当年在大通天主堂演出的盛况。为了满足她的戏迷们,她不得不一天连唱三场,白天两场,晚上再加演一场。那一次,她在大通唱《乌金记》,原本要唱七天,但刚唱到第三天,即被一恶霸掳掠到一处,从而引发一场群体事件,学生停课,商店关门,连停泊在江面上的美国人的舰船也将炮口对准天主堂的大钟亭。历史有时是错讹的,也是迷离的,相同的故事,不同的人物,虽然我并不知道被掳掠到董店的究竟是传说中的严凤英,还是坐在我面前的这位把一生献给黄梅戏的老人,但我却相信,在一个强权社会里，艺人们风光背后的命运总是差不多的。

有一年镇上来了一个外地的剧团，剧团里有十几个同我年龄相仿的少年。每天清晨，我总会看到那些少年演员穿着肥大的灯笼裤在湖边翻跟斗，对着湖对岸的螺丝山吊嗓子。他们多姿多彩的生活与我枯燥的生活截然相反，我被他们的生活深深地吸引了，甚至迷上了一个跟斗翻得特别好的名叫小猴子的少年，但他似乎对我不屑一顾。这深深地刺痛了我。于是，我便偷偷地在家练劈叉、翻跟斗。然而当我练到能劈一字叉时，他们却在某一天清晨突然消失了。我的班主任方来和老师看出我的失落，便开导我说："你不适合做一个演员，你适合做一个作家，或者一个编剧。"

往往是在某个冬夜，瑟缩在被窝里，在煤油灯下读着那些大厚本的书，读着读着，我会被俱乐部院子里嘹亮的军号声和哒哒的机枪声惊醒。有时候就禁不住翻身而起，随着一群半大的孩子可怜兮兮地站在俱乐部的大门口，等待着那把守闸子门的人善心大发，放我们进去看几分钟闸子戏。电影结尾处往往正是一部电影的高潮处。军号嘹亮，杀声震天，我们同电影中的人一同欢呼着，一同兴奋着。

那一年家遭劫难，我离开学校，失去了课堂，寂寞的日子里，我这才意识到自己是那样渴望读书。我就是在那时候认识了一位音乐少年。我是被他的二胡声吸引到他身边去的，也是被他天才的气质吸引到他身边去的。有一天，我跟着他走进一间宽大的屋子里，一屋的油墨气，一屋的书香。这是镇上的图书馆，管理这些图书的是音乐少年的母亲耿妈妈。当她得知我的情况后，便告诉我说："你想看什么书，随便挑吧，一次两本，半个月一还，"

耿妈妈说："记住，这是镇上的图书馆，损坏了书籍，是要赔的。"就是这样，无数个夜晚，在昏暗的煤油灯下，我阅读着那些大厚本的书《苦菜花》《迎春花》《野火春风斗古城》《青春之歌》《林海雪原》……

　　二十多年后，我出版了一本薄薄的小册子，算是我的处女作。我把这本小册子送到耿妈妈的家，我们一同回忆着当年的俱乐部，回忆着当年的日子。后来我做了老师，往往在课堂上，我会禁不住抛开教学内容，为我的学生讲起我少年时代的这一段故事，我告诉他们，无论命运如何搬弄，无论生活多么不堪，只要有书读，精神世界就不会枯竭，人也不会被生活击倒。

奔跑的篮球

住处的后门是镇上的俱乐部,俱乐部门前有一片篮球场。两只木制球架相向而立,开始变形的篮板,耷拉着的球筐,像是两位不堪重负的老者,却依然坚挺在那里,谁都不肯率先倒下。

那是一个忙碌的年月,但一年四季,篮球场上总不缺打篮球的好手,除非天阴下雨。他们往往半下午就来了,用扫帚将球场上的垃圾或树叶扫净,用煤渣和泥土填平球场的凹凸处,从附近人家借来水桶在球场洒上水,用石块在地上画上边线和罚球点,然后就开始了一场篮球比赛。人多时,打全场,人少时,打半场。

篮球场总是镇上最热闹的所在,当激烈的比赛正在进行时,即使是从未摸过篮球的人,也愿意捧着一碗稀粥,站在球场外,为自己喜欢的球队球员呐喊助威。不经意间,一只篮球飞过来,不偏不倚,正好落在那碗粥里,稀粥连同粥里的咸菜豆腐乳溅得那人满身满脸,惹得满场一片笑声。那人也只得悻悻地骂一声,像是骂人，也像是自骂。不过几分钟，在原先的位置，再次看到那个捧着一碗粥继续看比赛的球迷。

那时候，几乎每个星期镇上都有比赛，有镇上组织的，但更多是自发的。而遇上重大的节假日，比赛会升级，人们事先就在镇子的一些重要场所贴上"球讯"，于是，早早的就会有人来到球场，平整场地，用一只装有石灰粉的拖轮在球场拖出标准的白线。比赛还没开始，球场外总是围满了观众，有人甚至早早就从家里搬来长凳，尽管如此，等到比赛时，人们还是不得不站到长凳上，里三层，外三层。物质虽然还是一如既往地匮乏，包括吃穿用度，但人们的脸上却总是溢满了快乐，因为有了这一场又一场的篮球赛，似乎从来就不觉得自己缺少了什么。遇上重大比赛，担任裁判的便是木材站的佘守刚，他是镇上最好的篮球裁判，也是场上的搞笑巨星。他嘴里含着哨子，弓着大虾似的腰身，在球场上来回奔跑，用他的哨音和夸张的肢体语言为一场球赛展示着他的公正和严明，也给球场带来他的一本正经的滑稽和笑声。

自从一八九一年美国人詹姆斯·奈史密斯发明了篮球，这项运动很快就传到大通。一九三七年，大通篮球队参加了在蚌埠举行的华东地区篮球比赛，取得了冠军。据说据守在蚌埠的日军观看了大通篮球队的精彩比赛后，坚持要与大通篮球队进行一场友谊赛，结果大通篮球队大胜日军。日军大佐不服气，要求再赛一场，结果仍是如此。县里有一支代表全县水平的篮球代表队，有三分之二的球员都是大通人。在这样的氛围中，大通的青少年没有不会打篮球的。

由于饥饿，我自幼身材瘦小，弹跳也不好，但从小学六年级开始，我接受了我的体育老师胡作西的训练，开始用左手投篮，左手运球过人。胡作西说："这就是你的优势，你就保持这样的打法。"后来我招工进厂，也成了工厂的一名主力队员，虽然并不出色，但我的左手上篮往往也够让对方喝一壶的。再后来，我在池州师范学校做老师，我所带领的班级在体育比赛中总是取得最好的成绩，这不能不归功于我少年时代的体育老师胡作西。

胡作西是我少年时期最崇拜的篮球明星，他有着高大的身材，性格沉稳，球场外，谁也看不出他是一个篮球健将。只有在篮球场上，他才真正显现出他智慧而灵动的个性。他既是后卫，又是整场的组织者，当他的队员在进攻中被对方阻在篮下时，他会带着球首先突围而出，并且大喊一声："拉出来！"于是，一场新的进攻在他的组织下重新开始。

很多年后，我在街上见到已经年迈的胡作西，其时他正提着菜篮从市场出来。他居然还记得我，记得我用左手投篮。站在那条街上，胡老师谈着他老伴的病和他晚年的生活。那一刻，我多么想同他聊聊篮球，聊一聊那时候俱乐部门前一场又一场的球赛。我多么想告诉他，他留在我岁月中的印记不是他起跳投篮的漂亮身姿，也不是他担任教练时的运筹帷幄，而是他在组织进攻时的一声声高喊——拉出来！拉出来！那是一场球赛的战术，也是做人的智慧。我想告诉他，每当处在人生的至暗期，或生活处于胶着状态时，我便想到他，想着他的那句"拉出来"。

鹊江码头

黎明时分,从下街的鹊江码头传来一声汽笛的长鸣,惊醒了少年沉睡的梦。巨大的涡轮搅动着江水,轮船启航时的轰隆轰隆声贴着江水一路传来,整条鹊江就像是一口开锅的沸水。我再也无法入睡,缩在仅有一丝寒气的被窝里,无端地激动着,感觉轮船里那黑压压的人群中有无数个自己。轮船正载着我无数的梦,驶向一个未知的世界,为我灰暗的少年时代涂抹上一道美丽的色彩。

几乎是每一个傍晚,我穿着一双露出脚趾的布鞋,一趟趟前往鹊江码头。轮船缓缓靠岸,船上的人如同蚂蚁一样黑压压涌出船舱,涌到码头上,涌进了长街。灯火昏暗的长街上人潮涌动,长街两旁客栈里的招客声,小贩们的叫卖声,混合着旅客们的讨价还价声,直闹到夜深。随着店铺槽门一块块合上的啪啪之声渐至停歇,从下街传来打火更的竹梆声,这空洞而悠远的竹梆声终于让一条长街慢慢地安静下来……

　　大通有两座码头，一座在和悦洲西江，一座在鹊江南岸。西江码头停靠的是长途客轮，航行于上游武汉至下游上海之间；鹊江码头停靠的小火轮游弋于上游安庆至下游芜湖之间，两日航程。

　　我就读的和悦小学在连接大轮码头的中山路上，时常会看到高鼻梁、蓝眼睛、大肚皮的外国人提着皮箱从学校门前走过。我一直想去西江的大轮码头看看，看看那里的热闹，看看那些高鼻梁蓝眼睛的外国人怎样艰难地攀爬在轮船的舷梯上，看看那些阔佬闲少们怎样在趸船的二层楼上喝酒狂欢。但直到我离开和悦洲，也从未去过西江。对于那座神秘的大轮码头，我只是后来从佘飚大哥零星的叙述中略知端倪。

　　几年前，吴华邀我去故乡。时是初冬，我们乘坐的电动旅游车行驶在一条铺着蓝色油漆的大道上，忽然间童心萌发，我请司机将我们带到西江。江岸芦花瑟瑟，天高水阔，我们的到来，惊动了芦苇丛中过冬的水鸟，它们扑啦啦地扇动翅膀，飞入另一处芦苇丛。离岸不远处，一艘大吨位的货船停泊在那里。远处的高架桥上，一列白色的高速列车飞快地穿过江面，消失在无尽的时空中。

　　历史翻开它新的一页，古老的西江码头空留下一个故乡人对往事的惆怅。时光错乱，曾经的一切繁华俱如烟云，只是某一个画面带着迷离的色彩，偶尔会出现在我的梦中：清字巷的板划子，中山大道上的黄包车，洄字巷里的灯笼照亮一条湿滑的路面，妩媚的光影里，客人们一掷千金，只为买一夜春梦。

　　多少年来，大通的这片江面上并不平静。近代，清军与太平军在这片江面上屡次交手；大关口上，大清的炮队迎击过自立军的农民起义；抗战爆发，安庆沦陷，日军的兵舰将炮筒对准了和悦洲，川军则来个"焦土抗战"，一把大火，和悦洲真正变成一片焦土。

从源丰、利济、广济、池通号，再到江华、江汉、江津，轮船无论上行还是下行，都须歇宿于大通。轮船在港口添柴加煤，大厨在岸上采买补给。又是佛教圣地九华山头天门，清末民初，山上各大寺庙都在大通设立了驿站。码头上，招客们打着荷叶边的旗帜，杏黄的旗面上写着各大寺庙的名号，一条绣金黄龙盘绕在荷叶边上。第二天一早，朝山的队伍旗幡陆离，虔诚的香客们沿着青通河溯流而上，在青阳附近的童埠渡登岸，前往遥遥在望的九华山。

民国教育家、旅行家蒋维乔先生《九华山纪游》中有"十五日，晴。晨六时，抵大通。大通属安徽铜陵县，轮船码头，则在江中和悦洲上，与大通尚隔一江"。蒋维乔所经过的线路一直延续至我的少年时代。二〇一七年，我曾组织一次徒步九华山的活动，蒋维乔先生当年三日的路程，我们只用了半天时间。时光飞速，如一个个梦境。现在，我仍时常回到故乡，坐在那艘往来于鹊江两岸的渡轮上，忽然想起唐代的和尚慧能的"迷时师渡，悟时自渡"，七十多年过去了，被很多人称作先生的我又渡过谁，我又被谁所渡？

共和街 64 号

共和街的房子从前都是商号，一色的徽派建筑，马头山墙，木板槽门上写着阿拉伯数字，让每天早晚上下槽门的伙计不至于发生拼接的错误。几十年过去了，那写在粉墙上的查广和药店、李生明瓷器店、生源干子、洪云龙饭庄的墨迹依然清晰，那敦厚的线条，规整的楷书，一撇一捺，足以让当今那些自以为是的书法家汗颜。房子的结构都是差不多的，临街处是店面，目测大约二三十平方米，房子却很深，就像一列长长的火车，一节一节的，一直接续到屋后的祠堂湖。那种火车房每一栋至少住着三四户人家，有的楼上楼下，甚至住着七八户乃至上十户人家。大家共用一个厨房，烧起饭来，整个"火车间"烟雾腾腾，热闹得很。

我们在共和街前后生活了二十余年，住过三处地方，而在共和街 64 号住的时间最长。

就像大通所有临街商铺一样，洪家大屋也是一栋临街的老屋。

饭庄不在了，幽深的老屋被隔成很多间，承租给一家家住户，最多时住着七八户甚至上十户人家，这七八户上十户人家不仅在一个大门里出入，也共用着一间厨房。住户们多半是烧着一种陶制缸灶，没有出烟的气孔，往往一到烧饭时间，整个大屋里烟雾弥漫，咳喘声此起彼伏，就像遇到一场生化危机。

下放前夕，我和妹妹不得不闷在家里，等待命运的安排。有时候，一家人围在一张桌上，吃着简单的饭菜，父亲会说："洪云龙饭庄又开张了。"父亲说时，我们便有一种莫名的羞愧。

洪家大屋大多数是长久的住户，而中段靠北的那一间屋子因长年就阴，不时有人搬进搬出。记忆中最早住的是一对北方夫妻，男的在镇上小吃部工作，姓靳，人们叫他靳经理。小吃部是镇上招待外来干部的所在，因此，靳经理在街道上算是一个耍得开的人。有时候，他会把招待客人剩下的卤肉或半截鱼用一张荷叶包着带回家，闻着那屋里的酒肉香气，我们也只有吞咽口水的份。靳经理妻子在街道上烧老虎灶，人们叫她靳大嫂。那是一个快嘴快舌的北方女人，"奶奶的"，她就是这样开场的。傍晚时分，是老虎灶最忙碌的时候，她一边替人往水瓶里灌水，一边往老虎灶里一瓢一瓢地喂着大糠，动作娴熟麻利。只是，她的肚皮同她的嘴皮子一样，装卸吞吐的频率太高，几乎每隔一两年，那间屋里就传来靳大嫂声嘶力竭的叫喊声，我们知道，靳大嫂又要生了。靳大嫂要死要活的叫喊声中夹杂着对男人不堪入耳的詈骂声，让人对那一对北方夫妇隐秘的夫妻生活有了更多的了解。于是，等到她的肚皮再次隆起时，有人便打趣说："靳大嫂，怎么好了伤疤忘了痛啊？"靳大嫂就说："奶奶的……"

那一年暑假，当我再回洪云龙饭庄时，北边的屋里已经有了七八个拖着鼻涕的丫头片子，可我发现，靳大嫂的肚皮又隆起来了。

父亲过世的前一年，住进来一对孤老，老头儿曾经在附近董店开过一间裁缝铺，人们叫他钱裁缝，老太太小脚，据说从前做过某富商的小老婆，偶尔的，说起从前的吃喝用度，就会有几分得意的神色。有一次她被人举报到居委会，挨了一顿狠批。二十世纪五十年代，老太太曾在街道上开过一家针灸诊所。这一对半路夫妻，原本不是一路人。那时候，那间阴暗的小屋里不时传来老夫妇吵架的声音。钱裁缝用最恶毒的语言辱骂他妻子，揭她旧时的短儿。有一次，老太太不知怎么就把一只痰盂扣到钱裁缝头上，钱裁缝大声呼救，几近窒息。老太太急了，慌忙向人求救，人们手忙脚乱，这才把钱裁缝头上的痰盂取下来。

那一年我下放在铜陵江滨村，跟着一个乡间郎中学中医，老太太知道后便主动表示要教我针灸和把脉，向我解说着人体任督两脉。那时起我开始觉得，这位小脚老太太是一个很可亲的老人。

老太太一生无儿无女，唯一的亲人是附近董店乡下的侄儿。侄儿来时，会顺便带来一些山地货，新鲜的蔬果之类，老太太就把这些东西一家家送着，从不敢高声说话的她会向洪家大屋的人一一介绍说："这是我侄儿种的黄瓜，这是他种的绿豆，我又哪里吃得了。"得了好处的人就说："侄儿大似儿，养儿也不过如此。"此时的老太太就会有难得的一脸笑容。

一九八三年大水，母亲担心着阁楼上的一口寿材，我便蹚着过膝深的水回到洪家大屋。大屋里的人都撤走了，只剩下钱裁缝这一对老夫妇。水似乎并没有上涨的势头，我却也不敢轻易离去。每天清晨，我蹚着水去市场买菜，钱裁缝夫妇照顾着我的生活。那段时间里，我一直没听到这对老夫妇吵架的声音。一对老人，钱裁缝叫老太太"奶奶"，老太太叫钱裁缝"爹爹"，两个人亲密得就像一对年轻的夫妻。

我珍惜着这段平静的日子，当时我正伏在一篇新写的文字中，昏天黑地。孰料一夜暴雨，清晨起来，大水淹没掉大半门框。我开始为自己的大意而感到后怕，不是担心母亲那口简单的寿木，而是不知道怎样才能将这一对老人转移出去。这时候，我少年时代的好友梅明怀撑着一艘木船出现在我们的面前。那一刻，我开始知道这世上什么叫生死之交。

那一年大水后，我没再回过洪云龙饭庄，从此也没再见钱裁缝夫妇。

旧街

刚下过一场透雨，此刻，街道两旁空洞洞的老屋里弥漫出一股潮湿的霉气。石板路依然，只是窄窄的一条。历年的江水漫进街巷，石板路被厚厚的淤泥覆盖着，茂密的芦苇、蔓生的野草和一丛丛野生枸杞代替了昔日林立的商贾店铺，代替了人家门前晾晒的干菜和淀粉，也代替了这条街道上曾经有过的炽热的烟火气。

想到母亲在世时，我曾想在这条街上修一间房子，养一条狗，在附近弄一块菜地，带着年迈的母亲在这里居住。母亲故去很多年了，她曾经的街坊也一批批地走了，更多的年轻人去外面的世界寻找另外的生活。就像老人们说的，屋是要人住的，没有人住的屋子就像蚂蚁的空巢，很快就会朽毁的。那些我曾经熟悉的人家：张家、李家、饶家还有郭家，几乎全都瓦梁坍塌，空留下一堵堵孤墙断壁，坚韧地矗立着，就像一个个自以为还很年轻的老者，面对着外面的世界，发出徒劳而悲壮的叹息。那些墙垛上依稀的墨迹似乎还能被分辨出：泰顺发、百升旅栈、小鱼钩批发、大华布庄……那上面的每一个字放到今天，都会让当今那些自以为是的书法家们自惭形秽，可它们就那么随意地写在泥灰脱落的墙垛上，写在人家的门楣上，顽强地向人们展示它昔日的繁盛和辉煌。

我们走在这条石板路上，一直向前走着，我没有想到，这条孕育了我生命的街道会如此漫长，一眼望不到尽头。陪同我的是一同在这条街上长大的发小。正是午后时分，我们站在这里，站在故乡的老街上，像是在向苍天发出无声的叩问。

木踏子碾过石板路的声响由远而近，透过浩字巷狭长的巷口，似乎看见江滩上无数的人头攒动，夏日的江滩永远是孩子们的欢乐地，也是他们与父母斗智斗勇的战场。不管父母用怎样的惩罚，一旦走近江滩，他们便会忘却一切，一头扑进那欢腾的江水，像鱼儿一样游得欢快，游得自在。几乎每个夏天，都会有孩童溺水事件的发生。那些随水而去的灵魂会让这片江滩有几日宁静，但没过几天，他们像忘记曾经的噩梦一般忘了那些消失的同伴，继续他们夏日的欢乐。

江水一如既往地上涨，像是约定好了，每隔几年，便会爬上江岸，涌进大街。竹器店或木器厂的师傅们会把浸泡在江水中很久的竹排木筏撤解了，运回厂房。每当这时，江岸边便会聚集数不清的人头。当竹排或木筏拆解的一刻，一直藏身其中的鱼儿会急不可耐地跳上竹排，跳上木筏，跳上江岸，江滩上的欢呼声和惊叫声此起彼伏。水性好的孩子会一个猛子扎下去，扎进竹排和木筏下，等他们再次冒出头来，一条大鲤鱼在他们的怀中拼命挣扎，就像年画中那个抱着金鲤的欢喜娃娃。

食物与用度一如既往地匮乏。

但年总是要过的。腊月里也是人们最忙碌的时候。

二十三扫尘，二十四送灶，二十五泡豆子，二十六打豆腐，二十七舂碓、打年糕，打好的年糕就浸泡在一只水缸里，一直吃到正月的末尾，甚至二月。二十八做糖，米糖、藕糖、芝麻花生糖；二十九炸圆子。圆子是需趁热吃的，一家人守在锅边，边炸边吃，留下少部分等着正月里来人，择在面条中吃。年夜饭至关重要，时间是越早越好。赶早的人家，下午三四点就开始放除夕的鞭炮了，这是一年中最难得的时光，即使习惯争吵的人家，年夜饭时也都是和和气气的。年饭桌上，鱼万万不可动筷，要一直留到正月十五，包括米饭，也必须比平日多煮。从年轻时开始，母亲习惯将年夜饭的米汤留到第二日，再从米汤的凝结和成色判断来年的收成，据说是八九不离十。母亲这一决不轻易示人的道法一直保持到她半裹的小脚再也不能走出厨房的时候。压岁钱是少不了的，一年到头，孩子们就盼着这时候了，哪怕一分两分，都是硬崭崭的新票，那些分票足以让孩子们在同伴面前炫耀再三的了。在一河两岸震耳欲聋的鞭炮声中，已经有孩子提着油纸灯笼出现在街道上。半暗的路灯下，他们的灯笼在街巷里游动着，像是天上游动的星星。再不济的人家，过年时给孩子添置一件新衣总是少不了的。他们戴着老虎帽子，穿着厚厚的棉衣，将自己裹得像一个棉墩子。夜深了，有人开始穿行在街巷里，往人家送拜年帖子。拜年帖制作简单，一张裁得方整的大红纸片，写一句喜庆的祝福语，写上拜年人的名字。拜年帖子又必须悄悄塞在人家的门缝里，意味着"福不外露"。年夜饭毕，女人在厨房里洗刷，一家人开始守岁，一直守到午夜时分。这时，一河两岸的街道上又是一阵震耳欲聋的鞭炮声，惊天动地。二踢脚带着尖锐的哨声蹿向空中，持续不断的鞭炮声一直炸到第二天清晨。那一夜，各家堂屋里的灯一直亮到第二天天明。耐不住长夜的早就睡过一觉了，这时候，火更的竹梆声由远至近："小心火烛，火烛小心，水缸挑满，灶门口扫清，芦蓆壁上不要挂煤油灯啦……"过年也是火灾最为频繁的时候，有一年大年三十，对岸的钟亭忽然就响起来，那天晚上，运动场一带的棚户区从半夜一直烧到第二天黎明。第二天早上，在一片烧焦的废墟上，女人坐在地上，一边用手拍打着土地，一边哭泣着，痛不欲生。

大年初一，大人们破例地睡到日上三竿，而早起的孩子打开门来，看见地下一片红纸自然会有一阵惊喜。他们捧着那厚厚一叠拜年帖子，像头天晚上捧着父母给的压岁钱，一头撞进父母的床边，有时候，不免会撞上父母的好事，孩子就将那些红色的纸片像风一样撒在父母的床上，一溜烟跑出门去了。

过年是如此之好，只是每年三百六十五天，过年的日子只有这一段。为了享受这短短几日的欢乐时光，意味着往后的日子里须付出更多的艰辛。

直到正月十五，街道上一直静静的，时光在一寸一寸地移动着，慢得让人烦躁难耐。这时候，瞎子的鱼皮小鼓卟咚咚、楞卟咚咚地从二道街的一间旧屋里传来。瞎子每年这时候都会来的,他知道在这个悠长的正月里,有多少人在等着听他的鼓书。瞎子在一间堆着木材和杂物的旧屋里支起三根挂着鱼皮小鼓的竹竿,开始说《罗通扫北》,或是带点暧昧的《粉妆楼》。正月里,县里的黄梅剧团会准时来镇上演出。演出前,他们会举行一次化装游行。这既是一次预演,也是一次化装广告。在急不拢咚呛的锣鼓声中,一群孩子跟屁虫一样跟在他们的身后,每到一个热闹的街巷,他们会来一段折子戏,"路遇"是《天仙配》中的一段,一个孤独的穷汉子遇到一位美丽的仙女;"郎对花姐对花,一对对到田埂上"是《打猪草》中的唱段;还有《补背褡》的"急忙走,急忙行,不觉来到妹家门,找我妹妹干什么,我找我妹子给我打补丁啰荷",无论说唱,都离不开爱情与情欲。

在这个正月,最热闹的所在是下街头老码头一带。那个年年都来卖梨膏糖的芜湖佬尖嘴瘦腮,此刻,他扭动着水蛇般的腰肢,一边学着那用七块八角买到一双新皮鞋的小媳妇的显摆样,嘴里一边念叨着:"七块八角,七块八角……"

喧闹的年总算是过完了。清晨,街的那头传来魏家婆子"洋糖发糕"的叫卖声,隔壁的大门"哗啦"一声打开,郎家的白铁店里传来一阵"噼噼啪啪"的敲打声,这白铁的敲打声仿佛是一道幕布,拉开了石板路街道一年四季日杂的序幕。月份牌翻过一日又一日,平淡而艰难的岁月也就这样在月份牌的不经意翻动中重复着,孩子长大了,老人脸上新添皱纹,街道,也就是这样一天天老了。

头顶上的事业

这一天是双休日，清晨，暑气消退的街面上已经有了三五成群的游客。远处传来电喇叭的叫声：我们现在来到的这座千年古镇名叫澜溪……

我走到那间熟悉的老理发店门前。秋风习习，天空净朗，店门口肥厚的树叶撩动着理发店门楣上那块古老的店招牌：大通理发店，招牌上的字在清晨的阳光下爽直、透亮。像每次回大通一样，走过这一带，我都会到理发店看看，早已干不动这活计的朱师傅和如今八十多岁的陈师傅，都是熟悉的。陈师傅与我点了点头，说："来了？"我说昨天就来了，于是便在一张椅子上坐下来。椅子够老了，表面的牛皮已被磨损，透过那面被水银侵蚀的镜面，我看到大街上人影绰绰。从后门撩过来的穿堂风一阵一阵，风拂动着我的满头白发，镜子里的自己模糊起来。一群少年出现在镜子里，他们用刚开始发育的破嗓门大声地叫着，在街道上相互追逐打闹。奔跑的少年让我看到童年的自己,少年时的自己以及这条石板路上无数个曾经的自己,这一切全映在那面被水银磨蚀的镜子里。

一百多年了,时光顿挫,光阴荏苒,先是太平天国运动,接着是戊戌变法、洋务运动,仿佛是在一夜间,这座江边小镇对外敞开了大门。一时间,南来北往的生意人来了,一家家店铺,一块块招牌悬挂在门楣,冒险家们开始抢滩登陆,连洋人也纷纷来到这里,龙头山上的那座天主教大钟亭现在成了大通标志性建筑。在一股新潮流的推动下,被称为"厂子铺"的理发店替代了街头巷尾的剃头挑子。于是就有了这一排从德国运过来的靠背椅子,有了十二面从荷兰进口的镜子。一个世纪过去了,水银侵蚀了镜面,镜子里的街道如真如幻,就是这些镜子,它们见证过镇子百年的时空,也见证过这镇上每一条街道、每一条巷子的风花雪月。一面镜子,照出人生百态,也照出百样人生。

这条大街上有上百家店铺,一百年来,没有一家店铺不时常地发生着变化,头十年卖布草的,过十年或者就改成小百货了,再过十年,又开始做小吃了。但一百年间,不论社会发生何种变化,一代一代的理发匠们从来就没有想过要改弦更张,放弃他们头顶上的事业。进来理发的人像割韭菜一样一茬接一茬的,老一代师傅们老去了,徒弟们熟稔了,年轻人有的顺应时代,到外面世界闯荡,有的或者就在新区开一间发廊,而这间老理发店里仍然是我多少年都熟悉的朱师傅、陈师傅、刘师傅、杨师傅。他们从十几岁开始就在店里当学徒,出师后便留在店里,从青年到中年,再到老年。他们那一双开始皲裂的大手摸过了爷爷,再摸儿子,现在又在孙子的头上游走着。他们让一代代人一次次年轻着、精神着,他们自己也就这样慢慢地老了,却依然操持着古老的行当。现在,他们用电动剪刀为人剪发,用一把老式云刀给人修面。薄如云片的剃刀在顾客的脸上熟练地游走着,云刀与脸摩擦出细密的沙沙声让人有一种酸爽感,其轻重缓急,全凭师傅的手感,靠的是长年累月练成的功夫。遇到老客,师傅们会打开箱子,取出银质的耳扒、铜制的夹子和鹅毛的刷子,掏松耳蜗,夹出耳垢,毛刷在耳孔里轻轻地扫过,再轻轻扫过,一圈接一圈。这一过程,能让那躺在靠椅上的顾客云里雾里,一时间大有天人之乐。

在这条大街上,理发店是一处永不歇业的行当。

无论什么时候,大通理发店总是这条街上最热闹的所在。冬天,店堂中央生着一只火炉,火炉的白铁管子从头顶上穿堂而过,一直穿到门楣的玻璃孔上,玻璃孔上的白铁管子一整天都冒着白汽,理发店一天也都是暖暖和和的。夏天,从江面上掠过来的穿堂风吹走了店堂里的暑气,理发店里整天都是人来人往。腊月,是理发店最忙碌的时候,那十二张皮椅子整天都没有空过。朱师傅、陈师傅、刘师傅和杨师傅,加班加点,再加几个刚上手的小徒弟,前来理发的人排起了长龙。他们在理发店整清爽了,再直奔龙华池澡堂,辛苦了一年的人们啊,就这样赤条条光溜溜地跳进那热腾腾的大池子,他们要好好地泡一泡,蒸一蒸,泡出一年的晦气,蒸出一身的污浊。

父亲去世的前一天,我去了理发店。那天为我"剃七头"的朱师傅是父亲的朋友,他知道我父亲就要走了,于是,他一边替我理发,一边同我说起他与我父亲的交往,说着我父亲所受的委屈以及父亲种种的好。在朱师傅剃刀沙沙的响声中，我似乎第一次读懂了寡言的父亲，同时也看到了父亲最真实的一面。泪水淹没了我的脸颊，连同被朱师傅剃过的发丝，紧紧地粘在我的脸上。

父亲走后，我带着母亲去了我工作的地方，从此成为异乡人。偶尔回到故乡，孤身独影，我茫然地走在这条大街上，理发店就成了我唯一的去处。有时候，我会在这里遇到儿时的伙伴，前年就遇到一个叫老窝子的兄弟，我们一同上过大山，砍过柴火。去年，我又遇到我儿时干娘的儿子，他母亲是一位聋哑人。有时候，我会在店里遇上退休的朱师傅，但朱师傅已认不出我了，而当我说出我父亲的名字，他就猛地一把抓住我的手，像是遇到久违的朋友。只是，他把别人的名字安在了我的头上，他说着我父亲的故事，却往往是南辕北辙。

朱师傅的家就在理发店隔壁。现在，他虽然不理发了，但仍像过去一样，早上一出门，就进了理发店。他坐在靠近门口的一张长条凳上，双手拢在袖子里，看着进进出出理发店的人，一看就是一整天。

蓝色的江豚

回到故乡大通时,已是傍晚。像每次一样,我在老街的"渔家客栈"住下来,这儿离我的旧居很近,三四百米的路程。旧居早就不存在,共和街64号的废墟上,一个外地的生意人建了一座二层小楼。像每次来时一样,小楼的门总是关闭着。我坐在小楼屋檐下一张旧沙发椅上,就像当年坐在自家的门前。对面那一排平房几年前翻修过,但还是以前的格局,就像我们住在这里时一样。路灯很亮,照着这条熟悉的大街。放眼望去,一些旧房被改造得古香古色,门匾上的招牌一家又一家,营造出一派商贾繁盛的大唐气象。而这一切于我,却似乎少了些什么。

一直等那一弯新月沉到对面的屋顶下,听到"啪"的一声,街道上一片惊呼,四周一片漆黑,街道顿时安静得就像沉睡在一片酣梦之中。我从那张旧沙发椅上站起来,向我居住的客栈走去。停电后的大街上没有一个行人,这时候,我真的很需要一个朋友,一杯咖啡或一杯清茶,坐在一张方桌前,随便地聊一聊彼此的生活以及我当下的写作。

街道的一处,一片橘红色的灯光吸引了我。门前搭着格子花架,一丛藤状的植物从门楣上披挂下来,几盆紫色的玫瑰,一些小盆的多肉,在这条商业气息十足的大街上,这片小小的庭院有一种独特的小资情调。我不揣冒昧,敲了敲玻璃门:"我可以进来看看吗?"屋里的男人迎上来,说:"可以可以,请进吧。"我走进屋里,一股暖意扑面而来。应急灯很暗,但还是能看到屋里悬挂着一条条挂饰,每一条挂饰下都吊着一只蓝色的布偶——蓝色的江豚。我知道这些江豚的制作者一定对蓝色情有独钟,否则,不会将这些原本黑色的江豚赋予天空的色彩。我禁不住伸手去抚摸这一只只江豚,音乐钟筒一片叮叮当当,那些布偶悠悠地摆动着,像是浮游在蔚蓝色的天空中。

电一直未来,我早早地躺到床上。天亮时,我做了一个梦,梦见了母亲,母亲说:"你要穿暖些。"猛地醒来,窗外的黎明中,街道上已有人流涌动。想着刚才的梦,人都说黎明前的梦是真实的,母亲一定知道我回到我的出生地,母子俩在故乡的土地上便有了一番会见。我翻身而起,习惯性地想在笔记本上记下一些什么。桌子上是那只布偶,一只蓝色的江豚。我捧起那只布偶,认真地看着。我从来没有这样近距离地看过江豚,也是第一次看到江豚两边微微上翘的嘴角所展现的微笑,那是江豚从天性中发出来的善良。人类的微笑越来越少,江豚也开始成为江中的珍稀,但它们却在故乡的土地上成群地复活着,它们用自己的微笑,给这个冰冷的世界增加喜感。

家乡的这条鹊江有着温暖的水流,宜于江豚的栖息,每当阴雨作变的天气,江面上就会有成群的江豚拱动着。因为它黑色的外表,我们叫它"江猪"。想起那一年母亲说她想吃红烧肉,我便从冰箱中取出冻肉,在冷水中化开,切成麻将大小。锅烧热了,肉下到热锅里翻炒至出油,接着倒酱油,但悲剧就在这一刻发生了,随着酱油的进入,油珠在锅中爆豆般地溅开,其中的一滴就溅到我掌勺的右手背上,当时似乎并不觉得什么,但晚饭后,那手背上就起了一颗蚕豆大的水疱。水疱绿汪汪的,像镶嵌在手背上的一颗绿宝石——这实在是一个美丽而浪漫的比喻。第二天,绿宝石碎了,钻心地痛。我赶紧找了张创口贴敷上。又过一天,我准备换块创口贴,竟发现烫伤处有了炎症。这时家里来了个客人,见我手上的烫伤,便说:"烫伤是不可用创口贴的,这点常识你竟会不懂。"

我们在谈论手背上的烫伤,被母亲听到了,母亲说:"弄块江猪油抹抹就好了。"客人一怔,问什么是江猪油,我解嘲说:"这话只有这位老太太能说得出来。"母亲的记忆开始衰退,但她对遥远的历史却记得十分清晰。有时候,她似乎一直就生活在年轻的时候。

下午,我特意去了一趟和悦洲的江豚养殖场,似乎是为纪念母子间梦中的一场会见。

一条船，父亲母亲和我们

忽然，想写写父亲。

我自一九八〇年进入写作，前后已有四十二年。四十二年间，时间之河中往来的人物熙熙而来，又攘攘而去。除了在一些短章中偶尔提及父亲，我竟一次也没有认真想过我该用怎样的文字、怎样的角度去记录与我最亲近也是最熟悉的——父亲。父亲离去整整四十年了，直至如今，父亲说话的腔调，走路的姿态，乃至他衣服上总是弥散着的杉木的清香都清晰如昨，似随时即可触摸。

父亲一九四八年有了我，一九八二年离世，父子在人世间相处三十四年，真是太短太短了。但我知道这是上天的安排，不能再多一天，也不能再少一天，就是这样。

父亲是威严的，这让我们父子在短短三十四年的相处中交流甚少，不知他是什么时候从江北祖籍地来到当时被人称为"小上海"的江南和悦洲的，也不知道他是怎样在二十六岁那一年遇到比他小了整整十岁的母亲,从此有了我们这一群儿女,有了偌大一个家族。

二〇二〇年春,我在故乡老街的一家小饭店吃早餐时偶遇失去多年联系的一位远亲,我们称"小菜园张家",两家世交,至少有一百年了。关于小菜园张家,我所知道的是,每当除夕,清晨的厨房里总会有一篮水灵灵的蔬菜:水芹、菠菜、芫荽、乌心菜、一大把青葱等,这些菜有着诱人的绿色,散发着清新的香气,让一间长年被烟火熏染的厨房有了生机。当然,母亲也会将早就准备好的糕点或其他的一些东西让来人带走。照例彼此间会有一番推让,一切都似乎是一种默契的约定,年年如是——这就是父亲那一代人的友情:简单、朴质。

那一年,为躲避迫害,父亲曾在小菜园张家住了一段日子。晚上,树林里疏漏的月光下,两位老友喝着酒,说着往事。那一定是父亲几十年来最惬意的一段日子。我幼时曾随母亲去过小菜园张家,一片小树林中一间简陋的小屋,四周是大片菜地,空气中有粪水气味,淡淡的。等父亲重新回到石板路上时,一切似乎都成了过去。那几个加害父亲的人,后来下场都不是很好,一个在自家屋后悬梁上吊,一个栽倒在自家的水缸里结束了性命。正应了一句话——不问早和迟,苍天饶过谁?

父亲出殡那天,街道上来了很多人。一位曾经的老革命用握过步枪的手一直在父亲的棺木上前前后后地抚摸着,看着他老泪纵横的面容,我知道,父亲得罪了他该得罪的人,也赢得了他该赢得的尊重。

老家的五爷是父亲五服以内的兄弟,每次回老家,五爷家总是我们的歇脚地。晚上，堂屋里聚集着很多人，老弟兄们交递着一杆烟袋，说着乡间的趣闻和过往的日子。我熬不住瞌睡，伏在父亲腿上沉沉睡去，又被屋里呛辣的烟草味熏醒。五爷逝后，父亲与晚辈的堂兄继续着两家的友情和亲情。每次堂兄来，都会带一篮家乡的挂面，几包点心，这是乡间普通的礼数。父亲知道挂面是用小麦换的，他特别交代说："乡下挣钱不容易，下次来，你不要再花那冤枉钱了。"接着他又加重语气说："你要再花钱买点心来，到时我要撵你出门。"但堂兄下次来时，依然如前，父亲当着堂兄的面，就真的将那一包点心扔到门前的石板路上。母亲连忙赔不是，说："他是心疼你花钱，你三爷就是这么个脾气，要不然他这一辈子……"第二年堂兄来时，果然就只有一篮挂面了。父亲用筷子和汤勺有滋有味地吃着鸡汤挂面，说："还是老家的挂面好。"父亲逝后，我们与堂兄接力着祖上的友情和亲情，每次回老家，村口老屋基上的那座二层楼房仍是我们的歇脚地。

　　清明和冬至，联系着阳间与阴间，这不仅让活着的人多了一份安慰，感觉死亡并非孤独，也维系着氏族的根系与脉络。幼时的一年清明，父亲为祖父母和他早夭的四弟打了块墓碑。民船是父亲头天就雇好了的，黎明前出发，不料却在上游一处江面突遇风浪，几近倾覆。船工要求扔下墓碑，被父亲断然拒绝。一船人不得不就近上岸，大家轮流抬着那块重达二百斤的墓碑，在风声雨声中一直走到深夜，才抵达祖父母的墓地。后来读美国作家威廉·福克纳的《我弥留之际》，读到那在长途跋涉中运抵母亲灵柩去遥远南方而历经艰险的本德伦一家，自然就想起那条差一点倾覆的民船以及船上的一家人，还有那块石碑，也想起老福克纳的一句话——"他们在苦熬"。

父亲是寡言的。这无形中在他与子女间筑起一道厚厚的篱笆。以致我成年后，竟然对一些与父亲一样身材修长、面貌清癯的老者有着莫名的好感，似乎有意要从这些老人身上寻觅父亲的清气和风骨，寻觅幼时渴望满足的父爱。

那一次从学校回家已是傍晚，晚饭后，我同父亲一起去洗澡。我卷起几件衣服，甩开父亲，很快就走进了澡堂。在雾气弥漫的大堂里，姗姗来迟的父亲找到我大发雷霆。直到后来我做了父亲，才体会到父亲多希望他已经长大成人的儿子能承欢膝下，也让街道上的人看到我们父慈子孝的一幕。

有一年正月，父亲串门去了，我们兄妹与母亲偎在房里的火桶上嗑着瓜子，说着一件镇上刚刚发生的事情。这时，父亲捧着一只黄泥火罐走到楼上。父亲一定在外面听到什么开心的事，脸上有着少有的潮红，他也许是想把这件开心的事与我们分享。而当父亲出现在房门口时，屋里欢洽的气氛突然冷寂，谁都说不出话来。父亲站在门口发了一会儿呆，终于说："好，我不打扰你们娘儿几个了。"说着就离开了。那时候，我很想追过去，把父亲请到这边的房里，请他一起继续刚才的欢洽，但我们都没有，或者，都没有这样的习惯。后来，这件事成为我追忆父亲时永久的痛。

父亲看上去是冷漠的，但他故去后，有人却告诉我说："你父亲很会讲故事呢，尤善讲三国与水浒。"夏天的傍晚，在江畔的沙滩上，他的身边总会聚集一群乘凉的人，听他扯神仙八卦，讲古今往事。而在家里，父亲沉默如山，这与母亲的热烈明快形成反差。他们似乎吵了一辈子，却又谁也离不开谁。父亲遭遇迫害时，去路漫漫，母亲的哭声撕心裂肺，她称父亲"我的人"。是的，父亲就是母亲的人，母亲也是父亲的人。从二十六岁与母亲相遇，他们的婚姻整整半个世纪，他们就是这样磕磕绊绊，却也是不离不弃地走过五十年的人生。

我出生那年，家里曾有过一段平静岁月。而至二十世纪五十年代末，父亲像一条老船，很快被飓风卷入那个时代汹涌的洪流里。后来的几十年里，父亲从未提起发生过的事情，我们对他那一年的始末一无所知。直到一个时代结束，我们把一份为他正名的文本递给他，父亲看都不看，脸上毫无表情，仿佛是说，他一生的行止及他的为人，是不需要这些写在纸上的文字来论定的。

时代的一粒灰，曾经山一般压在父亲的头上，也让我们一家在此后的几十年里喘不过气来。父亲出事后，我中断了学业。有一次在一家建筑工地上，我将一些散碎的木屑拾回家当柴火，被一个看守工地的人抓住。那家伙狠狠地扭着我的胳膊，把我带到他们领导办公室去。母亲闻讯赶来，一掌就将那人推倒在地，半点都不含糊，然后就拽着我飞快地跑出那个工地，且不忘记捎上那一筐碎木屑。回到家，母亲切开一个西瓜，庆祝今天的胜利。母亲说："有些人就是狗，用不着同他废话。"

为了谋生，常常，母亲挑着担子，牵着妹妹，我们从一个地方转移到另一个地方，就像印度的大篷车。那一次因为没掌握好时间，我们半夜在黑天野地里深一脚浅一脚地向大哥的工地摸去。黑漆漆的夜空下，山林里一声声鸟啼凄厉，我和妹妹吓得大哭。母亲一边抚慰我们，一边朝前方大声地叫着大哥的名字："遐龄，遐龄哎……"直到天边微白，才听到接应我们的大哥在那边叫着："姆妈，姆妈……"在那条黎明前的山路上，一家人抱在一起哭着、笑着，混合的泪水分不清是喜是悲是苦是甜。

一年后父亲回到石板路上，做着与他的职业不相称的工作。为了把日子过下去，母亲常常是在天未亮时就带着我与街道上的妇女们一起去附近大山里砍柴，再挑到街道上卖，来回几十里地。遇到陌生的路人，母亲便说："我儿子饿着肚子，挑不动了，麻烦你帮他挑一肩吧。"那人接过担子，一直挑到与我们分岔的路口。不是所有的时候都这么顺利，有时候一担柴砍好，扎成捆，却遭到山民阻劫，一天辛劳白费了。那几年，父母总是没完没了地吵架，为柴米油盐，坛坛罐罐，琐琐屑屑。父亲对付母亲的每一句话都扎心，母亲对付父亲的唯一手段就是躺到床上蒙头大睡。父亲不得不自己淘米煮饭。才不过半天，父亲便熬不住了，他把做好的挂面端到母亲的床前，母亲过意了，便爬起来，洗把脸，一切又重新开始。

重新回到原先的教室，我又长了一岁。这一年的遭遇，让我有了与年龄不相称的沉郁，也比其他同学更加努力。语文老师是一个浪漫的文学青年，常常是在语文课上，他会腾出最后十分钟，用地道的方言为我们朗读一段课外故事或小说。遇到雨天，他会霸占整堂体育课。有时候，他也会把我的作文当堂朗读。他号召我们去收集牙膏皮、碎玻璃、废铜烂铁，用这些卖破烂的钱去买当时流行的小说。半夜里，我缩在被窝，沉浸在林道静与她的一群热血青年的奋斗与爱情中，又哪里顾及父亲因吝惜灯油在隔壁发出的一次次警告。不知什么时候，他突然冲到我的床边，一把就夺过那本书,随手扔出窗外。我哭着,赤着脚,在漫天大雪中把那本书捡回来。那一刻,感觉父亲真是这世上最可恶的人,我把所有的怨恨都算在他头上。

一九六三年秋季,我上初一了,那是全县唯一的中学。九月初,我陷入前所未有的孤独与郁闷,常常一整天独坐在青通河边的沙堆上,看河上的拖轮带着一长串木船在轮机的轰鸣声中逶迤而过,思绪是飘逸无措的。浪涛打湿双脚,很多时候,我想跳上其中的一条木船去浪迹天涯,从此不再回来,却又缺少闯荡世界的勇气。这性格几乎影响了我一辈子,激情、冲动,却又郁郁寡欢,自怨自艾却也不甘妥协。

与父亲的暗战一直进行到九月后的第十天,我登上去往县城的轮船,身上除了父亲给我的五元钱,还有我的小学班主任老师方来和写给中学的信。那封信不惜用文学的情调,以铺排和夸张的定语介绍我。感谢我少年时期给予我一切帮助和关爱的老师们,愿他们逝者得安,生者长寿。现年八十六岁的方来和老师活得像年轻时一样浪漫,他收藏了我大部分著作,不时会给我打来电话,用当年在班上朗读课外小说时的地道方言大声地说:"复彩呀,我想你了。"

二〇〇五年夏天,我去黄山,特意绕道休宁,看望初中时代的恩师胡光煜先生。老师的眼神是茫然的,我向他鞠了一躬,叫了他一声恩师,可他已经认不出从前的学生了。我有意要来一次恶作剧,坚决不肯报出姓名。我站在那里,自说自话着一桩桩往事,终于他记忆的闸门打开了,他一拍大腿,大叫一声:"黄复彩!"老师已经老了,思维有些模糊,他说:"我以前对你也不是太好,你怎么会想到前来看我？"老师的话让我内心一阵酸楚。我说："恩师你怎么就忘了你对我的许多好了？"我历数了老师对我的一桩桩好，一件件恩。妻子为我们拍照，照片上的老师赤着膊，就像一个乡间的老头儿。

民间传说人都是有魂灵的，临死前，魂灵会自动去向记挂过他或他记挂的人——道别。二〇一四年春节，我在深圳，接连多天，梦中见到久违的老师。妻子也是他的学生，她说："你给他打个电话吧，也许他遇到什么事了。"手机上并没有收藏他的号码，那天上午，我往皖南拨着一个又一个电话，两个多小时后，终于与那边联系上了。电话那头，老师的公子哀哀地说："父亲跟我说过你，可他在一星期前过世了。"放下电话，我久久不语。后来每次驱车经过那一片，我都会注意高速路牌，向开车的人说："你看，我老师家就在这附近了。"我多想再去那镇上的某一条巷子，给他一个突然的拥抱，与他聊聊当年的一些事情，告诉他我们当时是怎样在宿舍给他取的各种绰号。

一九六六年，学校停课，等待我们的就只有一条路——"到广阔天地里去"。荷尔蒙超常勃发，我们干过很多蠢事，躁动的灵魂无处安放，有过初恋的痛楚，也做过想入非非的美梦。现实却总是冷酷的，入不了伍，上不了工农兵大学，连参加村里基干民兵都没有资格，失落和彷徨是难免的，那些年里，我就像被钉在一个无形的十字架上。我去找父亲单位的负责人，问父亲到底有什么问题？他说："什么问题都没有，无非就是五十年代末的'扩大化'，几年前就甄别了。"我请他为我写一封信好交给公社，以证明他所说的一切。那天下午，我坐在他的对面，看着他用钢笔在那张纸上唰唰地写着，心里却是惴惴不安的。他写完第一张，接着写第二张。他写好后，默读了一遍，修改了几处措辞，认真得就像在写一篇盖世妙文。当他终于把写好的信盖上公章，装入一只信封，并认真地用糨糊粘好封口时，我愈发增加对他的怀疑。回到家，我用濡湿的毛巾将信的封口小心撕开。事实证明了我的预感，那封写给公社的信当场让我愤怒得要拿把刀去砍了那人，父亲斥责了我的幼稚和鲁莽。那件事也让我进一步领会到人性之恶。

后来，我进到一家工厂，书记是一位南下的老干部，而实际操控的却是几个复退军人。他们按部队的编制管理着工厂，四个车间被编成四个连队，我被分在二连。有一次我搬动着一块笨重的模板，却失手落地，把水泥地砸出一个坑来。师傅抓着我的手说："你这只手看来是用于写文章的。"第二年，大哥的朋友为我争取到一个清华大学机械工程系工农兵大学生名额。有人为我欢喜，有人送来嫉妒。几天后，父亲利用出差之便来厂里，一来就要去看车间。父亲饶有兴趣地看着那架高大的立车怎样将一件钢锭像削萝卜丝一样一圈一圈地削着；在龙门刨床前，看着那庞然大物来回地刨着巨大的铸件，父亲脸上露出少有的兴奋。我告诉父亲，我做的是钳工，机床修理，这些他看到的机床坏了，都必须由我们来修理，但那必须要有五到八年的工夫。父亲说："儿子，你老子一辈子也没有见过这么漂亮的车间，一辈子也没见过这么高级的机床，在这里干一辈子，照样会有出息的。"父亲又说："你也不小了，赶紧找个老实本分的人成家吧。"我对父亲的浅薄不屑一顾，而后来的事实证明了父亲的远见，他跟人说："他因为我而从大学的围墙上摔下来了,摔得很重。"

　　社会上学习的氛围浓起来。厂里成立了工人夜校,附近师范学校的老师每天晚上轮流来夜校上课,四十名学员都是厂方的培养对象,各个车间的红人。恢复高考的第二年,我考取了一所大专。很多年后,遇到当年夜校的负责人,我们聊到曾经的一些人一些事,他突然说:"你那时如果上了夜校,也许会被录取到更好的大学。"他问我:"当时你为什么不来找我?"我并不觉得我当年被录取的学校有多不好,而重新回顾这件事,的确是我性格的毛病,源于自幼形成的内敛和自卑。有些事,也许只需屈一下身子就能争取到,可我偏偏不。

　　留校任教后的第一年春节,一大早,父亲的厂长领着几个上层前来拜年,父亲向他们介绍着我说:"这家伙放着好好的工作不干,却去念什么书,现在就只能在那个学校当老师了。"他说:"我父亲过去做过教书匠,现在他又做了教书匠。"

　　有一个对我有些熟悉的人说:"那不一样吧,他将来是要做教授的。"

　　大哥在一旁说:"他现在还是一个作家。"

　　那天中午,父亲喝着酒,说着厂里的事。看得出,这个年,父亲是舒心的。

　　父亲逝去的前一天晚上,我在学校的那间单身宿舍里写一个写了很久的东西。夜半,正欲解衣,屋外传来野鸟一声长嘶。我靠在床头,再无睡意。一袭月光掠过窗户,整个房间像被浸泡在冰冷的水中。第二天一早,我回到家里。家里人来人往,我独自守在楼上父亲的病榻前。弥留之际的父亲面容枯槁,但神情却依然矍铄。就在一星期前,我还陪着他在医院里,当时我随手翻看一张当日的报纸,其中一版的右下角有一个《安徽文学》当月期刊的目录。我把报纸递给父亲,让他看那上面我的名字。父亲戴着老花镜,仔细看了又看。有护士来给他打针,他把报纸给护士看,说:"我这小儿子出名了,这报上都登了他的名字。"

他似乎并没有什么大病,吊了几天水,自己能走着上厕所了,但病症却又加重了。他吵着要出院,甚至发火说:"都七十七岁了,还不该死吗?"父亲在几年前就备好了棺木,到了这一年秋,甚至连他死后的大表纸都备足了,包括那块后来四位壮汉费尽力气运到山上的墓碑。父亲不想给子女添麻烦,能做的尽量自己做好,包括后事。他几次躺到那间他死后的"屋子"里,似乎觉得不够宽敞,便用斧头在里面一遍遍修理,直到他的身体松松地躺了进去,他在里面伸了个懒腰,翻身而起,说:"这下,可以放心地走了。"

孔子说,未知生,焉知死?佛家则认为,生即是死,死即是生,生和死,都是一样的。有人说,无法把握自己的生,也无法决定自己的死,无论生和死,都应该以欢欣的态度对待之。这些关于生死的复杂理论父亲是不懂的,但他却本能地感知了,这就是父亲。现在,他真的要离开我们,独自去那个陌生的世界了吗?

父亲靠在床头,伸出他瘦骨嶙峋的手。我把头伸过去,父亲的手在我头上摩挲着,说:"头发都这么长了也不去剃?"母亲在我耳边悄悄地说:"他要你去剃七头——这是家乡的习俗。"但我以为,这并不是父亲的意思。父亲生前对世事看淡,更不会在意他逝后的习俗。父亲的手带着他残存的热力抚在我头上,这是他对儿子少有的慈爱——是第一次，也是最后一次。我伏在父亲的腿上悲痛难捱，父亲的手就一直抚在我头上，我享受着这难得的慈爱，希望时间慢些再慢些。想着三十四年里，与父亲之间的隔阂，想着曾经的一件件往事，竟然不能自已。

　　这是一个难熬的夜晚，我与大哥一直守在父亲榻前。午夜，父亲说："我还没到时候，你们去睡吧。"我们知道，这是父亲最后一个夜晚了，我们兄弟俩推让着，谁也不肯去休息。直到天快亮时，父亲说："我要走了，把我抬到楼下去吧。"我们用父亲的那张靠椅抬着他，兄弟俩沿着狭窄的楼梯将父亲小心地抬到楼下临街的厨房里。天刚微曦，街道上开始有人影走动，我们打开临街的门，让父亲最后看一次他熟悉的街道，看他熟悉的天空和天空下熟悉的人。母亲将一双新鞋穿到父亲脚上，父亲顽强地在他的靠椅上蹭掉那双新鞋。他最后一个兄弟又将五元钱塞到他手里，父亲用他最后的力气扔掉那张蓝色的纸币。父亲似乎在说："我不需要这些，我怎么来的，就怎么回去。"这时，厂里的张小扣师傅来了，父亲向他抱一抱拳说："要劳驾您了。"父亲扭过头对母亲说："我想喝点粥。"母亲慌慌张张地去淘米，煮粥。父亲说："我等不及了。"我拿着缸子，飞快地跑到下街头的一个粥摊上，终于打到一缸煮得半烂的粥。我把粥喂到父亲嘴里，可父亲已经没有吞咽的力气。父亲看着我们兄弟，朝我们伸出两根指头。大哥说："你放心，我们会照顾好母亲和小妹的。"父亲点了点头，又接着说："不要把我运到江北老家了，就地找一块地方，挖深一些，埋掉。"早在二十年前，父亲就在他父母身边看准了一块地方，他指着那地上的一棵小树说："就是这儿。"

可现在，他改变主意了。父亲一辈子不想麻烦旁人，也不想麻烦家人。在当时条件下，他知道将灵柩运抵老家有多艰难，该要花去多少钱。这是父亲对我们最后的怜爱，我们含着泪答应了。我们问父亲还有什么需要交代的，他已经闭上了眼睛，好像在说"我累了，让我好好睡一觉吧"。听到他喉结深处一声微响，天地间走过七十七年人生的黄少康——我的父亲终于归去。像一条老船，父亲把我们都一一送到彼岸，而后再慢慢沉入海底，永不复见。

街道人声如潮，青通河里传来拖轮汽笛的一声长鸣，如风的浪潮声此起彼伏。

茶歌

又是一年茶季。

早饭要比平时早一些。太阳刚刚在那边山头上露出曙色,人群便开始在那条山路上聚集,春笋的气息中混杂着热腾腾的人气。而等穿过那片竹林,人群就像一条条放归的鱼,瞬间被淹没在无边的茶林树海里,但人声依旧,偶或的咳嗽声、笑骂声、呼喊走散了的同伴声清晰如彼,将一个现实版的"空山不见人,但闻人语响"演绎当前。

大片的鹅黄与嫩绿覆盖着周围的山野,让天地之间的距离变得高远而又辽阔。置身在这大片大片的茶林间,恍若自己就是一株碧绿的茶树,在柔嫩的阳光下饱含着生命的汁液,迎接又一个季节的到来。这一刻,山腰里的云雾被风吹散,可以看到山下的村子如同模型一样存在,村边零落的山田里,盛开的油菜花呈现出一片又一片灼目的金黄。一条溪水穿村而过,如一条素白的绢带，在另一片村子隐没。

鹧鸪鸟的鸣叫一声声从山林中传来，空旷而又悠远。

"蓑衣斗笠到田头哇／一么溜丢／一么溜大丢／水滴平田往下流哇／一么溜丢哇／一么溜大丢／又是一年呐春呐景到／一么溜丢／一么溜大丢……"

这是我熟悉的傩戏《小放牛》中的一段高腔。我所在的村子，就是著名的傩戏之乡——源溪。

附近的茶林深处传来一阵山歌声，听不清歌词的内容，但那种野朴与苍茫，却让我仿佛穿越到一个久远的年代。离此不远处就是被誉为"民歌之乡"的贵池罗城。来源溪的头天晚上，我曾去拜望著名的民歌歌手姜秀珍女士。二十世纪五六十年代，姜秀珍曾经把她的山歌唱到北京，唱到中南海。现在，八十六岁的姜秀珍依然活跃在民间艺术的舞台上。难得的是，她的歌唱依然如小溪流的欢歌，清澈又脆亮。艺术，的确能让人保持不老的青春。

听说我第二天要去茶乡，她给我唱了一段我熟悉的茶歌：

小郎今年二十三，二十三岁上茶山
茶山有个小乖妹，陪郎吃饭陪郎玩
日里陪郎共棵树，晚上陪郎上茶坊
小小茶棵矮墩墩，手扶茶树叹一声
妹问情哥叹么事，莫非家中有情人
一叹山高茶难摘，二叹家中老母亲
三叹妻子无人问，四叹回家无盘缠
叫声哥哥你莫焦，你的盘缠妹办了
青铜大钱好几吊，谷雨尖子好几包

茶叶开的是白花，小郎一心想回家
郎在门外调双鞋，妹在房中哭起来
郎叫妹子你莫哭，明年三月郎再来
……

出门时，天空掉下几滴小雨，现在却晴了。随着太阳与云层的相互交替，山体的颜色在不断发生着变化，山的气味也随之变化着。高大的楮树上已经抽出一丝丝细米粒样的白花，随风飘过来的是一股嫩腥味儿，但很快，便被一阵随风而来的兰草花的幽香盖住了。连接着楮树下方那深赭色的一片，是早就空洞了的十几棵老板栗树，虽然一年里结不出多少板栗，但人们却舍不得砍了它们。现在，它们就像一群老人，对于季节的转换，总是缺乏必要的感知。而那片峭壁上早开的杜鹃在绿色的树丛中，像是一幅习惯用花青作主要颜料的画家所泼出的水墨画。风微微的，带着一股青涩的气味，鹧鸪鸟的叫声从对面林子里一声声传来，让这雨后稍有凉意的清晨变得热烈而欢快起来。我也为自己能加入又一个重要的季节而激动起来。

山野陡峭，茶林深邃，此刻的我打扮得就像一个真正的茶农，一条老布帕子，一头系在腰上，另一头打起结，便成了一条现成的围兜，采得的茶叶就随手揣进兜里。随着云层的消退，天空一点点明亮起来，那条在胸前的围兜也一点点沉起来，重起来，就像十月怀胎，等到再也承受不住时，解开围兜上的结，将那一兜茶叶抖落到筐里。那青色的细叶嫩芽，就像一个个婴儿安静地躺在那里，乖巧而又伶俐。

茶农们开始了工作，茶林顿时安静下来，除了偶或的风声掀动附近的山林，像是远处有一片海在呼啸着。像是为打破这难得的安静，一只鸟儿从空中掠过，丢下一声尖锐的长啸，惊醒了茶林间一对野合的山鸡，扑扇着翅膀向山涧飞去。远处，山下的村庄里传来几声隐约的狗吠。似为了驱除午间的疲乏，附近的茶棵里传来一阵带点促狭的茶歌声……

夜里下过一阵雨，此刻，阳光油绿，空气清新得几近醉人。那一棵棵茶树上，墨绿色的老叶衬托着一叶叶油亮的新芽，让人联想到生命的交替。去年的茶叶老了，绿了，黄了，就像不得不谢幕而去的演员，一片片从茶树上落下，于泥土中涅槃静寂。一批批生命抽出绿芽，它们向天而立，童稚无邪却又带着几分羞怯，仿佛是在向世界发出生命的宣言。采茶既是一桩慢工细活，又是一种心力的历练，考验的是采茶者的耐力和坚毅。宋人吴可说"作诗浑如学参禅"，这一刻，我所体会到的则是"采茶浑如学参禅"。

唐代北方的一座禅院里，赵州禅师习惯以一句"吃茶去"回应一切前来问禅的弟子。所谓"茶禅一味"，禅与茶，如同一片茶叶的两面，相互照应，互为表里。禅者就是这样用他们独特的语言和符号阐释着人世间的智慧与哲理。

现在，我是在皖南的一座山村里。

三十年前，我沿着一条溪水溯流而上，一直走到这条溪水的源头。我所旅居的村子五十来户人家，几乎没有一户杂姓。一个村子都是亲戚，论起来都是叔爷兄弟，却与年龄无关，真正是摇篮里的叔爷、拄杖的侄。村子里的新祠堂落成时，我也出了一个份子，村民们便也将我视为家人。有一年春节，我把家人全都带到这里。于是，除夕下午的全家福照片中便有了我家人的身影。

初一清晨，老人们为每个孩子派发红包，也有我外孙女的一份。整个正月，我可以随意走到任何一个人的家里，坐在火桶里，喝着茶，吃着又甜又脆的风干栗子，与主人一唠嗑就是一个上午。

有着两千多年历史的源溪傩戏是对祖先们的祭祀，是神圣的大典，从傩神下架到请神、供神，再到朝社大典，无不充满神圣与庄严。"出门如见大宾，使民如承大祭"，可见古人对祭祀是非常看重的。源溪傩戏每年正月十三开始，至正月十五达到高潮。这是傩乡人的开年大戏，也是一场人与神的直白与面对，继承的是古代草根民众对主宰自己命运的天地鬼神敬畏的传统。

傩是一种面具，那戴上面具的人，不论天帝还是恶婆，都代表着上天的旨意，向人们宣讲着人间正义和善恶有报的法则。大开锣咣咣咣地敲出震慑人心的节奏。在那棵百年老树下，天帝与地神跳着稚朴的舞蹈，演绎着一场天地交汇的神秘场景。这场傩仪的高潮是会首带领大家呼喊的一段段吉祥词："风调雨顺啊！六畜兴旺啊！读书人步步高升啊！生意人一本万利啊！"那是山民们对艰难时世最现实的祈愿，也是他们对自然山川以及原始生命的热切歌颂。会首每喊出一句吉祥词，人们便同声高呼："好啊！好啊！好啊！好啊……"那一刻，我的眼里含着热泪，仿佛自己就是这村子的一员，是那座山的儿子。在一片"好啊好啊"的呼喊声中，一个叫"好"的孩子诞生了，又一个叫"好"的孩子临世了，于是这村里就有了许许多多名字中带好的孩子：小好、大好、玉好、贵好、美好……以致很多年来，我在那条山路上看到的每一个孩子都是我当年喜爱的孩子"好"。

在茶香和傩戏中，一个个孩子欢快诞生，一个个老人悄然离去，遵循着这宇宙间铁一般的法则。上一年我来时，小毛老爹还为我唱过一首又一首茶歌，下一年我来时，小毛老爹就像一阵风，已经带着他的茶与歌去了远方。只有看到当年我喜爱的孩子"好"已经人至中年，我才能真正体会到时光如白驹过隙，而我也从一个好高骛远的青年变成一个发白如霜的老者了。

傍晚，一辆皮卡开到门口。我捧着一把新绿，放在鼻尖上闻着，那股带着微凉而湿润的茶香让我有几分迷醉。这些嫩绿如翠的青芽，这些采自山野的珍品将带着我的气息，带着我这一天对茶农们劳动的新奇和满足，被送到茶叶商人手里了，它们今晚就会被炒制成新茶，却不知会落入谁人壶中。

电子秤就放在地上，四斤二两，这是我一天的劳动所获，按照当天的价格，折合成人民币二十八元。城里一碗面条的价钱，一笔忽略不计的消费。捏着那张豆绿色的钞票，我第一次感受到了它的分量。

我曾建议，这么好的茶，留着自家喝吧。但他们说，就这两天的茶能卖得上价钱，又哪里舍得喝这么好的茶？

自然又想起《五灯会元》中的一则公案，一日，投子大同在与人吃茶时指着那碗茶说："森罗万象，可都在这一碗茶里了啊。"没想那人却将茶泼了，将碗扣在桌上，反问说："森罗万象现在哪里呢？"大同看了看地上仍冒着热气的茶水，轻轻地叹息："可惜了这一碗好茶。"不知道那人是否明白一碗好茶从下种到施肥，再到采摘、揉制、烘焙这一系列环节中究竟灌注了一个茶农何等的辛苦，何等的快乐，何等的辛酸，何等的喜悦。"锄禾日当午，汗滴禾下土，谁知盘中餐，粒粒皆辛苦。"从一粒种子到盘中之餐，及至碗中之茶，难道不囊括了大千世界的森罗万象吗？

夜深了，远处传来的鞭炮声让我从睡梦中惊醒，我不知道这是老人的辞世还是孩子的降生。厨房里仍只是灯影摇曳，竹编的烘茶篓下细火微红，炒茶机似乎一夜都在轰隆轰隆地旋转着，似为了打发长夜的瞌睡，有人小声地唱起了一首茶歌：

二月里采那茶啊新芽发

奴家的茶园十二亩啊十二亩

掌柜的写字讲价钱啊讲价钱

左手抓得有四两啊

右手抓茶有半斤

……

这是一个不眠的夜晚，在这个茶季，谁还能睡得着呢？

宋村瓦相

村庄坐落在九华山一支余脉的狭长山冲中，四五十户人家，散落在半环形的山脚下。村口的一处空地上，整齐地堆放着的一堆大块的石片瓦，就像一本等待裁剪的天书，书脊是毛糙的，仿佛正要向人们讲述这村子亘古的历史与命运。于是，我们走进这以石片为瓦的乡村——宋村。奇怪的是，我后来知道，宋村竟没有一户姓宋的人家。

第一次来宋村是一个冬天，穿村而过的小溪流淌着清冽的山泉，错落的房屋被一层青色的瓦片覆盖着，坐落于喀斯特地貌区域的宋村四周遍布一层层平整而坚硬的岩石——页岩，具有隔热、保温的特殊性能。将这种页岩当作屋瓦始于何时，宋村人已经说不清，只是直到今天，他们在继承祖先坚韧与智慧的同时，仍然保持着用页岩做瓦的传统。"宁为玉碎，不为瓦全"在汉语的表述中是形容人的气节的，但宋村的瓦没有一块是全的，它们大小不一，形状各异。这些取之山岩的石片，被宋村人平整地铺在自家的屋顶上，其组合虽是错落的，却错落得有序有致。我注意到在那片石瓦间，点缀着几朵绿色的苔藓，虽是清寒的二月，每一朵苔藓却鲜艳欲滴。世人无法知道它们在缺少泥土的石瓦上如何生存，在这艰难时世，却总有草木泥石以其不拔的精神教导着人们如何坚韧地活下去，且活得丰沛，活得充盈。

在两间高低错落的房屋相接处，几株粉绿色的塔形植物引起我的注意：瓦松，总共三株，一大二小，像三座粉绿色的宝塔，矗立在瓦楞间。石片瓦、苔藓和瓦松，似乎体现了宋村的风格，带着历史的成色，让人想起法国中世纪的某一部小说。瓦松可入药，幼时，我从一棵成熟的杏子树上摔下来，摔破了膝盖，摔伤了胳膊。母亲从屋顶上取下瓦松，捣碎了，敷在伤处，伤口几天就愈了。这一片又一片石瓦，以及石瓦上的苔藓和瓦松，组成宋村特定的意象——瓦相，象征着一代又一代的宋村人，无论历史和命运发生怎样的变化，却始终不改其庄重朴实的本色，也不改先民们在蛮荒时代躲开连年战乱，千百年来生生不息的高贵品格。

我们来到宋村，有寻古访幽的感慨。我们虽然不是古之士大夫，却空有忧思的情怀。日渐消失的村庄，加深了人们对于乡村的怀念。乡村屋顶上的炊烟，傍晚时弥散在村子里火粪的幽香，老外婆们古老的禁忌，无不勾起人们对那消失了的一切徒增虚妄的怀想。这就是宋村，江南的一座极其普通的山村，一代一代的人从这石瓦下诞生，一代一代的人从这石瓦下消失。如今的宋村人早就不再姓宋，村民们杂姓而居，其先祖来自不同的地域，不同的方向。但无论朝代怎样更迭，山河如何嬗变，村庄却一如既往地存在着，见证着宋村的坚韧。这是宋村人对陆续来到这里开枝散叶的祖先的敬重，也是他们向孩子们讲述村庄由来的依据。

那次的宋村之行记忆尤深，春寒料峭，位于山冲中的乡村被浓雾层层包裹，时隐时现。二月初凛冽的寒气裹挟着我们，远处传来的几声狗吠和几只公鸡的打鸣声划破了山村特有的宁静。刚刚下车的我们也似乎从懵懂中醒来，信步走进一户人家，主人是一位中年人，在外经商多年，昨天偶尔回家。他开始为我们沏茶，动作之娴熟，让我发出莫名的惊叹。随手翻开主人家的一本儿童读物，是关于人类进化史的，穴居人类、山顶洞人……我无法确知从穴居人类到开始搭建茅棚、组建家庭的母系社会究竟用了多少时间。但这一过程的完成，乃至由此而带来的人类建筑史，是人类文明史的一个重要开端。

二十一岁时，我下放在江南的一处乡村。那一次从另一个知青点返回的途中遭遇一场突如其来的暴雨，我只得瑟缩在一户人家的屋檐下。雨顺着屋檐的茅草瀑布一样披挂下来，打在我脸上、身上。屋子里飘出的饭菜浓香让我饥肠辘辘。屋子的一家热情地让我坐到桌子的一方，为我盛来热腾腾的米饭。炭炉里炖着乌黑的霉干菜烧豆腐，一盘清白的莴笋丝，另有一小碗带点臭味的豆腐乳，那餐饭成为我后来在城市生活的美好回忆。下放的两年时间里，那户姓沈的人家成为我孤独的知青生活的一处温暖的港湾，也成为我对未来生活的某种标杆。想着什么时候，我一定要在山边竹林中建一间如老沈伯家一样的屋子，屋顶上盖着厚厚的山茅草，娶一个健壮而勤快的山里姑娘，养一群皮实而聪明的儿女。贫穷和被年代打压的自尊限制了我的想象，我那时根本不会想到后来居住的屋顶能盖上一层青绿色的老瓦，更不会想到现在所居住的电梯楼房。我只是想在那间盖着厚厚茅草的屋子里与我未来的妻子温暖地躺在一起，相互依偎，释放着青春时期的荷尔蒙，享受着青春时期的快乐，哪怕地老天荒。只是后来的回城潮让我也迫不及待地离开那座山村，离开那最初的梦想。直到很多年后我带着家人真的住进了带有电梯的算是高档住宅区的一栋楼房，生活却远不及我当初想象的那么美妙。

苏格拉底说："田野与树木没有给我们一点教益，而城市的人们却赐给我颇多的教益。"数千年来，人类发生的无数次战争以及人与人相互间野蛮的厮杀，让我们对苏格拉底关于文明的定义产生了怀疑，也迫使人们开始发出深深的疑问：真正的文明又在哪里？

我在深圳带着外孙女看过一次展览，很多年了，是关于人类居住简史的。一只成年猛犸象的巨大骨骼，撑起一座可观的小屋，高约三米。这是发生在大约一万一千年前冰河时代的故事，一场旷日持久的战争，人类成为合格的"猛犸克星"后，最终成为这场战争的赢家，而猛犸象的巨大骨骼则成为人类走出洞穴后最初的居所。故事的发展并不尽如人意，直到很多年后，在唐代的一间草堂前，诗人杜甫面对被狂风卷走的三重茅草发出幽怨一呼："安得广厦千万间，大庇天下寒士俱欢颜……"

现在，当我们挤缩在城市密集的高楼隙缝中，当日渐浑浊的空气和喧嚣的噪声让我们不得不时时感受到生存的压力和环境增速恶化的危境时，渐至消失的村庄却成为现代人的精神圣地。社会发展至今，在不断塑造人类文明的同时，也塑造了关于文明的更加野蛮而凶悍的阐释。

这些年里，我不仅饱览过祖国诸多大好山河，也几乎踏遍欧洲及东南亚的许多国家，从干旱的塔克拉玛干大沙漠冒险家们临时搭建的帐篷到新西兰大洋岸边的别墅群，从欧洲具有哥特式风格的中世纪建筑到泰国热带雨林中坚实的竹楼。随着年龄的增加，我更乐意走进就近的一处处村庄、一片片田野，去摄取更贴近于自己生命气息的一切，去寻找幼时田野中火粪呛辣的气味，或就坐在老农门前的树墩上，喝着浓浓的茶水，听老农讲一段乡村的故事。

这个十月，我们再次来到宋村。秋天的太阳虽是温润的，却也带有几分炽热。远处的宋村散落在连绵的山体下，金黄的稻子，火一般通红的枫叶以及那灰褐色的石片瓦屋顶呈现在我们的面前，就像几年前一样。村前的菜地里，有农妇挥舞着锄头正在耕作，农妇的动作看上去有些生猛，她是要赶在季节前把油菜种下去，再去江浙或是广东一带打工吧。远处那座熟悉的村庄被人为涂抹的鲜艳让我有一丝不适。随即便释然。我应该习惯现代社会的人们所热衷的一切，这才是我，一个大度与包容的古稀老人。神奇的是，在那间我曾熟悉的石片瓦上，在两间高矮等第相间的石瓦相接的瓦楞间，那三座"塔楼"依然如旧——瓦松。三四年的时间，在历史上是短暂的一瞬，但对于刚刚经历过灾难和战争的人们来说，却是漫长的。就是在这样漫长的时间内，这三株塔松似乎没有一丝变化，它们依然相互依持，卓然而立，就像这世界上什么也不曾发生过一样。我宁可相信，这矗立于石片瓦上的瓦松作为村庄的依据，哪怕千百年，仍会依然不变地生长在那里。我不能不说,在看见这些瓦松的那一刻,我有些激动,像见到久别的先知。我很想问它们,这些年里,它们究竟看到了什么,感受到什么。然而瓦松挺立着,不发一言。十月的风轻轻掠过,太阳暖暖的,有雁叫声从附近传来,我听到一个声音从天边传来,振聋发聩——对于真理与荒谬同时存在的时空,匆匆如过客般的人类还有什么话可说?

灯花

地处九华山下,这一带村庄的名字大多与佛寺有关:二圣、庙前、桥庵、一宿庵、无相寺等,唯独这村子叫灯花,全名七十二灯花。一条砂石路连接逶迤而上的石阶路穿村而过,那是旧时香客朝山时的必由之路。

我去灯花,缘于老吴在饭桌上说的一个故事,抑或是他描绘的一幅美丽图画。

那时候,朝山的香客们历经一天的舟车劳顿,傍晚时分到达九华山脚下。那阑珊的灯火照亮的一处,即是灯花村了。走进灯花村,但见树上、道路旁、客店门楣上,乃至奔跑嬉闹的孩子们手中,到处都是各色各样的灯笼,组成一片灯的世界,花的海洋。

灯花村自然会为香客们准备洁净的素食。饭毕,香客们再沿着那条石阶路拾级而上,前往他们预定的所在。那条山路上,每隔一段距离便会有一盏灯笼悬挂在树上,孩子们站在路旁,每人手里都拎着一盏灯笼,那些大大小小的灯笼,组成一条长长的灯花带。灯笼样式有简有繁,繁的有鲤鱼灯、荷花灯、花篮灯、宫灯、龙凤灯,简的不过是一只镂得薄薄的、透亮的瓜皮,当中点上一支蜡烛。

各地灯笼的制作都是差不多的,竹或木的骨架,再糊上皮纸,皮纸上画上各种花鸟人物。但灯花村的灯笼上画着的却是人间七十二种行业的代表人物:神龙氏、黄道婆、葛洪、杜康、蔡伦、华佗、祝融、孙思邈……是为七十二灯花。

灯花村人是好客的,迎来送往,似乎就是他们待客的本分。沿着山路,提着各色灯笼的灯花村孩子们为香客们照亮那条朝山的山路。灯笼上写着百家姓氏:赵钱孙李,周吴郑王,冯陈褚卫,蒋沈韩杨……香客们自会按照自家的姓氏取走一盏灯笼。你无须说钱,一说钱,便无缘。香客们所应做的,便是将随身带来的清凉油、雪花膏、花手帕、小镜子、小梳子、糖果、饼干,甚或是一块鞋面布、一小段花头绳等回赠给孩子们。繁星璀璨,灯花闪烁,照亮了那条长长的石阶路,也照亮了远道而来的香客们的心。

老吴向我叙述着这一情节时,我仿佛就看到那条山路上一条灯花带逶迤而上,就像一条巨龙在夜空中舞动,照亮了九华的半片天空。一直等到那条如龙的灯花消隐在九华无边的竹林里,灯花村的孩子们欢呼着,相互把玩着他们得来的礼品,向同伴们炫耀着自己的所得。那个夜晚,对于这些长年生活在山里的孩子来说,那才是真正的节日。

老吴的叙述,为我描绘了一幅美丽的画面,让我感受到中华民族固有的品质:诚朴、善良、不计回报。我能想象得出蜿蜒在山道上的那一片灯花之美，那分明就是灯花人一颗颗亮堂堂、光闪闪的心。

沿着一条小溪拾级而上，柳暗花明处，就是传说中的灯花村了。远远地，传来二十世纪黄梅戏"女皇"严凤英沙哑的黄梅戏唱腔，走近了，两位老者坐在树荫下喁喁地说话，他们面前的地上就搁着那只小型收音机。老头儿不问我们的来处，也不问我们的去处，我们就那样挨着老头儿坐下，自然而然地聊了起来。老头儿说，那时候，他家开着一个小饭店，一批客人离去，又一批客人过来，整天的流水席，至黑都不间断。他母亲忙前忙后，先是一串粽子、一碟干姜、一碟麻糖，这是茶点。紧接着，饭菜就上到桌上了。老头儿说，他母亲的记忆力特别好，又有很强的心算能力，往往四五桌客人，散席后，老母亲能一口把每一桌的账报出来，一笔都不差。

我原以为，随着二十世纪一条新的盘山公路的贯通，灯花村一定早就被现代社会抛弃了，抛弃在一个人所不知的角落。然而我错了，远离了现代都市的灯花村虽然失去了古时的热闹与繁华，却在喧嚣的世界里收获了一片难得的宁静。精于世道的灯花村人走出灯花村，他们在山外打拼，去赚取属于他们的财富，却在世世代代居住的灯花村保留了一片安宁的住处。这分明就是一片现代的世外桃源，是令许多山外人羡慕的一处村落——青山环绕，绿水潺潺，没有城市的喧嚣，没有空气中混浊的化学气味。道路两旁，是一栋栋崭新的徽派建筑，屋后的菜地里，腰挂手机盒的老人正在为一畦花生地锄草。锄头与杂草相割的"嚓嚓"声清脆、悦耳，和着溪涧里淙淙的流水声，那实在是一首最美的乡村交响曲。

那天中午,我们与老头儿聊着田里的庄稼,聊着路边正在抽穗的玉米,也聊着山外的世界。老者指着远处的山崖和溪流,向我们讲述着常遇春的白马,讲述着乌金宕的藏宝洞,讲述着新四军在附近与日本人的一场不大不小的遭遇战,当然也聊着灯花村那条逶迤在山路上如龙的灯花。历史,像一本厚厚的大书,在我们面前次第翻开,我们就是这样在历史与现实中穿越着,忘记了日月星辰。

那天我在灯花村尽兴而归,虽然并没有看到那条蜿蜒的山路上璀璨的灯花。

端午

像往常一样,放下行李,我喜欢到村路上走走,随意地走。附近人家飘来一股煮粽子的香味。这提醒着我,今天是端午节。我来到这里,来到这个皖南的乡村。

季节在城市里是很难被觉察出来的,除了寒冷和炎热。在这山里,山林的植被,山野的颜色让人感觉到四季的轮换,让人感觉到季节的到来。板栗树上开着绒球球的白花,空气中弥散着一股难闻的嫩腥味儿。与山边的那些老板栗树不同,村路边的板栗树是嫁接的品种,结出的板栗要大很多,但吃起来却不如山边树上的板栗甜糯。只是,这些老板栗树年岁够老了,有的枝干已成空洞,好在已没有多少人在意它们一年里究竟还能结多少板栗。荒寂的空地上,是那种在这个季节漫生的一蓬蓬,黄色的蕊,衬托着白色的细条般的花瓣,每一朵都大小均匀。还有一丛一丛的黄色小花,这一带人给它取了一个雅致的名字——金步摇。嫩黄色的蕊，金黄色的花，我数了数，每一朵都是十二瓣，一瓣不多，也一瓣不少。这是一种伏地植物，却是成片成片的，花期从四月一直到六月，寻常并不引人注意，就像小人物，只有走近了去观察他们，才能发现他们的存在以及他们与众不同的品质与美。

刚下过一场雨，天阴翳着，空气有些沉闷。今天一定还会有一场不小的雨，这是梅雨前的一次预演，时下时停，接连数天。布谷鸟的叫声从林子里传来……

正是插禾的季节，我注意到水泥路的一侧，有一辆手扶拖拉机在山田里耕作着。驾驶拖拉机的是一个中年汉子，他戴着南方人的那种三角圆锥形的帽子，我看不清他的脸。这是我在这村子里唯一看到的耕作的汉子，也是唯一的一块山田，面积不大，一两亩左右吧。已经耕作得差不多了，但那人还是驾驶着他的手扶拖拉机在那块不大的山田里转着圈子，一圈又一圈，让人联想到马戏场上驯马的演员。也许是出门打工的人越来越多，也许是这里的山田蓄不住水，水稻的产量太低，这几年人们普遍都不肯种水稻了，而是把山田改成了山地，种下大片的玉米。但玉米却卖不出好价来，好在他们也不依靠玉米来赚钱，收割下的玉米就囤在那里，饲养家畜，这样就不用花钱在饲料公司买那种复合饲料了。

附近的玉米地里偶或传来一两声蛙鸣，旱蛙的叫声。是的，就像我刚才说的，这一片曾经是一片秧田。往年的时光，秧苗才刚刚出齐，秧田里的水映照着四野的山，四野的山就出落在这片秧田里，水上水下，合成一幅深浓的水墨画。如果是在雨后，就成很写意的画。几只白色的鹳鸟在水田里觅食着螺蛳或虫子，它们一跳一跳地,间或从一片山田飞往另一片山田,在秧田的上空划一道白色的弧线,让一幅原本看上去静止的画面灵动起来。

还应该有牛的,如果还有牛歌,那就近乎完美了。

在这个傩乡,每年正月都会吸引来很多外地的游客,这个村子成了旅游爱好者的打卡景点。很多年来,我在这村子里不曾见过一头牛,不独这个村子,现在很多乡村都没有牛,即便见到,也不是耕作的牛。牛的作用与存在,是为满足餐桌上的饕餮。洋楼、水泥地,还有留守妇女们的广场舞改变了乡村的格局,于是便有人在电脑上合成出一幅画面——泥墙老瓦,炊烟袅袅,披着蓑衣斗笠的农人牵着牛从挂满青藤的老桥上走过……

我对牛有着一种天生的敬畏。那一年下放到一个山里的当天,我就目睹一头小牛的诞生。小牛一次次跪下来,又一次次爬起,再跪下,再爬起。人们告诉我,初生的牛犊都会在睁开眼的一刹那跪拜四方。它们在向这陌生的世界虔诚地跪拜,拜天地,拜鬼神,拜父母,更拜饲养了他们母子的人,希望人们能善待一条并不情愿的生命。

五十多年前我下放插队的乡村是一片圩区。我们去时,一场内涝沤塌了村子里的队屋,油菜收割的季节,油菜籽就堆放在稻床上,盖上席子和稻草。为防盗贼,队里安排人每天轮流去队屋前临时搭建的棚子看场。夜里的雨下得太猛,雨从棚子的缝隙中淋下来,我们不得不整夜地腾挪着睡姿。我在清晨第一缕阳光中睁开眼来。歌唱的牧童似乎正处在发育期,他的声音有些沙哑,但却不妨碍他把那首牛歌唱得清亮而干净。牛歌没有歌词,也没有固定的旋律,那种随意的歌唱更像是对母牛的呼唤,或是对刚降生的乳牛的深情抚慰。我趴在草铺上，静静地感受棚子外的清晨。隔着一条小溪，对面的田埂上，那头乳牛紧跟着它的妈妈。雨后的清晨阳光明丽，田埂的青草尖上晶亮的水滴似乎能映照出一整片碧蓝的天空。远处的村子升起一缕缕炊烟，女人们正在做着早饭，而男人们多半还没有起床，村子处于少有的宁静之中。母牛和乳牛啃食青草的"嚓嚓"之声混合着少年爽脆的牛歌，让这个乡村的早晨活色生香。

五十年过去了，随着城市的开发，那个曾养育了我两年的村子已不复再见。现在，我是在皖南的另一个村子里。

茶季已经过去，山体的轮廓开始饱满而圆润，山叠着山，山连着山，一直向远处延伸，颜色也渐渐地淡下去，淡下去，淡到最后，变成画家的枯笔。山芋刚刚插到地里，玉米已开始抽穗，玉米苞有些鼓鼓的。

濡湿的空气中，我闻到一股浓浓的香味，我知道，附近哪家的端午粽已经熟了。

等我从村子里逛了一遍回来时，那架老式手扶拖拉机已经离开那片山田。我知道，无论是耕田的人还是那块山田，都指望着今晚的雨，一场很大的雨。

耕作的汉子四十几岁，此刻，他正站在田埂上玩着手机。斗笠下，浓黑的眉毛让他看上去有几分英气。他的上身是一件开始褪色的T恤，下身牛仔裤的裤脚扎在深筒胶靴里。如果换成牛仔帽，他站在那里的样子就有几分美国西部牛仔的感觉了。他抬起头朝远方看着，似有所思。我把手机对准了他，拉近了焦距。他发现我在拍他，便很不自然地朝我笑了笑。他这一笑，我知道他叫什么名字了，只是这几年他一直在上海打工，很少回来。我说："你很时尚，是一个时尚的农民。"我又问："是在刷抖音吗？"他回答说："是在发抖音，我有自己的平台和账号。"我似乎一点都不奇怪，并把为他拍的照片放给他看，我告诉他："这张照片我拍得很成功，你看，你在刷抖音的样子，还有你朝远方注视的样子很酷，是不是？"他不好意思地笑了。我们交换了微信，我把照片发给他，并告诉他："你可以裁掉膝盖以下，也可以就这样放大，然后用一个相框，挂在家里的墙上，很艺术的一张照片。"

傍晚时分，果然下了一场大雨，透雨。那场雨下得酣畅，下得豪横，雨打在窗户上的遮阳棚上，像是为庆祝节令的到来而燃放的鞭炮。我知道，那块山田明天可以插禾了。

清明时节

又到了过清明的季节,我们约定一个日子,从各自的居住地出发,于差不多的时间在那条河岸一侧汇合。这条河一如当初,日复一日地流淌着,改变的只是河岸两旁的房屋——当年的土屋变成今日二层或三层洋楼。洋楼前高大的白杨树参天而立,小汽车在白杨树林中穿梭来往,司机按着响亮的喇叭,仿佛是向家乡宣告——我们回来了!是的,无论外面的世界多么精彩,但总是要回来的,或者生前,或者逝后。住在屋子里的人一代一代更替着。原本的乡音已经改变,夹杂着"上海宁"的尾巴,或者就是广东那边的大舌头,尾音必定会拖着一个长长的"啦"。"就是这样的啦""很好的啦"。老人们听习惯了,也不再责骂儿孙们的"不洋不广"。

金黄的油菜花铺天盖地,山地里的红花草和山边的映山红映红了一大片天空。这个日子,总不免会想起白居易的"棠梨花映白杨树,尽是死生别离处"。不管什么时候,死亡总是沉重的话题,但清明这一天却是例外。连那些在先人的坟前疯闹,在草地上翻跟斗、做游戏的孩子,也在年复一年的鲜花草地和炸裂的鞭炮声中明白,这的确是一个节日,是一个关于春天的热热闹闹的节日。即使是在去年堆砌的一抔新土面前,当时哭得死去活来的亲人这一刻最多也只有一两声长长的叹息,悲伤却已不再。该去的人总得去,该活的人总得活。就是这样,没有一个逝去的亲人不希望那活着的人活得更好,更自在爽气。

清明似乎注定就是与老家连在一起的。老家是根系所在,是祖脉的嫡传,是祖先们一代一代繁衍生息的母地。但孩子们没有这样的概念,包括我的妹妹们。在我们这一辈中,唯有我幼时曾在这里实实在在地生活过,我是带着曾经的记忆,曾经的幻景来到这里的。父亲在时,每年的清明,总是带着我们一次次回到这里,回到老家来。父亲是坚韧的,他就是以这样的方式告诉我们,一个外乡的游子,不管你过得好还是不好,每年这个日子,就必须回到这里,爬上这片山头,在先人的坟头烧几刀纸,放一挂鞭炮,算是向先人报告一下家族绵延的信息。

那时候,回老家不像今天方便。头一天就得把一切都准备好了,穿的,要尽量体面些;吃的,各种糕点,是送给一家家亲戚的。当然还有祖父母坟前要烧的成捆的大表纸。天还没亮,就被父亲从被窝中叫醒,轮船汽笛的一声长嘶让我们从惺忪的睡意中兴奋起来,在寒冷和柴油机巨大的轰鸣声中渡过几小时水上之路,然后上岸、乘车,再步行十几里地,直到天黑了,才回到这个叫店屋的村子。时光转换,这条复杂而漫长的回乡之路现在只需两个小时，可那时候我们却差不多要走一整天。现在，当我们驾着车走在这条清明路上时，却再也没有了当年的兴奋。我们一次次来，不过是为了完成一种仪式，或者做了爷辈的我们只为传承一个使命，让孩子们尽量知道自己的来处。也只有在这时候，才会想到父亲，想到父亲低沉的带着马头琴闷音的咳嗽声以及他身上由于职业而弥散的经久不息的杉木的幽香。

那一年清明，父亲为他的父母和一个早夭的兄弟打了一块很大的墓碑，头天就雇好了一条民船。第二天黎明，民船启航，民船上有父亲和他最后的一位兄弟以及我们这一辈的兄弟。船行不久，却在上游的一处江面遇到风浪，民船几近倾覆。船工坚持让父亲将那块墓碑扔掉，却被父亲断然拒绝。我们只得就近上岸，一干人轮流抬着那块沉重的墓碑，硬是在风里雨里走了一程又一程，直到天黑，才到达祖父母的长眠之地。很多年后，我读到美国作家威廉·福克纳的《我弥留之际》，那在风里雨里将母亲的灵柩运抵南方的本德伦一家，自然就让我想到那曾经的一幕，想到那条在风浪中行进的民船上父亲坚毅的神情。

第二天，在那片野花漫生的草地上，父亲指着他父母身边不远处的一棵小树说："我的将来，就是这儿了。"父亲说："人，总归是要睡在泥土里的。"

三十多年过去了，现在，父亲的坟头被灌木和杂草厚厚地覆盖着。在灌木和杂草丛中，蒲公英花粲然地开放着，仿佛是父亲回应我们来看他的笑意。有时候，来这一片采风或是开会，我会独自来到父亲的身边，坐在父亲的坟前，为父亲泡一杯好茶，看着那碧绿的茶叶在玻璃杯中慢慢涸开，沉淀到杯底，似乎就看到父亲在一口一口地呷着那杯中的茶水并说着:"你看,你也到了发至初霜的年龄了啊。""你也该去把头剃了"——这是父亲生前对我唯一表达过的爱溺的话语。

又过了很多年,母亲也回到了这里,只是相隔着一片山坡。这既是家乡用地的需要,也是我有意为之。父亲和母亲相濡以沫了一辈子,也争吵了一辈子,为米为油,为琐屑而必须的日子。我是想,这样的距离可以让他们老两口儿不即不离,如此甚好。

想起当年随父亲回老家的日子。夜里,五爷的屋子里围满了人,呛辣的烟草气味弥漫在油灯的光亮中。父亲与他的老弟兄们交递着手中的水烟袋,一边谈论着乡里的故事和少去的一个老弟兄,也谈论着他们的父亲或祖父的故事。我依傍着父亲,努力不要让自己睡着,但终究抵挡不住绵绵瞌睡,还是伏在父亲的膝上睡着了,很快又被屋里呛辣的黄烟味熏醒。直到很多年后,那些零星的故事进入到我的文字中。那些或悲或壮的人物,他们死了,却一直活着,活在我的文学世界里——我多么想父亲能知道这些。每次来看父亲,我都想告诉他——那些年您真的没白带我来。现在,我就再也寻找不到那些故事和说故事的人,他们的名字被一个个刻在墓碑上,面容也渐渐模糊。只是每当走过他们的坟前,我才会想起,这是做挂面的炳鳌大爹,那是做黄烟的尔文四爷,还有比我年长十多岁的堂侄宝其,他喜欢向我说荒年里吃过的各种奇奇怪怪的东西,蜥蜴和老鼠都不算什么了。他说起那些时,好像一个饕餮大亨在向我们炫耀他曾经享用过的红酒大餐。

那时候,女性似乎是不需去老家过清明的,这是男权社会留下的习俗。现在却不同了,最活跃、最积极的就是家族中的女性,无论年龄。她们天生的活泼和对外界事物的好奇让她们不可能会错过任何一个踏青赏景的机会。于是，清明就变成了我们这些生活在外乡的本土人一次集体的回归，一次关于春天的邀约。

每年的这一天，走在路上的队伍就有些浩浩荡荡。双响炮在空中炸出一缕青烟，燃尽的纸灰在油菜花田里像黑色的蝴蝶翩跹翻飞。年轻人嘻嘻哈哈地磕着头，相互调侃着，年长者早就适应了，所以也就原谅了晚辈对先人的不敬。在每一处坟头，他们仍免不了要向年轻人说起亡者生前身后事，有悲壮激烈，有委婉曲折，也有辛酸扼腕。晚辈们有一句没一句地听着，像是在听一个遥远的传说。过了一些年，孩子们长大了，那说故事的人变成了故事中的人。这条清明路上，每年都会少去一两个，也会多出一两个，印证了人类的生存法则，就像这路上的蒲公英，开了谢，谢了开，却总是生生不息。人类也就是在这样的生生不息中一代代繁衍着，这条清明路也总不会寂寞。

清明的路，我们一年一年地走着。

皖南老街

大巴车一寸一寸地碾过皖南公路，路两旁镜子般的水田里映过一座座村庄、一栋栋房屋以及皖南透迤连绵的山头。水田里的村庄是安静的，山当然也是安静的，在这个季节里，整个皖南都安静得像在水墨画中。

紫藤花已经开败，桃花也早谢了。我注意到公路边一丛黄色的小花，不，是一片，很大的一片！它们藏身于草丛中，就像一个个少年，杂乱着，嘈杂着，在操场上你挤着我，我挤着你，一路铺展开去，一直铺展到很远处，热闹得很。茼蒿是我喜欢的菜，却不曾想它会有如此艳丽的花。我喜欢花，不论是什么花。花儿的开放，正显示了人间最美的岁月。我虽老了，却有着一颗少年的心，就像这些草丛中的茼蒿花，蓬勃而不肯安分。

不免想起一千多年前，面对小溪里清澈的水流，溪岸边开放的花儿以及拂面的清风，唐代的智者马祖道一对为苦苦寻找事物真相而不得悟解的弟子说："看吧，我可从来没有向你隐瞒过什么。"的确，大自然法法俱足，一切现前，"明月清风，不劳寻觅"，需要寻觅的是我们一颗丢失已久的心，那颗原本光闪闪、热乎乎、亮堂堂的心。它们究竟丢失在哪里？

几千年来，这条路上走过太多太多人，商贾巨子、布衣草民、政治家、文学家，现在，又走过一群寻章摘句的文人。虽然这一二十年来，我曾不止一次踏上皖南大地，看遍皖南大地太多或有名或无名的风光，但我还是愿意一次次来到皖南。我有限的脚步无法走遍世界，但却可以倾其一生，去认真参悟我们早就熟悉的事物——一株大树，一朵花儿，乃至一只虫儿的唧唧，一次鸟儿欢快的鸣叫。这些看似平常的事物，都值得我们耗费一生的光阴去参悟，虽然并不一定有完整的答案。

陵阳纵横交错的大街、古旧的石板路、穿镇而过的南流河、南流河上的桥梁，乃至那些不知建于何年、开始坍塌的商埠，都显露出这个千年古镇的汪洋与大气。这些用历史一点一点养育而成的汪洋大气足以令那些没有任何历史陈迹，却只有灯红酒绿的现代化大街徒自叹息。这条大街，一千三百多年前李白走过，一千四百多年前谢朓走过，据说两千三百多年前屈原也走过。现在，我们也走过。十年、二十年、五十年、一百年、一千年后，我们也将成为历史。历史，也许能留住我们的一丝气息，从而让一千年或一万年后的我们再来时感觉到一种似曾相识。

十五年前的一个冬天，我第一次走在皖南的大街上，阳光下几个打牌的老人滞住了我的脚步。看着这些平均年龄超过八十岁的老人，不免想起锁足在城市楼房中的母亲，禁不住发出一声人子的叹息。一个老太利索地甩出一张牌，接过我的话头说："让你老母亲到皖南来，我天天陪她老人家打牌。"老人的话让我感动很久。我总想，什么时候把母亲带到皖南，带到这冬季暖洋洋的阳光下，让她与这些老人痛痛快快地打一场牌。然而，直到母亲逝去，我依然未能兑现自己的承诺。以致后来每次我走在皖南的大街上，都想再看到那张阳光下的牌桌，都想再寻找到那个如我母亲一般慈祥的老人。母亲过世四年整了，今天，当我再次走在皖南的大街上，我忽然感觉这大街上每一个捧着碗坐在门口吃饭的老人都像是我的母亲，每一个背着手走在陵阳大街上悠闲散步的老者都是那个热情好客的老人。

皖南有太多的故事，少年时读蒲松龄的《聊斋志异》，其中有《陆判》一篇，记载了陵阳人朱尔旦与阴司陆判之间的友谊。朱尔旦敢于穿越阴阳两界，从而改变自己命运，足见陵阳人的大胆与智慧。在蒲松龄魔幻的笔下，死后的朱尔旦仍能时常回到家中教养儿子，儿子成年后，朱尔旦甚至又赠儿子配刀一把，并嘱他做一个好官，这是蒲松龄的善良。朱尔旦的故事让人们知道，一个能在阴阳二界自由穿越，一个敢与鬼魅推心置腹的人，自然能书写这世上的传奇，自然也能成为人生的赢家。

临近中午，收到家人发来的短信：记得买一点陵阳干子。

陵阳老街有豆腐店数家，陵阳的毛豆腐和干子都是我每次来陵阳必带之物。毛豆腐用油煎至两边焦黄，兑水大火烧沸，继以小火慢炖，以辣椒末及葱蒜为佐料，吃时辣而有味，下饭得很。陵阳干子筋道，经嚼，色相又好，佐茶或是做菜，都是最好的材料。而当我走过一处篾匠铺时，却被老篾匠那把篾刀以及他娴熟的手艺吸引了，遂又想起朱尔旦的那把配刀。老篾匠的这把竹刀虽然不能劈开阴阳之隔，却能让他凭着这把竹刀让一家人衣食无忧。

征得篾匠的同意，我挑选了一截篾片，当同伴们在那条大街上四散开去，我利用这段时间做了一把裁纸用的竹刀。

直到我回到车上，这才想起忘了一件重要的事情，把玩着手中的竹刀，却也很快释然。这个春天，我在这条皖南大街上错失了陵阳干子，或许也错失了又一段人生故事，但却得到一把自制的竹刀。我会把这把竹刀送给一个正在学书法的年轻人，我会嘱他"人生很短，光阴很长"，就像父亲最初教导我的，人在很短的人生中能做好一件事就行。能把人生二字写好，此生足矣。

走皖河（三篇）

皖河口

　　风刮得很猛，公路两侧的路肩上铺着一层素白的寒霜。寒霜下的车辙坑坑洼洼，车上的人迷迷糊糊，颠颠倒倒，前仰后合。也亏了我们这群早起的行路人。

　　车突然停了，我们也从梦游般的旅程中醒来。四野空旷，一派萧瑟，凛冽的寒气中有一股清冷的蒿草气息。这是我们要去的地方吗？

　　我们原是要去怀宁石牌的。石牌是京剧鼻祖陈长庚北上演剧的始发地。陈长庚是清同治、光绪年间徽班进京的领军人物。他自幼被父亲带到三庆班，而以《文昭关》《战长沙》一战成名，轰动京城。翻《梨园旧话》旧册，读到对他的唱腔的十二字以评——"穿云裂石，余音绕梁，沉雄之致"。现在，我们正要去那里补拍一些镜头，取道安庆北门外，居然误走到这里——皖河口。想起人生本没有目标，一次错误的行走，竟然让我们来到古皖国的发源地。皖者，清白完备而无缺也。皖字，因皖公起名。皖公是古皖国的君主。春秋无义战，义者必稀，也必贵。皖伯、皖公、皖公山，直至现在安徽省简称，是人们送给一个古时仁义之君的雅号和尊称。

没有出将入相的戏台，没有铿锵的锣鼓，没有穿云裂石的唱腔，更没有台下伸头缩颈如痴如醉的观众。一次错误的行走，让我们看到天际下那广漠一片无边无际的大草甸子。寒风萧瑟，大漠中的荒草在寒风中如同海浪般翻涌，一直衔接到远处隐约的山脉，呈现出连绵不尽的灰褐色。隔空一阵阵海涛般的轰响传来，深远辽阔的视野中，有一片或几片水洼在灰蒙蒙的天底下晶亮地呈现着，就像是一颗颗被镶嵌在幕墙上的宝石。大漠高远，天高地阔，眼前的景致让我们想起王维的"大漠孤烟直，长河落日圆"。虽然没有落日、没有孤烟，但沙漠、滩涂以及深远辽阔的大草甸子，为我们展现出一派自古以来的苍莽与辽阔。眼前的皖河也曾水深岸阔，也曾烟波浩渺，能灌溉良田，能行得舟船，甚至能走皇家的船队。历史翻过一页又一页，一代代帝王皆成过往。往事越千年，眼前这冬季干涸而蜿蜒曲折的河流，究竟是蛇是蛟，谁人又能说清？

江淮之地的冬季雨水奇缺，对于一条河流来说，滩涂是必须的。宽阔的滩涂犹如河流之母，当夏季洪水肆虐时，滩涂吸纳了大量的水流，既解除了河流的困厄，又缓解了下游的压力。现在是枯水期，河水退到河床下，大片的滩涂让皖河静静地栖息着，像是刚刚生育过的母亲在休养生息，以备来年。而到了明春，当万物复苏，大地春暖，你再来看吧，那无边无际的大草甸子会让你仿佛走进了内蒙的大草原。天照例阴翳着，站在这一片天地之间，竟让人在刹那间忘却了季节和时间。

灰黄色的牛群淹没在这片大草甸子里，直到它们走进我们的镜头。牛的进入，顿时让这片景致活泛起来，也生动起来。我们提着相机和摄像机往河堤下走去。牛群被我们这些突然出现的人吓坏了，它们"哞哞"地叫着，开始四散逃窜。牧牛人朝我们吼着，听不清他叫些什么，我们只得站在河堤的斜坡上，有的则不忍这难得的镜头从眼皮子底下白白溜走，他们躺在河坝上，拍摄这罕见的一幕。风吹动着大草甸子，四野发出一阵一阵的呼呼声，夹杂着牛群啃食枯草的"嚓嚓"声，让人有一种欲望。让人想一头扑进去，扑进这广袤的大草甸子，在那片厚绒绒的草场上打一个滚，翻几个跟头，相互追逐打闹，或是骑在牛背上，对着那远处隐约的山脉孩子般地大叫几声。

冬季的皖河水流枯竭，几乎让我们开始怀疑它曾经的丰沛。不同的季节，河流自然会呈现出它不同的性格，就像人。河流是人类繁衍生息的根本。眼前这条细小得可以让中国的河流史忽略不计的皖河，却是古皖国的发源地。沉浸于眼前的皖河，可以想象到那迤逦的皇家船队前不见首，后不见尾的整肃与壮观，碧蓝的天底下彩旗猎猎，宫廷仪仗队用复杂的编钟奏出了浩荡的乐曲。

风越刮越猛，那片大草甸子上，无边无际的荒草海浪般翻滚，翻涌出一段段历史，一个个英雄人物。千百年来，浓稠的血液曾一次次染红了皖河，在这皖河两岸，究竟埋葬了多少英雄的白骨？

究竟有多少冤魂难以还乡？逝者如斯，千百年来，皖河依然在默默地流淌着，一条皖河，经历了太多的征战与杀戮，听过多少战场上的厮杀，听过多少死难者的呜咽。历史亘迭下的重生与毁灭，如雷如电如雾，而眼下，皖河却有着它特有的宁静，宁静得像一个睡熟了的婴儿。那曾经发生的一切，像是被一块橡皮轻轻地擦过，居然没留下一丝痕迹。这就是一条河，哪怕是一条细如游丝的河流，它也包容千古。人啊，在这样的一条河流面前，究竟还有什么可说的？

戏乡记

到石牌来，我原是要看戏的，然而却没有戏。但我走在石牌的大街小巷里，听到的每一个声音都是软糯的黄梅戏道白，看到的每一个老人都是我熟悉的某一个人。

我中学时代的语文老师江孝明先生就是这一带人。直到前年，我去看他，离开家乡六十余年的老人，依然用纯正的方言同我回忆着五十多年前的一桩桩往事。他在说那些事时，他的夫人就一直站在他的身后，微笑地看着我们，好像在说"你看，他的记忆力有多么好，他的口才有多么好啊"。她曾经是一位黄梅戏演员，我在幼时曾看过她的演出。江老师客厅的墙壁上挂着一把琴杆呈暗红色的老式二胡。我想起他傍晚时分坐在教师宿舍门口拉着二胡，沉醉在《二泉映月》乐曲中的情形，想象着他与退休后的夫人琴瑟相和的幸福场景，我知道，他的晚年生活过得不错。

怀宁县城撤走后，石牌镇一下子冷清起来。然而它曾经的风景还在,旧日的繁华还在,现在,它像一个暂时落魄的汉子,只静静地守着祖宗留下的一切,等待着一个时机的到来。

我们走进街边的一间书屋,墙上的书法作品每一幅都是欹欹斜斜,醉意欣然,却也各有情趣。坐在门口晒太阳的老者气定神闲,他仿佛在告诉人们,他经历过、喧嚣过,就像一条溪流,一路流经高山大河,终于归于沉寂。现在,他守着他的书屋,案上墨迹未干的书法随性所致,喜欢与否,任由他人。对于走进他书屋的我们,他似乎有一种生逢知己的欣慰。他乐意为我们书写一幅郑板桥式书法,并热情地与我们合影留念。我很想请他唱一段黄梅戏,他中性的嗓音,还有他一脸的沧桑应该很适合《江水滔滔》那样的老生唱段。

书屋的隔壁是一家制作戏服和皇帝冠冕的铺子。搁在案台上的冠冕每一顶都珠光宝气,两旁的大红流苏垂落下来,丝绦上吊着的玉佩就像真的一样。我试着戴了戴,门口晒太阳的妇女一起说:"他戴着真好看。"我把冠冕取下来,放回案台上,我知道我戴着并不好看,我的脸型、我的气质都不适合戴这个,我当然也是不会买这个回家的。我问他这些戏服和冠冕是否卖得出去,他爽快地说:"好卖着呢。"他告诉我,在这样的年头岁尾,盖房建屋、修志拓碑、红白喜事,附近的乡镇几乎每天都要唱戏,戏台就用祠堂屋里现成的,或直接就搭在田间地头。

清代学者包世臣来怀宁参加书法家邓石如的祭日时,顺便来石牌看当时被称为"采茶调"的地方小戏。正值黄梅时节,石牌家家有戏,处处搭台,包世臣大发感慨,遂改宋人赵师秀《约客》诗中"黄梅时节家家雨"为"黄梅时节家家戏"。石牌人认为"黄梅戏"这一流传至今的剧种就是这样诞生的。石牌出戏，也出戏人。杨月楼、程长庚这样在中国戏剧史上大名鼎鼎的人自不必说，明末的戏剧家阮大铖就生活在这附近一带，《明史》明确记载他是怀宁人。但阮大铖的名声不好，不屑与他为伍的怀宁人便说他是桐城人，桐城人当然不买这账，仍说他是怀宁人。说他好也罢，说他坏也罢，他的戏剧，却是美的，这一点，就连骂他的人都不得不承认。

少年时我从故纸堆中拾得一本线装书，无封无底，无头无尾，那时正无书可读，便半懂不懂地读了起来。正当我痴迷于书中一男二女的爱情时，却被对门一位老大将书强行借去，竟再未归还。过了半年光景，对门那位老大却在腋下夹着一个纸包悄悄来到我家，纸包里除了那本失而复得的线装书，还有一本朱生豪翻译的《莎士比亚戏剧集》。他说他父亲决不允许他读这类书籍，只好先放在我家。我不明白他葫芦里究竟卖的什么药，却为自己占了便宜而暗自得意。过了几天，对门家里被几个戴着红袖章的人抄得个底朝天，也不知道抄走了一些什么。事情过去之后，我把这两本书再送还给对门老大，但他说："你帮助了我，我没什么能够报答你的，这本《燕子笺》本来就是你的，《莎士比亚戏剧集》就算我送给你的吧。"我自然又是一阵高兴。只是，这两本戏剧集，一中一西，一喜一悲，连同家里其他的书，都在下放农村前夕被我卖到了废品收购站，却不知道是悲剧还是喜剧，只觉得那些于我都不需要了，我只需好好做一个自食其力的人便罢了。

来到程长庚故居，我们在他的铜像前合影留念。高高的花岗石基座上，程长庚手握折扇，眺望远方。顺着他的目光看去，远处的长河与潜水的汇合处波光粼粼。再远处，一座又一座青山在虚淡的青烟中若有若无。从他的"故居"里传来苍凉沉郁的唱段让我想起少年时代老家的那个敲着鱼皮鼓，用沙哑的嗓音说大鼓书的瞎子长明。想起长明，那段同样苍凉的岁月便像鱼鼓声一般在我的耳畔清晰起来。我遂明白，人生的戏剧，只有到了我这年纪时才能品出一些滋味。都说人生如戏，或喜或悲。细究起来，所有的喜剧都是悲剧，所有的悲剧也都是喜剧，人只在其间扮演着生旦净末，是扮给人看，也扮给自己看。

有一段时间，我疯了般地只想报考黄梅戏剧团，如果不是父亲以打断我的腿相威胁，说不定我真的去做了一名蹩脚的演员。没有人知道我内心的秘密，那时候，被银幕上美如仙人般的冯素贞撩拨得内心萌动的少年又何止我一人？直到有一天，我终于在县城唯一的剧院里见到真实的严凤英。虽然只是看到一截不花钱的戏尾，但舞台上的严凤英身穿大红毛衣，白围巾优雅地搭在脖子上，她站在一片青松之下的凛然之美让我感动得无以复加。

我们走在石牌纵横交错的大街上。"石牌几多街，数累老奶奶。"石牌有十五条巷子：水巷、莲花巷、双井巷、铁弓巷、六拐巷、桶匠巷、闯子巷、清水巷、帮子巷、浮桥巷、盛园巷、前街三巷、盔帽巷、戏子巷、油鞋巷。

一条百十米长的小巷里，电锯轰鸣，竹屑纷飞，十几家作坊的流水作业在制作着同一样物件——蒸笼。我走近一个正埋着头在篾片上打磨的妇女，问她："这种蒸笼一天能生产多少？"女人头都不抬地回答我："很多。"我又问："都是卖给本地人吗？"女人说："哪里的都有。"她说这话时，手中的电磨嗞嗞地响着，一只篾片已被她打磨得光洁如玉，就像一件真正的艺术品。

我所知道的是，这些年来，江镇的包子被怀宁人带到上海、深圳、广州，带到中国的每一处角落，甚至漂洋过海，带到异国他乡。在深圳，我女儿住处对门就有一家怀宁人开的早点铺，只是他们不卖包子，却经营着南方人喜爱的粤式早茶。我对他店里的肠粉和虾仁饺子情有独钟。有一次，我问那个胳膊上纹着一条青龙的中年汉子："你们为什么不卖怀宁包子？"汉子似乎对我的疑问不屑一顾，但他还是回答了我："我们要融入当地文化。"我被他的回答惊掉下巴，于是我知道，这就是善于变通的怀宁人。一天午后，我听到楼下有隐隐的二胡声，所拉的曲子是我熟悉的黄梅采茶调。我伸出头去，那二胡的演奏者正是那位赤着的胳膊上纹着一条青龙的怀宁人。

我们要离开石牌了，忽然，从附近一家店铺里传来韩再芬黄梅戏《小辞店》的一曲唱段，我被其唱词打动了，站在那条被冬日阳光铺满的街道上，竟迈不开步子来。

十二月花神

正月梅花开

渡春江，点缀好时光

冰肌玉骨映红妆

孤山留素影

独占百花王，百花王

二月杏花开

满园栽，独自出墙来

千红万紫巧安排

酒家何处在

春雨杏花飞，杏花飞

……

在镇文化馆，我意外地见到郑蔚老先生。他说很多年前我们曾在报社见过一面，并描述了我们见面时的情形，说我们站在报社走廊上谈着他的一篇稿子的改动，但我却怎么都想不起来。而当他说到《十二月花神》时，记忆便一下子全都打开了。

那是第一届黄梅戏艺术节，我作为剧组工作人员，有幸坐在剧场的第一排正中位置。那一届艺术节展演的并不都是黄梅戏，譬如望江的《挑花舞》、太湖的《花梆舞》以及潜山黄泥镇的《十二月花神》。印象最深的当然就是这《十二月花神》了，我记住了零零星星的唱词，也记住了那十二位打扮得异常俏丽的女孩子在舞台上的美艳姿态。有着三百多年历史的《十二月花神》无论在什么时候都是皖河人奉献给这世界的艺术，它的魅力是隽永的。我就是在那以后给郑蔚老师写信，请他帮我弄到一本《十二月花神》的曲本。

十月芙蓉开

绿满阶

滴露点尘埃

芙蓉帐里凤鸾谐

花枝轻弄摆

迎接曼卿来，曼卿来

我读着这些优美且节奏分明的歌词，郑蔚当年的形象也逐渐在我的脑子里清晰起来，清晰成我们彼此曾经的岁月，以及黄泥镇一段段泛黄的历史。

一千多年前，皖河得天独厚的水上交通条件造就了一个个皖河小镇，而位于潜山、太湖、怀宁三县交界处的黄泥镇则有"鸡鸣狗吠听三县"的优势。那时候，在黄泥镇做生意的不仅有本地人，更有外地客，郑蔚的文章中就曾写过"河北六家店"，也写过"河南一条街"，当然还有《十二月花神》。

花是人类在艰难时世中对一切美好期待的象征。佛说，人是苦的，这种苦几乎伴随人生命的始终。但是，有了花，人类便不再觉得生命中的种种之苦不可承受。佛用"拈花微笑"开启人类的智慧，"花开花谢花满天，红消香断有谁怜"，曹雪芹用花来抒写悲剧的人生，屈原用花来传递对君王政治的理想信念。产生于西方的哲学思想泛灵论认为，万物皆有神祇。随着十二个月的转换，月月都有花神。与其他地方的《十二月花神》所不同的是，黄泥镇的《十二月花神》不仅有女花神，还有男花神。在湘水旁"滋兰九畹，树蕙百亩"的屈原开一年中花神之先。郑蔚说："欢迎你们正月来，那时候或许能看到《十二月花神》的花街游行。"

郑蔚把我们带到皖河边，正逢枯水期，昔日繁华的黄泥镇码头只有不绝于耳的棒槌声，只有成群的老鸹在深潭处翩翩翻飞。它们在寻觅着露出水面的小鱼，或者只是以它们特有的歌舞迎接着我们这些"不速之客"。失去水上交通的黄泥镇衰落了，"打工潮"把黄泥镇的年轻人都吸引到外面去了，留在黄泥镇的似乎就只有老人、孩子以及留守的妇女们。

在一条老街上，我们见到陈满秀老人。当时她拄着拐杖站在自家门口，富态、端庄，这从她的衣着可以看出来，从她手腕上的镯子，手指上的金戒指以及她站在那里一副君临天下的神情中可以看出来。她饱满的额头，手背上富有弹性的皮肤怎么都看不出她是一个年过九旬的老人。我想到我的母亲，母亲九十一岁时，应该就是这样健康，这样自信，带着一个过来人对过往日子的驾轻就熟，还有同样君临天下的大嗓门。

我应邀走进老人的屋子，客厅的条桌子上供着一张发旧的黑白照片，照片上的年轻人五官清秀，面貌俊逸，不管在哪个年代，都能被称为美男子。我问陈老："这照片上是您什么人？"陈满秀说："是我老头。"她说："这是当年他从朝鲜战场上回来时拍的照片。"而在另一幅相框中，我看到年轻时的陈满秀抱着孩子，紧挨着的是她年轻帅气的丈夫。她指着一张张发黄陈旧的照片说："这是当时去朝鲜探亲时拍的，这是在丹东，当时我过不去，他只得请假过来陪我，当天就回去了。"夫妻俩这样聚少离多的生活一直维持到板门店谈判结束，但谈判结束后丈夫还是没有立即回到国内，而是留在朝鲜，留在他的岗位上。直到一九五六年，丈夫回来了，回到镇上的供销社担任会计，而她则是在一家杂货店当售货员。这是一个让镇上人向往的家庭，一对让人羡慕的夫妻。三十多年前，她的丈夫死于癌症。陈满秀老人眼里噙着泪花，一边动情地说着她的丈夫，说他的好性格，说他的多才多艺，一边不时地撩起袖口，揩擦着丈夫镜框上并不存在的灰尘。我想，她一定又回忆起丈夫年轻时拉着二胡，夫妇俩在皖河岸边一起唱《十二月花神》时的情形吧。

她把我们带到她的后院，狭小霉湿的小院里杂乱地种着几盆菊花、一两盆月季，还有几盆凋谢了的二月兰以及月见草等。一只废弃的水缸里，四季桂正散发着淡淡的幽香。我称赞她的花种得好，她兴奋起来，说："先生，我给你唱一段《十二月花神》吧。"

九月菊花黄，闹重阳

晚节倍留香

天生傲骨斗残霜

东篱新菊酿

莫负好时光，好时光

……

她的嗓音老了，旋律是粗糙的，没有高音，也没有低音。虽然只有简单的几个音符，但她口齿清晰，我听清了每一个字符。我相信，她年轻时一定在黄泥镇的大街上演过《十二月花神》，或许，在一九五四年上海华东地区文艺汇演舞台上，也有陈满秀花枝招展的舞影。

我们走出很远了，回过头来，看到陈满秀仍然拄着金属拐杖站在那里，看着走远的我们，也看着这条她生活了九十一年的大街。我突然有一种冲动，我想停下来，摘几朵路边人家花盆里的花，扎一只花冠送给陈满秀，送给这位像我母亲一样健康的不老的花神。

二道街

不时的，我就会想起二道街，想起二道街那条宽敞的街道，想起二道街刘家大屋的废墟上夏天的蟋蟀，想起二道街一年一年爬上岸来的大水，也想起我的三位早夭的亲人——一个姐姐，一个妹妹，一个外甥。二姐的死无声无息，那个只活了不到一个晚上的妹妹，她留给这世界的只有几声微弱的哭声。而我大姐的头生儿子，我的外甥，我只记得他挂在嘴边的话："到外婆家吃白米饭去。"那时家里的光景不像后来那样艰难，我记不清他在外婆家是否吃上了喷香的白米饭，但他那一对圆圆的大眼睛却一直活在我晚年的记忆里。

一九五四年的大水摧毁了父亲建在二道街的房子，从此我们开始频繁地租住在二道街的不同人家。

二道街的住户大多是码头工人，他们早出晚归。早上，他们乘着小划子过江，在大通的码头上装货、卸货，隔着一道江水，江那边整天都会传来他们"嘿哟嘿哟"的码头号子。晚上他们回来，一条街道都飘着他们杯子里的酒香。

与码头工人相比起来，手艺人就轻松得多了，他们有自己的店铺，有自己的作坊：木匠店、漆匠店、石匠店、蜡烛坊等等。比起头道街的生意人，二道街的手艺人虽然并不富裕，但也都衣食无忧。父亲是后来者，虽然没能居上，但二道街的手艺人还是很快接纳了父亲，并成为父亲的朋友。他们经常在一起喝酒，喝到高兴处会猜拳行令。"拳呐，五星魁首！拳呐，八匹马！"那时候，我总是站在酒桌旁，趁着父亲不注意，一伸手就把父亲腋下的那杯酒喝光了。我也就是那样学会喝酒的。逢年过节，他们会在一起打打牌，吹吹生意经，彼此来往也十分频繁。

在那座二道街的新居里，父亲经常接待来自老家的亲戚，这是让父亲高兴的事。老家的亲戚来了，他们会把父亲的辉煌、父亲的荣耀再带到老家去。对这些老家的亲戚，父亲总是盛情招待。父亲带着他们一处处看他的新居，看他前前后后的院子，看院子里那些堆积如山的木材。父亲大声地使唤着家里的伙计和学徒们，脸上洋溢着一个成功者的自信和满足。那些老家的亲戚多半是到江南湖场打秧草的，他们成群结队而来，在堂屋里打上通铺。他们来时，家里就有了一屋子的喧哗和一屋子湖草的气味。

在二道街，母亲也有自己的"闺蜜"，那是一个小脚女人。她的男人是一个扎匠，是阴司地狱中鬼魂的"建筑师"。女人针线活做得十分精巧，母亲时常会带着我去扎匠家。每次进门，扎匠的女人就用一块块米糖，一把把炒豆将我打发了，然后她俩便凑在一起做针线活，说些贴己的话。

那一年的大水至今仍是二道街人最惊魂的记忆。江水漫过江滩，爬上街道，涌进屋子。人们不得不在屋子里支起凳子，架上一切能用的木板。可洪水仍在上涨，常常是在半夜里，水街道上突然传来一阵巨响，那是某座房屋倒塌的声音。这时会有一股巨浪扑过来，一家人在惊魂失措之余暗自庆幸自家的老屋暂时牢靠，因此也感念起自己的先辈为他们的儿女建起了这么一座坚固的房子。

大水漫天，母亲不再去扎匠家了。后来我们听说，那小脚女人在一天夜里梦见她前头死去的男人，第二天就疯了，整天哭哭闹闹。终于一天，女人突然将一身的衣服脱尽，一头就扑进门前的水街道。她的男人赶紧跳进水中，将她捞了上来。人们探出头来，看到那女人披散着头发哭叫，嘴里说着胡话，说她前头的男人来找她算账来了，她不想活了。

那天晚上，从扎匠的屋里传来鼓镲之声，道士古怪的唱经声带着夜晚的惊悚传递到水街上的每一户人家。接着，从上游的水街道上漂来一盏盏点着蜡烛的河灯。人们纷纷从窗子里伸出头来，看那些漂亮的荷花灯沿着街道缓缓向下游流去。等到大水从二道街退去后，扎匠妻子的疯病也痊愈了。只是父亲从此不准母亲再去扎匠家做针线活，生怕再惹出什么纰漏来。过了不久，我们举家搬到对岸的大通共和街64号，从此我不再见到那个时常疯癫的女人，也没有再看到过那晚看到的漂亮的河灯。

和悦洲小上海

《和悦洲小上海》并不仅仅是我一本书的书名，而是自清末民初以后故乡约定俗成的另一个称号，就像威尼斯被人称作"水城"，伦敦被人称为"雾都"一样。这是我十年前出版的一部关于故乡的散文集。现在重新读过，居然发现不少硬伤，这是一个写作者不应有的错误，更况写的是我的出生地，我的故乡。

对于上一代或上上一代和悦洲人来说，最难忘怀的是和悦洲的三条大街和十三条通江的巷子。现三条大街均已难寻旧影，唯十三条巷子依然存在，只是早就不见当初的陈迹。每一条巷子均由水字旁打头，如清字巷、洄字巷、浩字巷、潮字巷、沪字巷等。我听过很多关于这些巷子的故事，现在多已消失于无边无际，唯洄字巷和清字巷念念在兹。洄字巷连接着我的出生地二道街，这条巷子曾是和悦洲繁盛时期的一条烟花巷子。少年时听那些风华不再的老男人说起洄字巷，总会有一种暧昧和促狭的意味，所以也就被我深深地刻在记忆里。那时候，我们孩童之间但凡骂架，最恶毒的一句便是"你娘十三号"，如此一场恶架是不可避免的了。清字巷是来往于鹊江两岸的主要渡口，不知何时，来往于两岸之间的板划子便成为湖北人的天下，他们大多数来自孝感地区。鹊江之南便是被称作"小上海"的和悦洲了。差不多一个世纪过去了，"小上海"的繁华早已不在。二〇一九年我去和悦洲时，正是一场大水过后，洪水过后的和悦洲一片狼藉。石板路上堆积着早就凝固的淤泥，民国时的老建筑依然挺立在荒草和杂树中间，让我想起法国印象派画家塞尚的名画——《死亡之屋》。正是夏季，高大的白杨向天而立，蝉鸣之声惊天动地。这就是被南京著名作家叶兆言谓之"中国最美废墟"，我的出生地——和悦洲。

清同治二年（1863年），湘军首领曾国藩头戴花翎，身穿蟒袍，站在坚硬的甲板上四下巡望。远处，一片白亮的沙洲引起他的注意。近了，只见枫叶荻花秋瑟瑟，又几点灰白，一两处村庄。我相信，当发现长江上这片白沙孤岛的一刻，曾国藩的兴奋不亚于哥伦布发现了美洲大陆。他让部将彭玉麟镇守这一片水域，以抵挡从南京随时反扑过来的太平军，并在这片水域建立水师营，训练他的水军。

曾国藩在和悦洲仅逗留一日，他在给朝廷的一份奏折中写道洲上百姓"编葺苇茅以为庐，一不戒于火，延烧数里"，池州以下更是"芦棚丛杂，亦往往一炬万命"。读着曾国藩的这份奏折，便想到曾国藩其人。

也是这份奏折，我便明白了和悦洲的十三条通江的巷子何以均以水字旁为首了。

直到我的童年时代，鹊江两岸，除了商贾之家是前门店堂，后门住家,仍有大片以"编葺苇茅以为庐"者。故乡的同龄人应该熟悉这样的场景,每每夜深,坐落在龙头山的西班牙人的大钟亭里的大铜钟骤然响起,对于睡梦中的我们,那是令人恐怖的绝响。凡听到此钟声者,无不从内心深处发出令人震颤的悸动。窗外,大火燃红了镇子的某一片天空,街道上人声嘈杂,有人提着水桶或是面盆朝着着火的方向跑去,母亲一边将她幼小的儿女搂在怀里,一边安抚着:"我儿不怕,我儿不怕啊。"第二天上学时,人们便只见昔日熟悉的棚户区变成一片焦土。有女人对着那被烧焦的废墟绝望地拍打着土地,放声地哭泣。那曾是她的家园,是她的家人得以栖身之处。可日子总要过下去,不到半年,那废墟上又重新立起一间间茅屋,立柱和房梁均是整棵粗大的竹子,芦席的墙壁糊上泥巴,比起我们在共和街从前的店铺隔成的筒子屋要好住得多,而且冬暖夏凉。这一刻,我的耳畔再次响起夜里从上街头渐次传来的驼子三叔那带着绵绵瞌睡的火更声:"小心火烛,火烛小心,水缸挑满,灶门口扫清,芦蓆壁上不要挂煤油灯……"

我一直很羡慕我的同学李益和家的那栋三开间的茅屋。它最大的好处是临近那片水域宽广的祠堂湖,人们坐在后门口,用一根穿在竹竿上的棉线,一只用大头针弯成的鱼钩,不消一杯茶的工夫,便能钓到半篓子的小杂鱼。李益和众多的弟兄分别被人叫作大和尚、二和尚、三和尚、四和尚……一直到第七个兄弟"滴和尚"降世,李益和的父母也老了。在故乡的方言中,滴,是最小的单位。曾听到一首歌:

时针它不停地转动

滴答滴答滴答

小雨它拍打着水花

滴答滴答滴答

是不是还牵挂着他

滴答滴答滴答

……

清光绪二十二年（1896年），戊戌变法六君子之一的林旭曾在和悦洲有过较长时间的滞留。有人说，根据当地人的方言，闽人的林旭是将"荷叶洲"讹听为"和悦洲"了，须知这是一次多么美妙的"讹听"，从此，我的故乡，这片不知形成于何时的江上沙洲便有了一个好听的名字——和悦洲。林旭离开和悦洲十八年后的一九一四年，著名教育家黄炎培也来到和悦洲，在其《考察教育日记》中记载："三日，午后一时坐肩舆回大通，五时至大通市，渡至和悦洲，宿通安客栈。和悦洲，本名荷叶洲，取其形似也。土人从而文之曰和悦……"这是和悦洲被半官方文字正式定名的第一次。由"荷叶"而"和悦"，既体现了民意，也符合官方的意旨。如此，便有了"和悦洲"的称号。

和悦洲而被谓之"小上海"，是和悦洲经济跃升的结果，也是一座城镇扬名立世的荣耀，还是得益于曾国藩在和悦洲设立的"盐务招商局"。在那个时代，谁掌握了盐，谁便是这世界的一方霸主。在过去的一篇文章中我是这样形容"小上海"的："大上海淮河路上的燕尾服刚上市不到半个月，和悦洲就有人穿上身；周璇的《四季歌》《夜上海》刚刚在大世界唱响，立刻就传到和悦洲的码头上。"现在的人似乎很难相信，那片形如荷叶的弹丸之地，最繁华时曾有多处码头，三家报纸，两家戏院，十多处银楼，并设有发电厂、学校、教会、寺院、烟馆、赌场等场所，最多时拥有人口达十万人。

抗战时期，日军从江面向和悦洲发射了几发炮弹，炸塌了几座民房。驻守在和悦洲的川军偶然在一处废墟中发现一大户人家藏在墙垛中的银圆，便一连推倒数座民房。他们眼看和悦洲的三条大街已被推倒过半，便索性以"焦土抗战"之名，一把火扔向和悦洲的三条大街。"大火三日不熄"，和悦洲就真的变成了一片焦土，从此"小上海"的繁华不再。

近读铜陵文化人孙德夫的《家乡大通和悦洲》，当时留给日本人的不仅仅是和悦洲的一片焦土，还有和悦洲西江码头的趸船。孙德夫说，当敌寇来临之际，他伯父毅然将趸船开进与和悦洲相毗邻的铁板洲的夹江，凿沉了趸船，让其沉入江底。面对国破家亡，和悦洲的民族资本家们不忘大义，宁肯玉碎。直到中华人民共和国成立后，有关方面开始打捞那艘沉没的趸船，这才发现当年沉入江底的趸船不是一艘，而是五艘。由此可见当时和悦洲西江码头的繁盛。直到中华人民共和国成立后，和悦洲西江码头重新响起轮船嘹亮的汽笛声。我幼时的小学曾是一座西班牙人的教会，坐落于通往西江码头的公路一侧。那时候，每当上下游的轮船靠近西江码头，那一片江滩顿时沉浸在一片轰隆隆的江涛声中。有时候，我们会看到黄头发、绿眼珠、高鼻梁的外国人提着皮箱从那条马路上经过，我们像见到稀罕物一样一直尾随其后，直到上课的铃声急促地响起才离开。只是直到我离开和悦洲，举家搬至鹊江对面的大通共和街，我一直未曾去过西江码头。

《和悦洲小上海》一书出版的第二年，乡友吴华带我坐着电瓶车去西江码头，哪里还能寻到一丝踪迹？直到这时，我才发现前一年出版的那本《和悦洲小上海》中《洄字巷》一文的硬伤。书中有一段这样的描写："一艘轮船拉响汽笛，巨大的螺旋桨搅动着浑浊的江水，喷吐出一团雪白的浪花，在鹊江里掀起一股惊天巨浪，一整条鹊江似乎都沸腾起来。"我在写这篇散文时，如能稍作推敲，便能发现其中的错误。洄字巷码头根本不具备停泊大型船只的能力，来往于鹊江两岸的不过是湖北人摇着双桨的板划子。

七岁之前，我一直住在和悦洲二道街。有时候，我会捏着过年时父亲给的一张毛票，来到洄字巷渡口，站在那片白亮的沙滩上，看着鹊江对面龙头山上的大钟亭卓然而立。沿着江岸，有一排排吊脚楼。风声呼呼，细浪漫卷，隐约传来对岸镇上留声机里马连良的京剧，或是抒情豪迈的"一条大河波浪宽"。然而直到手心里的那张毛票快被捏出水来，我却一直未敢擅自跳上其中一艘板划子，去看外面的世界。

那时候，我经常陪母亲穿过洄字巷去江边洗衣洗菜。其时我已上小学，一个一年级小学生用一根树枝在雪白的沙滩上不停地写着，写满了一大片沙滩。母亲不识字，但见到她的小儿子能写这么多字了，自然是高兴的。我告诉她："那满沙滩上的字都是你的名字。"母亲又哪里明白我的意思？我总在想，有一天，我要让母亲为我骄傲，骄傲她有一个有出息的儿子，这个儿子一定会走出和悦洲，走向更加宽广的世界。

三道街

很多年前,我降生在和悦洲的一家木匠铺里。母亲说,那是父亲一辈子的高光时刻。当时家里请了三个师傅,两个伙计。木匠铺的门口摆满了澡盆、脚盆、长短凳子,还有麻将桌、木桶、小柜等。

父亲的木匠铺就坐落到三道街口,面对着大关口。那里以前是清人曾国藩设立的盐务招商局,后来改作兵营,驻扎着一支又一支军队。那时候,我哥六岁,他经常背着一支父亲为他做的木头手枪,学着兵营里的士兵,一二一地走着正步,威风得很。有时候,他会在家里弹起一支凤凰琴,据说是老家一个当兵的亲戚临开拔前留给他的。那士兵说:"这琴暂时放在你这里,等我从三八线回来,我还是要用的。"对于刚上小学的我哥来说,那真是家里的新鲜玩意,但他很快就厌腻了。直到我长大后,那只琴虽然锈迹斑斑,但仍然能弹出美妙的音符。

六月将至，江南的梅雨季节。傍晚时分，父亲将洗澡水泼到门前的地上，又将一张竹榻搬到门口。父亲一辈子就爱喝点小酒，母亲挺着大肚子，将一碗碗菜艰难地端到竹榻上，母亲说："我忍不住了，小东西要下来了。"说着就进了屋子，父亲将一杯酒一干而尽，说："不是还没到时候吗？"后来母亲说，父亲话音未落，我就迫不及待地来到人世间。

父亲长母亲十岁，母亲是在她三十六岁的时候生我。在我前面，已有一兄四姐。父母或许认为，对于一个手艺人，儿子不能只有一个。他们一个接一个繁育着我们这些兄弟姐妹，组成一个庞大的家庭。直到我十四岁时，母亲还是生下一个妹妹，这是家里的老十，这时的母亲已是一位五十岁的高龄产妇。也许是年纪大了，父亲一改他对儿女们的刻板和严厉，对我最小的妹妹疼爱有加，这是后话。我的一个远房婶婶说："三嫂（我父亲在兄弟中排行老三）生小鬼就像别人拉屎，没听到她出声，一个肉团就滚下地了。"当祖母在江北老家得到母亲为她产下第二个孙子的消息，特意踮着小脚前来和悦洲探望时，远远地看到母亲在一筐一筐地往外搬运着锯木屑子，奶奶以为送信的人是将一个子虚乌有的消息隔江渡水地传到江北。

我的降生注定是不平常的。第二天下午，大关口突然出现一群士兵。一开始人们并没有意识到这些士兵的到来会给和悦洲，会给整个中国带来怎样的变化。江上的板划子依然往来于和悦洲和大通之间，镇上人依然平静地做着自己的生意。

这天晚上，家里突然闯进五六个士兵，他们向父亲提出要借店里的木料做防御工事。由于时局混乱，早在几天前，父亲就与几个伙计把店里的木料全部藏到屋后的一个防空壕里。那几个兵在店里店外四处张望着,终于在后院发现了痕迹,并动手去搬运那些木材。父亲那时四十出头,正是脾气刚烈,眼里揉不进沙子的年龄。父亲说:"我店里的木材是要打家具卖的,恕不外借。"一个士兵不由分说,举起枪托就向父亲打去。父亲吃了一枪托,更加恼怒,他抹了把嘴上的血,举起一把斧子,就要同那士兵拼命。母亲扔下我,立即扑上前去拦在父亲与士兵之间,并且双手抱拳,连连作揖,说:"这些木材,老总们如果需要,尽管去搬,这年头,哪个还没有个救急的时候。"那几个士兵搬了木材,却威胁着要把父亲带走。这时,一个年轻士兵出面说:"就不要为难这位老板了吧,他也不容易。"

那支军队于第三天下午撤出和悦洲,至傍晚,街道上已不见一个士兵。母亲说,那时的街道上一片混乱,石板路上到处是他们丢下的皮箱、散乱的衣物,甚至是成包的面粉和大米。街道上人纷纷走上街头,去捡拾这些意外之财。父亲店里的几个伙计也要上街去捡,却被父亲拦住了。父亲说:"说不定他们又会回来,到时候同这帮家伙就说不清了。"

远处不断传来枪炮声,越来越近。天黑时分,家里闯进一个提着长枪的士兵,正是那天下午说了一句良心话的四川兵。谁也不知道他是在哪里睡着了?喝醉了?还是因为其他什么事耽搁了,竟然没来得及同他们的大部队一同撤离。父亲说:"你们的大部队刚刚离开,可能还在大关口一带,你快去找他们吧,说不定还能赶上他们。"那士兵很快就往大关口跑去,过了不久,又回来了,却是一脸的惊恐,说他们的人都已过江了,现在已没有一只过江的小划子。店里的几个伙计开始为这个年轻士兵出主意说:"既然赶不上大部队,就不要再给国民党当炮灰卖命了。"母亲说,那四川兵浑身筛糠样抖着,全然没有了主意。又有伙计说:"还不赶紧把你这身黄狗皮脱了,把枪扔到江里去,我们不说,谁也不清楚你的身份。"那年轻士兵听后提着长枪慌慌忙忙地跑了。

第二天清晨,当母亲打开铺门时,顿时被街道上的景象惊呆了,只见一排排士兵抱着枪半卧在街道上。这些军队与前几天驻扎在街道上的军队有着完全不同的装束。父亲知道,这就是传说中的解放大军了。母亲说:"夜里一点动静都没有,真不晓得这些军队是怎么来到街道上的。"早饭后,士兵们开始在大关口盐务招商局的操场喊着口号操练和歌唱。一些胆大的生意人打开了店铺,重新做起生意。这时,父亲的店里来了几位士兵,这几个士兵和颜悦色地说要向父亲借几件办公用具。父亲二话没说,就让伙计替他们去搬来。士兵们搬了两张桌子,几把凳子,临走前给父亲打了一张借条。这段历史我过去听大哥说过,那时的大哥六七岁,经常有一些士兵来家里逗他玩。他们送给大哥几粒弹壳当玩具,大哥也是在这时候扛着父亲给他做的木枪,学着他们威风凛凛地走正步。

街道上又恢复了往日的平静,商店里又开始了日复一日的生意。母亲说那一天大哥与他的几个小伙伴们到江边玩沙去了,突然就从江面上传来巨大的爆炸声。开始以为发生了地震,后来知道那是头顶上的飞机正往江面上丢着炸弹。一颗炮弹就落在大关口前的场地上,店里的伙计们说大兵过江了。五十多年后,母亲在说着这些往事时，大姐插话说当时她正在江边洗衣服，一颗炮弹落在江面上，掀起山一般高的巨浪。大姐拎起衣服，赶紧往家里跑去。父亲让母亲带着大姐赶紧撤到院子里的那个防空壕，但母亲却因为怎么也找不到大哥而哭起来。父亲大声地叫着说："哭有什么用，这时候，一家人还是分开几处的好。"过了一会儿，大哥被隔壁的一个熟人送回来了。大哥说当头顶上的飞机刚刚出现时，他们几个孩子还懵懂地站在江滩上看着天空中的大家伙，他们很奇怪，怎么会有这么大的鸟呢？

第二年，三道街新开了一家豆腐坊。豆腐店老板说着四川话，人们叫他豆腐老六。因这一片只有他一家豆腐店，故而店里的生意很好。也是那时候，有人来替大姐做媒，要把大姐许给那豆腐老六。母亲对这门亲事十分热衷，但它却遭到父亲的坚决反对。

又过了几年，当清晨街道上各个商户开始营业，那豆腐店的门直到中午也没有打开。有人说前几天有人在圣公会前的那口塘里打捞上来一把盒子炮，那盒子炮被一层又一层皮纸包裹着，以致当人们将那皮纸一层一层打开时，那盒子炮仍油光锃亮。谁也说不出那盒子炮的来历，但从此以后，人们再也没有见过豆腐老六。有人说，豆腐老六被人告发了，他原来是一个隐藏的国民党士兵。

木匠

家里供着木匠,楼下几家共有的厨房里就有了整日的斧凿敲打之声,呛人的烟气中夹杂着一股浓浓的杉木的清香。半条街的人都知道老黄家的小儿子要办大事了,不断有人跑来看木匠打家具。有人拾几把碎木片抱回家当引火柴,小孩子们把刨花当成胡子挂在下巴上,满街地跑着唱大戏。我不能对自己的事情不闻不问,于是便请假回家。但大部分时间我都是窝在阁楼上,捧一本书,却没怎么看。更多的时候,我趴在窗口,看楼下街道上来来往往的人群,茫然地想着不成形的心思。

父亲一向不大管我们的事情,他自己也从不向我们提出任何要求。但是,我要结婚了,父亲觉得还是应该表示一下他做父亲的心意,于是便从江北请来木匠,请他为我打几件家具。父亲做了一辈子木匠,到头来,他还得请木匠师傅来给自己的小儿子打家具,而且这位木匠是他曾经的徒弟。木匠其实也不年轻了,六十岁左右的年纪。他告诉我说:"你父亲是好人,就是脾气太过耿直,所以才得罪了一些人,他们便想办法整他。"我知道,他也不大喜欢父亲,不喜欢这个曾经严厉得近乎刻板的师父,却又碍于情面答应为我们打造家具。母亲讨好着他,递茶倒水,在父亲每日规定的菜金中尽量把伙食弄好些。木匠说:"你父亲是一个好木匠,年轻时方木圆木样样拿得出手。他老人家打的骨牌凳,用了几十年都不会松动。老家的士绅黄蔼峰长子大婚,一房家具都是你父亲打的。"然而我知道的是,饥荒的那几年,父亲带着大哥,扛着木工箱,频繁地行走在大通周边,给那些熬不过岁月的老人打棺材,以换回一筐筐萝卜,一袋袋山芋,使得一家老小免受饥饿。

父亲似乎是近几年才老起来,大哥结婚还不到十年,他房里的那几件家具就是父亲自己打的。一张吃饭的桌子,四人可坐,八人也可坐。四人相对,便叫麻将桌;八人对饮,便成八仙桌。用料是父亲从附近五里亭买来的一根近百年柏木,刨出来的纹理红白相间,鲜亮可鉴,且有一股柏木的浓香;另有两把椅子,两张骨牌凳。现在,父亲请他当年的徒弟姜师傅来给我打家具,也是这几样,木料却是杉木的。我无所谓,我对这些家具,包括结婚本身,都不感兴趣。我不想现在就给自己划上句号,也不想一辈子待在一个地方。

其时,是我在这座工厂的第七个年头,感觉前途一片渺茫。

也就是半个多月的时间,姜师傅的木匠活就完工了。楼下几家共用的厨房空旷处,就有了一张方桌,两把椅子,两只骨牌凳。果然与当年大哥的那一套一模一样,方桌用的清漆,杉木原木的纹路结节都清晰可见，骨牌凳用的是生漆，乌漆麻黑。其实是我错了，是我审美情趣的偏差与欠缺。后来我才知道，父亲及父亲的徒弟姜师傅打的那几样仿古家具，完全符合明式家具的风格，简约、流畅、凝重、劲挺。年数久了，骨牌凳当初黑色的生漆渐渐变成褐红色，很有年代感。

生活有了转机是在恢复高考的那一年，我考取了一所师范专科学校，毕业后留校任教。后来工作调动，我从池州到安庆。搬家时，一套桌椅留给了附近乡下的外甥，而那两把骨牌凳就一直带在身边，算是留下一份对父亲的念想。这些年来，随着一次又一次的换房，客厅越来越大，客厅里的家具也一次又一次淘汰换新，而那两张骨牌凳就一直摆在客厅里。后来书法家唐罡先生送我一只纯白的景德镇仿宋插瓶，骨牌凳就成了花架，放上那只花瓶，古雅而端庄。有时独坐在客厅，看着那张骨牌凳，我眼前就浮现出父亲做木匠活时的场景，他在锯木条时一脚踏地，一脚踩在木料上的气定神闲；他在刨一块木板时左脚在前，右脚在后。我想象着雪白的刨花从他的刨子里一卷一卷地吐出来时爽脆的声音。有时候就想，如果当初我接过父亲的那把刨子，我会是一个怎样的木匠？我的现在，真的比做一个木匠更好吗？我唯一能做的是，不用我的笔去写一些违心的文字。

想着父亲在世时的不易，眼泪就落下来，遂知那几年我把人生的困窘怪罪于父亲是不公的。

我小学毕业时，父亲曾想让我歇了学业，跟着他去学木匠，这一想法遭到我的奋力抗争。那一年大哥从煤矿下放回家，失去他的初恋，内心是不甘的，但为了能让我继续去读初中，便无奈地接过父亲的斧子。闹饥荒的年代,父亲频繁地出入周边城乡,为那些扛不过岁月的老人建造死后的"房屋"。那些日子里,父亲清晨就带着大哥出门了。出门时,父亲用斧头扛着那只工具箱,出了镇子,再把工具箱交给大哥。傍晚回来,工具箱先扛在大哥肩上,临近镇子时,又换到父亲肩上。大哥不愿让他的同学和朋友看到他落魄的样子。这一切,都深深地刺痛了父亲。父亲用一把斧子养活了一大家人,到头来他的儿子们却对他的手艺不屑一顾。

在父亲七十岁那一年,他忽然想着是到了给自己准备后事的时候了。但这时的父亲既然打不了一只骨牌凳,更何谈是一口高大笨重的棺材。他去了一趟青阳,过了几天,在一挂鞭炮声中,就有人将一口扎着红绸带的寿材送到了大通共和街64号。有时候,他会躺进他未来的屋子里,看那间屋子能否装得下他颀长的身子。父亲总是用一把斧子不断地修理着他屋子的前庭后院,再用一只平刨将那屋子的六面刨过一遍又一遍,刨得丝光溜滑,将每一处缝隙都涂上石膏泥,干透了,再用大红的油漆仔细地刷上一遍又一遍。父亲在做这件事时,已经把死亡看作一件再平常不过的事情。他知道人活一世,无论风光还是落魄,结局都是一样的,都要走这条路。

青通河赋

沿着那条童年的河堤,我们在扑面的油菜花黄中像一只只蜜蜂逶迤而去。包括我这个喝着青通河水长大的故乡人,谁也不知道这条路有多长,不知道这条温顺的河流会给我们此次的出行带来怎样的曲折或是传奇。

我得承认,发起并组织这次长途出行,我是带着一点私心的。很多年前,我曾沿着秋浦河一直走到它的源头,为的是寻找一段苍凉的故事;我也曾沿着古老的白洋河,一直走到九华山西麓,在那座古老的祠堂里,与一群老农们忘情地唱着童年的歌谣。我那时就想,什么时候,沿着青通河,沿着那条用它的乳汁哺育了我的河流一路走来,走进它温暖的怀抱。

现在,我终于来了。

眼前的青通河蜿蜒曲折,清清的河水不见一丝波纹。沿着河岸,是大片的开始泛绿的水草,黄色的蒲公英花星星般点缀其间——这实在是一个最适合出行的季节。想起小时候我看到的那些行脚的僧侣,他们用脚步丈量大地,用虔心去接近距离,我因为好奇,曾经追随着他们,一直走到青通河的中部。十八索湖、大草甸子、童埠渡,还有那些泊在岸边的一艘艘渔船。我流连在青通河岸,流连在一条条渔船间,着迷地看着那些船妇们用拖把把船板擦得水一般光亮。船头支着锅灶,船舱里堆着叠得整齐的被子以及其他用具,我知道,这就是渔人的家了。他们在被烟熏得漆黑的渔船上生火做饭,也在这窄小的船舱里生儿育女。遇到寒冷的日子,渔船就泊在一个固定的位置,岸上的劈柴码成井字状,主人就坐在那堆劈柴旁边晒着太阳,织着渔网,悠悠地说着闲话,旁边偎着一条温顺的狗,活动着一群嬉闹的鸡鸭。那实在是一幅安谧的油画。后来,我认识一个叫四喜子的渔船上的孩子,我接受他的邀请,沿着一条窄窄的跳板,小心地爬到他们的船上,学着他们的样子,盘着腿坐在船头上,在一股呛人的烟气中看他的母亲在一口架在缸灶上的平底锅上把一条条小鱼煎得焦黄。吃着那些香喷喷的烤干鱼,我瞬间忘了因家庭遭际而饱受屈辱的童年生活,忘了母亲的眼泪,也忘了那段苦难的时光。

那一年,我离开故乡,离开这条童年的河流,四处漂泊。我曾经发誓,从此以后,再也不回到这条石板路上。然而到了晚年,我却总是抑制不住对故土的思念,一次次回到这里,回到青通河畔。我知道,这已经不再是我童年的青通河。河岸边的石板路上不再有我的父母双亲,不再有不息于耳的木踏子击打着石板路的噼里啪啦的声响,也不再有那个拖着鼻涕,用发育前沙哑的喉咙唱着歌的瘦孩子。但是,无论是春天还是冬天,青通河总有吸引我的风景，总有我感怀或伤感之处。现在，我和一群寻找梦想的年轻人再次走在青通河岸，只是，我的脚步不再轻快，我的有着严重腰腿病的身子有些迟滞，然而我与他们一样兴奋。脚下那片土地依然松软，依然散发着泥沙和腐殖质所混合的气味。河岸的边缘处，是一些杂乱的柳树，柳枝头上已经绽放了一丝微绿。我抑制不住兴奋，对着青通河大叫，就像一个多愁善感的诗人。

三月的青通河是安静的，安静得就像一个禅者。一条机动船的柴油机突突地响着，沿着河道向下游驶去，船尾的"人"字形波浪在河岸边激起若有若无的浪花。一阵短暂的喧闹后，青通河很快就恢复了平静。远处的村庄里传来一声声狗吠，一列高铁从头顶的高架桥上飞速驶过。青通河拐了一个大弯，就像一个巨大的问号。问号的落笔处，是一条随意搁置在草滩上废弃渔船，如一个静静地等待着某一个日子的老人。

时光就这样不知不觉地溜过去了，似乎只在眨眼间，一个孩童成为一个古稀老者，然而青通河昔日的场景依然在目。再过几个月，当渔汛期到来的时候，青通河里就会塞满了大大小小的渔船。巨大的渔网架在船头上，就像现在城市工地上的铲车，那网铲到水里，船缓缓地移动着，把沿途的鱼都铲进那只巨大的口袋里。执掌渔船的通常是一对父子，或者就是兄弟。一般说来，年长的在船尾掌艄，年轻的在船头起网。有时候，船尾的老子与船头的儿子会因为配合不一而发生争吵，船尾的老子骂着船头的儿子，儿子气不过，也回骂着。这样的对骂，激起河里及河岸上的一阵开怀大笑，整条青通河似乎都荡漾着人们快意的笑声。

这是一年中难得的渔汛期，河边人家不失时机地加入其中。

四根柔韧的竹竿撑起一张渔罾,人们就站在河岸边,一罾一罾地起水,一罾一罾地用兜子把那些呆笨的鱼儿送到一旁的水桶里。即使到了冬天,青通河也不是毫无作为。我很小的时候,就跟着哥哥在冬天的夜晚到青通河扳虾,工具则是用几块纱布所做的小罾。罾里放上炒熟的米糠,如果运气好,一晚上下来,能有三五斤的收获。如果你足够勤奋,扳上来的米虾在那个冬季是吃不完的。于是人们便会将吃不完的米虾晒干,晒得脆脆的,然后用一块纱布把晒干的米虾包起来,在石头上一阵猛砸,砸得虾皮与虾仁分离,簸去虾皮,剩下的就是青白爽嫩的虾仁了。这种虾仁,做成辣酱,或是蒸鸡蛋吃,是怎么都吃不厌的!

小学毕业那年,父亲生了一场大病。九月,开学已经很久了,我却仍然徘徊在石板路上。每天吃过早饭,我就百无聊赖地来到青通河边,坐在那山一般高的黄沙堆上,心情灰暗到极点。长长的拖轮鸣着汽笛缓缓驶过,巨大的浪头扑打到河岸上。好几次,我都想跳上其中的一条驳船,来一次长久的流浪。整个少年时代,我常常被这种幻想折磨得彻夜难眠,就像一场梦,梦醒之后,依然是原来的生活。

此刻,我正在路上。

我总是乐意做一个不倦的行路人,就像南北朝时的先师慧可,在一条苍茫的古道上,寻找着那条丢失的胳膊,寻找丢失已久的心。

"不管我走到哪里,我的灵魂都将回归故乡。"

大新娘子

出嫁之前,大家都叫她"大丫头",也有叫她桂英的。

桂英并不是卫家婆婆的女儿。至于她的身世以及她是怎样做了卫婆婆的养女,没有人能说得清楚。只是知道,卫婆婆一开始没有儿女,直到领养了大丫头,这才像张艺谋电影里说的,一撇腿一个,一撇腿又是一个,接二连三地生了一大群儿女。常常听到卫家婆婆向人絮叨:"要不是我心好,她早就被人贩子卖去钓海参了。"那时候,街道上不时会出现一些奇怪的外乡女人,对于这些外乡女人,总有一些令人恐怖的传闻。其中就有那个挑牙虫的下江女人。"挑牙虫啊!挑牙虫啊!"下江女人头上包着蓝布帕子,形象极其古怪,一路就这样喊着,从上街走到下街,再从下街走到上街。有一次,我居然壮着胆子,随着看热闹的人群进了对门刘家大屋。那下江女人正向人们摆弄着一碗清水,我分明看到那清水里有一只虫子在悠悠地游着,就像一条小得不能再小的鱼。这似乎是一种号召，接着，有一些人坐到那张椅子上，让那个下江女人帮忙把虫子从牙缝里挑出来。我的对门邻居扁豆比我长两岁，可谓见多识广，他私下对我说："千万不要靠近那个下江女人，那女人挑牙虫是假，是骗人的。"此外，还有人说一些南方来的拐子专挑长得胖而壮实的女伢，一眨眼就拐走了，卖到大船上，放在海底去钓海参。这样的传闻一直持续地影响到我的晚年，那一年去山东威海，每天的晚宴中都有海参，但直到离去，那放在我面前的海参从未被我动过。

一九五四年的那场大水，让我们在二道街开始了漫长的租客生涯。住的时间最长的是胡家大屋，卫家就在我们的对门。常常是在半夜里，卫家的屋里会传来叫骂声，甚至会夹杂着击打的声音。这时候，母亲会叹口气说："哎，到底不是自己肚里掉下来的肉。"第二天，当大丫头提着一篮衣服去江边时，我注意到她一双肿胀的眼睛。好几次，我都想去安慰她几句，但却一直没有勇气走近她。有一次我无意间路过卫家门口，大丫头在黑洞洞的门里向我招着手说："复子，小复子，你过来，你过来。"我的心没来由地狂跳，慌乱得像做了什么见不得人的事，赶紧跑开了。

我上小学一年级时，发生了一件与大丫头有关的事情。那一天，街委的人带着一帮人来到卫家。后来知道，那是替大丫头做媒来了。男方是轮船公司的一名船员，因长年漂泊在江面上，他们中间很多人到了该婚娶的年龄却依然打着光棍。我注意到人群中有一矮个的家伙，人们称他小许。当时他坐在屋子的一角，脸上的表情是害羞的。好笑的是，那家伙看上去有三十好几了，或者四十都有了，但人们还是叫他小许。小许穿着工装服，上面有一些油渍，脚上是一双擦得锃亮的皮鞋。小许架着二郎腿，有意把那双穿着皮底鞋的脚翘得高高的。街长说："小许同志条件很好，只是长年跑大码头，才迟迟没有成家，桂英要是嫁过去，苦是没得吃的。"原来这帮人早就盯上大丫头了，我心里有着一种说不出来的愤怒。我想桂英一定不会答应这桩婚事。这个小许，他根本就配不上我们桂英。

那天我一直待在卫家，直到那帮人离去，桂英始终没有露面。我想，她这时一定躲在屋里哭，谁愿意嫁给那样一个老男人呢？

后来的结果出人意料。这年秋天传出消息，桂英就要嫁给小许了，婚期就定在这一年的腊八。小许提出要把桂英带到他的湖北老家去，结果却遭到街道上很多人的反对。大家都说，一个水上飘的人，找不清他的根底，谁能料定他不会把大丫头骗到大码头卖了呢？街长问桂英自己的想法，桂英看了看卫婆婆，不发一言。不久，刘裁缝家楼上的一间房子就被小许租下了。然而直到聘礼送了，结婚的日子也定了，街道上的人才知道，小许原先就有过妻子，几年前病死了，老家还有一个六岁的儿子。迎娶的当天，卫家婆婆披头散发地在石板路上闹了一回又一回，滚出一身的灰尘，最终是街委出面，卫家才答应放大丫头出门。

虽然桂英的婚礼办得并不如意，但比起街道上那些搬运工人或手工业者，在轮船上做水手的小许自然更让人高看一等。只是卫家婆婆，那句说得嘴皮起茧的话仍然时常挂在嘴边："要不是我心好，大丫头早就被人卖去钓海参了。"

街道上有条不成文的规矩，闹新房一直闹到新人满月。这一个月内，新娘子一般会躲到娘家，名曰"躲新"。但大丫头既没有婆家，而她的娘家又是在同一条街道上，也就无处可躲。那一天我懒得上学，就找了个生病的理由。大丫头背了柴筐经过我家门口时，就向我招手说："小复子，小复子，跟我到洲头捡芦柴去可好？"我有心想对她说"才不跟你去呢"，但心里却巴不得跟着她去一趟洲头。我一直想当面问她——好好的，为什么要嫁人，而且是那样一个老男人。偏偏母亲说："他今天装狗呢，学都没上。"但我却说："我这时病好了呢。"母亲便说："那你就去陪陪大新娘子吧，大新娘子喜欢你呢。"我赌气说："谁要她喜欢，才不稀罕呢。"但我的心里却是高兴的。那天似乎也没有什么芦柴可捡。坐在沙滩上，桂英解开一只手帕，将些花花绿绿的玩意全摆在我的面前，有各色水果糖以及麻片糕什么的。她说："这些都是小许从大码头买来的，我一直给你留着。"那天我本来要把一句在心里揣了很久的话说出来的，但直到傍晚，我都没有勇气把那句话说出来。我知道，小许对桂英是真好。我也发现，自从嫁给小许后，桂英开心多了，话也多了。既然这样，我有什么理由反对大丫头嫁给小许这样看起来还不坏的男人呢？就像我母亲说的，他们俩是弯刀切瓢菜，什么缸，配什么盖。

那天我的心情一直不错，只是到了我们该回家的时候，桂英顺手把一棵半枯的柳树给拔了出来。我吓坏了，因为就在几天前，有一个乡下人挑一担柴火路过街委会时，不小心将一棵白杨树碰断了，结果被街委干部以"破坏绿化"的罪名狠狠地训了一顿，甚至要把他带到派出所去。见我吓成那样，桂英笑得喘不过气来。她用手指点着我的额头说："你这小鬼，想不到胆子比老鼠还小。"而且她在见了我母亲后还一直在笑，说："小复子真好玩，我拔了一棵死树做柴火,他吓得半死。"说着又笑,就像一个疯子。我实在不知道那有什么可笑的。我母亲说:"这个没出息的东西,不就是根干柴火吗,能烧一顿锅呢。"

那时候,每天都有轮船从和悦洲经过,或是从芜湖到安庆的上水船,或是从安庆到芜湖的下水船。无论是上水船还是下水船,都必须在对江的码头过夜,小许就趁机溜回家来。每次回来时,都会带着大包小包,吃的,用的。街道上的妇女们说:"大丫头好福气,嫁了小许这样知冷知热的好男人,接下来就该为小许生一个大胖儿子了。"但很多年后,大丫头仍然没有怀孕。后来,小许调到大轮上当水手了,那是来回于上游武汉到下游上海的航班,小许也就不能像从前一样每天都回来了。

挑水的老陈

我一直不知道他的名字。人们先是叫他老陈,后来叫他陈伯伯,再后来就叫他陈爹爹。叫他陈爹爹时,他再也挑不动水了。

不错,他的职业就是挑水,挑着一担大号的水桶。水桶用桐油油过,因长年被水浸泡,通体油红发亮,水桶上用毛笔写着"陈记"二字。当然是先写好字,再刷桐油的。我知道旧时这条街上有无数家店铺,店铺的门前挂着的招牌写着店号,"裕昌""隆泰"或是"鑫荣记""大发"等,老陈水桶上的"陈记"就是老陈的店号,那两只大号水桶就是老陈养家糊口的本钱。

我们是喝着青通河里的水长大的,把青通河里的水运到家里来,唯一的工具就是水桶。在我们家,挑水的活计就由我承担了。当然,我的水桶没有老陈的那么大,老陈的是大号的,我的是小号的。但我家的水缸却是大号的,因此,每次挑水,对于我来说都是一种苦役,我对这活计怨恨不已。整整一个上午或是下午,我就往返在青通河与厨房之间，直到双肩红肿，才能喂饱那只该死的水缸。接着，母亲用那只装着明矾的竹桶在水缸里搅几下，搅出几圈旋涡，过一会儿，那原本浑黄的和着泥沙的河水就变得清澈，像现在的自来水一样。

我一直羡慕很多与我一样大的同学，他们不用挑水，替他们家挑水的就是老陈。其实，老陈挑一担水才五分钱，挑满我们家这样大号水缸，大约三个来回，需要一角五分钱。但对于我这样的家庭来说，一角五分钱可能就是一天的菜金。而换算到老陈身上，他一天大约能挑二十担水，那就是一元钱了，那又是多少天的菜金呢？所以，对于老陈来说，挑水这职业对于他未必不是一份很好的职业。老陈的妻子麻大姑在街道上没有正式工作，但她却有一份职业——替人说媒。媒婆就是麻大姑的职业。说得好，一年的收入也不一定亚于她丈夫老陈。因此，像很多丈夫一样，老陈也是有些惧内的。这方面我虽然举不出什么例子，但我感觉得出，也略听别人说过。当然，这也是因为麻大姑是街道上的小组长，也算是一级干部。每次街道上组织开会学习，麻大姑总是一家一家地通知，或者就站在那一片街道上，对着天空大声地叫着："各家各户注意了，晚上学习啊，老地方！"

老陈做着挑水的职业，身体素质当然是非常好的。无论冬夏，老陈都只是穿着一双草鞋，卷着裤腿，往来于青通河与石板路之间。那条巷子的石板路被他的大号水桶滴得湿滑滑的，他的草鞋走在湿滑的巷子里，发出有节奏的"呲啦呲啦"的声响，那条竹子扁担颤颤悠悠。老陈喘着气，从巷子口出来了，然后就进入一个门洞里。冬天，青通河里的水退下去，退到很深的河床下，河滩被松软的淤泥堵塞了，人们下河洗菜或是挑水就麻烦了。老陈就搬来一块块片石,在河滩上铺出一条路来,方便了他自己,当然也方便了大家。从河滩上回来的女人都会说:"幸亏老陈啊,要不这路怎么走?"

你别看老陈只是一个挑水的工人,但他在街道上是很有威信的。他和他的妻子都是三代贫农。麻大姑是街道上的小组长,而老陈也时常被请到某个会场,向人们进行阶级教育。虽然我一次也没有听过老陈的阶级教育课,但我相信,老陈一定讲得很生动,他的大嗓门,也一定能吸引很多听众。

就像我在文章开头时说的,等到人们叫他陈爹爹时,老陈就再也挑不动水了。我最后一次见到老陈,大约是五年前。当时他正坐在一个黑黑的门洞里喝酒。这地方原先是查广和药店,后来就成了住宅。房子已经很破了,似乎也只有老陈一家住在里面。他喝酒的神情同他挑水时一样,动作生猛,又很悠闲。他每喝一口酒,就会伸手抹一把漏到下巴上的酒或者是口水。他已经不认识我了,但我一说起我父亲的名字,他立即就想起来了。也就是在那天我才知道,麻大姑死去很多年了,他唯一的女儿也都做外婆了。女儿在县城里买了房子,房子很大,一直想接老陈去县城里住,但老陈不肯去。他抹了一把下巴上的酒或是口水,用手指着这栋已经四壁漏风的老房子,说:"我住在这里多自在,想吃就吃,想喝就喝,我才不去她们那里呢。"

我最近一次去大通时,那家原先的药店已经被刷上"危房"的字样,不知道老陈搬到哪儿去了。他比我母亲年龄要小,我知道大通的老人都是长寿的,我相信老陈一定还活着。

小菜园张家

父亲十六岁到和悦洲闯荡，现在已无从知晓父亲在和悦洲究竟有过怎样的遭遇。他是否也像那些冒险家一样有过梦想，包括他拜过哪座码头，有过怎样的靠山？但我所知道的是，在十九世纪初的和悦洲，和悦洲小菜园里的一间林中小屋成了一个十六岁外乡少年的码头，父亲投靠的是一对菜农夫妇。此后的日子里，我们便多了一户亲戚——小菜园张家。父亲逝于他七十七岁那一年十月，又四十多年过去，如此，我们与小菜园张家的交往，至少有一百年了。

从少年到中年，父亲一直生活在和悦洲，他在和悦洲有过辉煌，也有过失落，但到底还是成就了一个偌大的家族——老黄家。在和悦洲，他与母亲一共养育了十个儿女，夭折了一半，留下一半。一九四八年，我在和悦洲出生，不到六岁就跟着我哥我姐一起上学。我入蒙的小学从前是一座教堂——圣公会。入门处一座礼堂，主建筑是一座二层楼房。窗户上镶着彩色玻璃,墙体是一种薄薄的青砖,现在很难再看到这样的砖了。

我每天上学必得经过一片菜地,远远地,就听到学校里小伙伴们乱嘈嘈的叫声了。五六月,我们走过那片菜地时,会随手摘一个菜地里熟透了的番茄或是一根胖胖的黄瓜。即使种菜人在一旁看见,也是不会介意的。对于那些每年收获上百斤上千斤蔬菜的菜农来说,谁又会在意一个过路人采摘的一两棵瓜菜呢?站在教学楼的二楼阳台上,满目青绿,不见尽头,我这才知道,这片被和悦洲人称之为"小菜园"的菜园子有多大!

一百多年过去了,繁华的"小上海"早就萧条了,但小菜园仍在。直到现在,小菜园仍是江南一片重要的蔬菜基地,其面积足有五千余亩,所生产的无公害蔬菜不仅保证着整个铜陵市区几百万人口的蔬菜供应,池州、青阳、南陵等周边市县的蔬菜市场也从和悦洲小菜园源源不断地批发蔬菜。小菜园小矣?大矣?由此可见,小菜园之小,并非对面积的界定,而是对菜的称谓。就像上海人说的"烧两个小菜吃吃"。那所谓"小菜"或许就是红烧狮子头或一盘上海人爱吃的年糕排骨之类。

一百多年过去了,和悦洲几经变迁。如今,三条大街的石板路上长满了荒草和苔藓,那"小上海"曾经的一切,皆已化作漫漫烟尘,留下的只是片片瓦砾和废墟,唯独小菜园依然生机一片。

大约六七岁时,我曾跟着母亲去过一次小菜园张家。而现在,留在我记忆里的就只有一间简陋的草屋,坐落在一个土墩上,四周一畦畦青青的菜地以及空气中淡淡的腐化了的粪水气味。我们与小菜园张家的相互走动并不勤,只是每年除夕的清晨,厨房里会有满满一篮蔬菜：乌心白、香芹、芫荽、黄芽白以及菠菜等，那些水灵灵的青菜透着一种宝石般的翠绿，让楼下那间烟熏火燎的厨房漫溢着一股清新的气息。每年张伯伯来时，除了早起的母亲，我们都还在睡着，等到我们起床，张伯伯已经走了。濒临江畔，江水一年又一年地漫溢，每年江水漫溢街道的时间都是在固定的日子，不早也不迟，就像是一种约定。而每年除夕清晨厨房里的那一篮蔬菜，也就像是我们与小菜园张家的一种约定，几十年过去了，从来不曾变更。

很多年后，除夕清晨前来送菜的是张伯伯的妻子。而等到杨根大哥把一篮蔬菜送到楼下的厨房时，我们知道，父亲那一代人的友情连同他们的肉体生命，均已走到了尽头。就像一场接力，现在，接续这段百年友情的该是我们这一代人了。

父亲逝后，共和街64号成了我们的旧居，唯有童年的生活像一截一截的梦境，时断时续，包括除夕清晨的那一篮蔬菜。生活在我工作的这座城市，开始的几年，每到除夕，母亲会念叨着："不知小菜园张家怎样了。"于是，我们会想起每年除夕清晨如约而至的那一篮蔬菜，便感叹说："再也吃不到那么好的蔬菜了啊。"又过了几年，这样的感叹也没有了。

那一年，我接受了《和悦洲小上海》一书的写作，在共和街住了一段日子。每天清晨，我会沿着父亲习惯走过的路走上一圈，然后就学着当年的父亲，坐到一家油条锅前，泡一壶好茶，要两根炸得脆生生的油条，就一块老姜，与熟悉或不熟悉的人聊上半天。那天早上，我的桌上坐过来一对老夫妻。我问："老哥哪里人？"老头说："家住杨家洲，十年九不收，遇到吉庆年，锅巴盖墙头。"

并非纯正的本地口音。我记得父亲说过，小菜园张家祖籍江北。老头开始注意上我，问："兄弟出门不少年了吧，乡音未改鬓毛衰啊。"我便说："我是和悦洲人，和悦洲大关口有我们的旧居。"对方说："我知道你是什么人了，你是为寻梦来了，寻一个永远不复再现的梦。"说到这里，我已经知道他是谁了。果然，老头说："我一进门就认出你是黄伯伯家的小儿子，我要是没有记错，你的小名叫黄狗。"那一刻，我们四手相握，三十年了啊！这一天，我与小菜园张家的杨根大哥竟然在一个小吃摊上奇妙相逢，你能说这不是上天的安排？

渡船将我们送到和悦洲的一片沙滩。大水刚刚退去，和悦洲小菜园一片荒芜。路边的房子清晰地显现出洪水漫过的痕迹。这是继一九五四年之后的又一次特大洪水，有人在几近沼泽的菜地里清理着淤泥，张杨根不停地向路人介绍着我："这是我一个兄弟，多年没有联系了。我们两家的交情有一百年了啊。"那人说："兄弟来了，好好喝一杯吧。"

那天上午，在那间林中小屋，我破解了父亲生前的一段密码。那一年父亲被人暗算，性命攸关。后来父亲提到，《说岳全传》中有一个和尚，当朝廷的军队前来捉拿他时，和尚口占一偈："何立从东来，我往西方去。"而后他立即就坐化了。父亲说："我不是和尚，我也没有坐化的道行。对于我来说，当恶人带着莫须有的罪名要加害我时，我唯一的选择便是逃去。"那天傍晚，父亲匆匆卷起几件衣服出门去了。父亲是寡言的，生前很少同他的子女谈及自己的故事。现在才知道，父亲那一年避难的住所正是眼前的这座林间小屋。那一个多月里，父亲与张伯伯就这样坐在白杨树林中喝着酒，对着清风明月，是何等的自在！

　　杨根大哥夫妇逝于疫情的第二年。大哥逝后，我再也没有去过那间林中小屋，但和悦洲，我仍然每年都去。我去和悦洲，往往选择下午三四点钟，这是菜农们往外运菜的时候。我喜欢站在渡口，看一队队、一列列的运菜大军从清字巷渡口逶迤而出，看那些肩挑车拉，将一捆捆蔬菜运到机动船上的菜农们黧黑的脸上满足的笑容，看那些水灵灵的蔬菜在阳光下透着诱人的绿意。江风吹拂着，那些香芹、芫荽每一茎都散发着阵阵浓香——我似乎从来都没有闻到过这样浓郁的菜香。

我的名字叫黄狗

一

母亲活到一百岁,一生中育有十个儿女。只有我哥和我是男丁。

我哥排行老四,他前面有三个姐姐。为了让我哥能平平安安地长大,祖母为我哥取名"丫头"。我是家中的老六,在我前面,又是一个姐姐,这个早夭的姐姐名来娣。果然,她出生后两年,我来了,我的名字叫"黄狗"。祖母认为,无论是丫头还是黄狗,在乡间都是"贱养之物"。凡贱养之物,都是不被人盯上的,自然也不会被阎王盯上。果然,当我的五个姐妹相继夭折后,我却能一直活着,活到今天,七十四岁了。

那一年,我随母亲从我的出生地和悦洲回老家横埠河,在码头接我们的是我的二爷,即二叔。当时我两岁光景,骑在二爷的肩上,母亲紧随其后。二爷抓着我的两只脚,我抱着他一颗光秃秃的脑袋。母亲是半小脚,走得踉踉跄跄。二爷说:"我累了,小东西这么沉。"母亲没听清,可当她听清,不等伸手去接,二爷抓我脚的手兀自松开了,后果可想而知。后来我做了作家,写了书,母亲便有些骄傲,母亲说:"我小儿子如果不是那'死尸'摔他一跤,摔得急死仰仰,他脑筋会更灵光。"

据说那一次我口吐白沫,头硌在石头上,流着血,几无气息。母亲呼天抢地,一边抱我入怀,一边不停地抖着,就像抖她的簸箕。围过来的路人说:"小人属狗,识得土性,你把他放在地上吧。"母亲照办了,我果然就活了过来。就是这样,就像这篇文章的题目——我的名字叫黄狗。当然,这是我的乳名。

母亲说:"乡间屠狗,只要尚未剥皮,只是将狗吊在树上或梯子上,哪怕狗身早就凉透,狗血已淌尽,一旦落了土,接了地气,狗在地上打一个滚,爬起来就跑了,肚子上甚至还拖着血花花的肠子。"

生性爱狗,我在农村插队时曾养过一只花皮狗,那狗跟随我两年,像我的兄弟。到了要离开那村子时,狗送我到村口,却怎么也不肯再前行一步。等到我再来时,在那村口,却只见一张狗皮晾在那里,一张花狗的皮。

那一年,有两件事可记入我的履历。一是我因盲肠炎,三个月里,肚皮被一个实习的工农兵大学生接连划了三刀,缝了三次;二是,狗被人吃了。狗没了,我却绝地逢生——是一个老军医救了我。可这时候,不会再有人知道我的名字叫黄狗。包括父母在内的所有人都一律叫我的学名,叫我复彩或黄复彩。这些年里,在雨天，或是走在江南的某个村子里，听到熟悉的狗吠声，我会想起那只狗，想起曾伴我两年，兄弟一样的花皮狗。五十多年过去了，我想那只狗早就超生了吧，它还会是一只狗吗？不知道。

大约九岁时，家里遭了变故。为了生计，母亲出门做工。夏天，我独自躺在那张凌乱的床上，上吐下泻，整个身子就像一块烧红的栗炭。母亲闻讯赶回来，邻居说："你再不回来，只怕再见不到你这儿子了。"据说我昏迷时，有人请来了街道上掐痧的麻大姑。麻大姑进屋瞅了瞅我，掉过屁股就走了。母亲流着泪，嘴里念叨着："我儿狗头狗脑，我儿醒来吧。"我仍是昏睡着，仍像块烧红的栗炭。母亲没钱送我去医院，却抱回来一个西瓜。我把那瓜整个地吃了，小肚子吃得浑圆。后来母亲逢人便说："小人儿就像狗，发个烧，感个冒，吊什么水？吃个西瓜吧。"

我总想养一只狗，一只黄皮毛的小狗，或者花皮狗也可。那天我在朋友家打麻将，一直打到深夜。出门时，一只京巴尾随着我。我走快，它也快，我走慢，它便停下来，远远地，可怜巴巴地看着我，像是在说："你看，我不会怎么麻烦你，也决不令你讨厌。"我很奇怪，当时我与作家甲乙走在一起，这家伙为什么偏跟着我，而不是我的同事甲乙？

甲乙先生说："这狗与你有缘，看来是流浪狗，你何不收养了它？"

我站那里犹豫着，可我还是放弃了那一刹那的念头。后来我想，那天遇到的如果是只土狗，一只黄皮毛的小狗，我或许就真的抱了它，一直抱它回家了。

我喜欢狗，总是有理由的。首先，狗不会移情别恋（哈巴狗除外）。不管时间多久，它心里就只有最初养它的主人。狗不慕富贵，也不弃贫穷，只要你对它好，哪怕你是乞丐，它一辈子都只跟着你，死心塌地。此外，狗没有虚荣心，它不会嫉妒别人的好。对于一只普普通通的狗，有这点品质，就够了，我们还能要求它怎样呢？

二

院子里有两只狗。一只是德牧，它的样子有些凶狠，叫声带着一种闷音。在清晨的空气里，这声音有一种凛冽之感。也许是由于它的凶狠，它被主人用一条链子拴在树下。另一只就是我要写的这只狗了。它矮小，却健壮，毛皮是黄色的，看上去十分干净。

主人把我领进屋子，我听到他的妻子在屋里问："哪个来了？"主人说："黄狗。"接着他又加了一句："黄姆妈家的小儿子。"当然，他说的是我，黄狗是我的乳名。

对于我早年的邻居，他们直到现在都不知道我的名字叫黄复彩。所以，不论什么时候见到我，他们都一律叫我"黄狗"。这称呼让我有一种亲切感，尤其是现在，在这条我童年的街道上，我们的旧居，我仿佛又回到了童年。

他的妻子说："是黄狗来了吗，快叫他进来，我要看看他现在长什么样了。"声音带着明显的激动。我知道，她由于患病，在床榻上躺几年了。其实，这些年来，我几乎每年都要回和悦洲看看，每次都会去看他们，其实也是看我小时候住过的屋子。屋子还是六十几年前的老屋，奇怪的是，当年的我为什么一直觉得它就是一处深宅大院？现在看来，它小得只能摆下两张床和一口锅灶。

两个老人，一个八十四岁，一个八十一岁，比我父母晚半辈，又比我长半辈，属于不好称呼的那种。就像他们一直叫我黄狗一样，我所知道的就是，主人叫许银匠，他的妻子叫"大新娘子"。当然也都是当年的称呼。就像他们不知道我叫黄复彩一样，我同样不知道如何更加庄重地称呼他们。几十年来，他们几乎没有离开过这间屋子。偶尔，他们被子女接去住一阵，但很快就又回来，回到这间屋子。他们在这间屋子里结婚，生子，现在，已经有第四代人了。

就在我坐在"大新娘子"的床边，同她说着我的父母亲，说着曾经的往事时，那条小黄狗一直同我套着近乎。它不时把它的前爪搭到我的腿上，两只玻璃球样的眼里闪着水灵灵的光。它或许知道我曾是这屋子的主人，于是便好奇地看着我，像是要听我讲讲从前的故事。主人呵斥它，让它不要缠着客人，它离开了一会儿，但很快又回到这里，在我的膝下打着滚，亮出它光亮的肚皮。"大新娘子"的大骨节病越来越严重，手指完全变形。现在，她只能长年躺在这张床上，心安理得地接受着丈夫的照顾。

他们说到我父母当年的一些事情，说到在这间屋子里降生的我的二妹，又说到今年夏天爬上岸来的江水。她的丈夫用勺子把一碗糖水蛋一点点切开，喂到他妻子的嘴里，或许这有点妨碍说话。大新娘子说："等一下再吃吧，我要同黄狗讲讲话。"

冬天的太阳已经爬到破败的石板路上了。我坐在这差不多有一百年的老屋里，仿佛听到蓝街长的店面上敲打白铁皮的噼噼叭叭的声音，听到老丁家的铁匠铺里叮叮当当打铁声，还有清晨的街道上驼子老三拖长音调的"洋糖——发糕——"的叫卖声。窗外，淡黄色的光线没过对面刘家大屋坍塌的马头墙，斜斜地照进这间潮湿且阴暗的屋子里。那条狗一会儿跑进，一会儿跑出，有着莫名其妙的兴奋。我摸着狗光滑的毛皮，狗用它软软的舌头舔着我的手，主人见我如此喜欢它，便不再赶它走，嘴里骂着："你就是个人来疯。"听这语气倒像是骂自家的某个小孙子。

终于结束了冗长而泛黄的话题，我的朋友要去看看小菜园，他是一个摄影家。我的话刚说完，那条狗立即就窜出门了。我和许银匠站在门口的石板路上又说了会儿话，可那条狗已经跑到石板路的一角，远远地看着我们，好像在说"走吧，还磨蹭个什么？我知道，那里有一条通往小菜园的巷子"。

我需要说一下小菜园。这里的小，是一个定语，它所定位的是菜，而不是园，就像上海人所说的"弄几样小菜吃吃"，就像一江之隔的大通人带点轻蔑地称这儿的人"卖小菜的"。说起和悦洲小菜园，以我现在的估计，应该有万亩之广，直到现在，它仍然是市区和附近几座城市的蔬菜供应基地。但和悦洲人一直就称之为小菜园，我也就这样称它。

清晨，路上的冻还没有完全化开，通往小菜园里的这条路上几乎不见一个行人，那条狗一直就在前面欢快地跑着。它似乎知道我们要去哪里，跑过一段路，就停下来等着我们。我们路过老圣公会，那是当年的一所教堂，也是我当年上学的所在，但现在它已经完全沦为一片废墟。在它的对面，有一所刚建不久的漂亮的小学，有宽敞的操场，有四层楼的校舍。但今天周日，空旷的校园里寂无人声。沿着圣公会门前的那条路，我们一直向小菜园的深处走去。朋友开始用他的单反相机不停地拍照，他对每一处几近坍塌的墙垛，每一片被积雪覆盖的菜地都十分着迷，这正是摄影家的本色。朋友的镜头对准一棵老柿子树，那上面有十几颗熟透了的柿子，有几只鸟正蹲在叶子落尽的树枝上，享用着它们的早餐。它们的吃法有些绅士，每吃几口，便停下来，相互交谈几句，半点都不在乎我们的"长枪短炮"。只是，那只狗有些不耐烦了。它一会儿窜到我们身边，不等我们作出反应，又率先跑开了，跑到很远的地方，百无聊赖地回过头来看着我们。

上午很快就过去了，我们开始原路返回。小黄狗似乎明白了我们的意图，它从老远的地方返回，在我的脚边磨蹭了一会，抬起头看了看我，好像在说"这就回去吗"。

就在这时，窜来一群狗，四五只吧。它们毛色各异，品种不一，但个头都与这条小黄狗差不多。刹那间，小黄狗似乎被这群同类吓着了，它飞快地跑到我们身边，朝着那群狗故作凶狠地叫着。那群狗站在远处吠着。我想，它们之间或许曾有过恩怨，或者发生过某种不愉快，此刻，狭路相逢中，记忆开始作祟。但那群狗的凶狠仅限于堵在路中央不停地叫着，不依不饶的倒是我们的这条小黄狗，仗着我们的势力，大有报一箭之仇之快，虽然势单力薄。

就这样，在这个明朗的上午，在一条寥无人迹的小路上，一条狗与一群狗长时间对峙，居然不分胜负。这条路原本是寂寥的，现在却因为这群狗而顿时有了生气。我们放弃了拍摄，这个上午，在和悦洲小菜园的这条小路上，我们目睹了一群狗的游戏。与此同时，我看到六十多年前一个叫黄狗的少年飞快地钻进一条巷子，跑进一间老屋。

三

我的名字叫黄狗，当然，这只是我的乳名。直到今天，虽然我早已做了外公，但是仍毫不在意街道上一些久违的长者在一见到我即惊喜地叫着："这不是黄狗吗？黄姆妈家的小儿子黄狗。"

真的，我毫不在意，即使是当着我小孙女的面。

我对狗的好感，源于童年时读过的一则名叫《猫狗结怨》的童话。它是说主人家养了一猫一狗，猫善于向主人献媚，因而得到主人的偏爱，而狗却只会默默地看家护院，一直受着冷落。一次，主人家的孩子掉进河里，狗拼着性命将孩子救上岸，但最后猫却在主人面前说："尊敬的主人，是我救了您的孩子啊，而不是那只会汪汪乱叫的家伙。"狗被主人赶出了家门，猫与狗就这样结怨了。

其实狗是不会对伤害过自己的动物（包括人）心怀怨恨的，只有人会。

当年我下放农村时曾养过一只土狗，那只狗伴随我度过我人生中最不堪的一段岁月。那一年我招工进城，好几天，我都在纠结着要不要把它带到城里去。但终究还是决定舍弃之——不会有一家工厂能容忍一个带着狗上班的青年学徒工。

走的那一天，狗把我一直送到村头，它用湿漉漉的舌头不停地舔着我的手。我有些动摇了，但这只善解人意的狗执意不给我添麻烦，怎么都不肯走出村子，从此就做了一只流浪狗。这只狗有足够的理由怨恨我，但它不。大约一两个月后，我因思念那个曾给我温暖的村子，又回到这里。刚走到村口，草丛中猛地蹿出一只大物，一下子就扑到我的怀里。惊吓之余，我立即被狗的灵智和温情感动得泪如泉涌，那一刻，我与狗紧紧地拥抱在一起。

这些年来，每次到乡村，看到熟悉的人家养了一只土狗，我总会放下一切，同狗逗玩一番。那一刻，我就像狗一样欢快。我的学生鲁生家曾先后养过两条土狗，都由于种种原因死去，我听到狗的死讯，总会难过好一阵子。这几十年间，我一直想养一条狗，以表达我对那条土狗的歉疚和怀念。我总想着有一条狗像影子一样地伴着我，我走到哪里，它跟到哪里。五十多年过去了，我曾经的那条狗总是不时出现在我的梦里，每每想到那条被我遗弃的狗，我总是有着无限的愧意。

藏学法师曾经养过一只猫，这只猫从进甘露寺的那一天起，就一直吃一种人们当作早点的面包。猫似乎觉得，世间食物，唯有面包。偶然的一天，猫走出寺院，在附近的人家，它吃到了平生从未尝过的食物，于是，它再也不肯回到寺院来。喜爱小动物的藏学法师后来又收养了一条叫大黑的流浪狗，很多年过去了，大黑在寺院中一直同主人一样吃着素食。我相信它一定也像猫一样在附近的人家了解到世上有更好的食物，但它却对收养它的主人不离不弃。十多年了，每次我去甘露寺，大黑总是早早地候在我经过的路口，然后就一路小跑，一直把我领到它主人的住处，接着就偎在我们的身边，静静地听着我们的谈话。

养一条狗，一直是我的心愿。前年三月，我在安庆看到一条关在铁笼里对外出售的幼狗，当时就被那条幼狗的可爱扯住了脚步,终于买下它来,并给它取名"好好"。我对"好好"的动心是在它进门第三天的傍晚,我们第一次带它在江边散步。很多人都被这只刚会走路的小奶狗逗得停下脚步,但是,无论什么人唤它或是拿食物引诱它,它总是不理不睬。三四里路程,它一直贴在我的脚边一路前行。那一刻,我忽然觉得,它就是我家庭的一个成员,我要好好地爱它,给它与人同等生命的权利。

在家里,我们从不拿狗绳拴它。它可以随意地睡在我习惯睡的沙发上,可以在我读书时爬到我的腿上呼呼大睡,甚至在我写作时肆意爬上键盘,用它肥嘟嘟的小爪子在电脑屏幕上打出一行奇怪的句子。我用手机拍下那几行字,也一直想破解这一段神秘的狗语。

暑假前,我不得不离开它,前往深圳的女儿家。车开出好远了,我收到良元发来的短信:好好到处找你,嗅你的气味,朝车窗外哀哀地叫着,好可怜的样子。读着这样的短信,泪水就不由自主地流下来,就像每次我的女儿和小外孙离开我时一样。

这几十年来,我目睹了太多不好的事情,目睹了太多人与人的战争,因为贪婪,因为虚荣心作祟等,因此,我对狗的品质格外推崇。

我的方外导师皖峰上人说:"不要把做人的标杆拉得太高,人只要具备几样基本的品质,就是一个好人。"上人故去二十年了,我一直记着上人的话。狗在我心目中的形象是高大的:不贪、不嗔、忠诚、守信、懂得感恩。我想,作为人,若是做到这几条,我这一生就一定会是圆满的。

有时候我会傻想,人死后真会投胎吗?如果能让我选择,我宁愿下一世就做一条狗，一条普普通通的土狗。或者就守在一农户的院子里，静静地晒着太阳，且不管这世道是黑是白；或者就跟着主人，徜徉在乡村的小路上，任露水打湿了脚，打湿了圆滚滚的肚皮。所以我想，我死后就投胎为狗，一条悠闲而厚道的土狗。

故乡记

腌了一缸好菜

冬至前后总有一段晴好的日子,那时母亲会搬出厨房里的那口大缸,里里外外刷洗一遍,再移到门前晒干——这是到了腌菜的季节了。菜是和悦洲小菜园里的高秆白菜,肥嘟嘟的,是最适合腌制的一种蔬菜。在这个季节里,门前的石板路上,围墙上,乃至晾衣杆上,家家都摊晒着一棵棵白菜,根是根,苗是苗,白是白,青是青,整整齐齐的,从街道上一直逶迤过去,就像列队的士兵。这样的太阳,只需一日,就能晒去白菜多余的水分。人们摘去外边的黄叶,切去老蔸子,连夜洗了,就堆在那里,沥干水,第二天就可以腌制了。母亲将菜一层一层地码在大缸里,码一层,撒一层盐。这时候,哥哥就脱了鞋,把脚洗了,站在大缸里,扭动着腰肢,就像街道上老太太们扭秧歌。缸里一层一层的白菜都要踩实,边边角角,一点都不能马虎。菜仿佛是认脚的,有的人,无论你怎么费心,腌出来的菜总是臭的。哥哥的脚却能踩出一缸好白菜来,酸酸的,黄黄的,脆脆的,不等下锅,就忍不住撕下一片来,顿时满口生津。

四邻街坊都习惯请哥哥去踩白菜:"遐龄啊,今天帮我踩白菜吧!"

"好咧,做完作业就来。"哥哥的声音脆生生的,带着些许得意。

有一次,不知是那人家的缸陈了,还是他用的力过了,踩着踩着,缸突然裂了,一缸的菜歪倒在地,幸好没伤着人。主人家换了口缸,继续踩,继续腌白菜。其实并非菜认脚,而是踩的人肯费力气,菜踩得密而实,空气和细菌就进不到菜里,菜当然就不会坏了。踩实了,再压上大颗的鹅卵石,讲究的人家还会在表层压一层香叶子,菜就算是腌成了。接下来,人们就静静地等着,等着一年中最后一个季节的来临。

清时袁枚《随园食单》中有"腌冬菜、黄芽菜……常腌一大坛,三伏时开之,上半截虽臭、烂,而下半截香美异常,色白如玉",可见古人也是吃腌菜的。我去法国,巴黎的餐馆里没有腌白菜。我去澳大利亚,去新加坡,去柬埔寨,那里的餐馆里都没有腌白菜,但外国人不见得比中国人寿命更长。现在生活好了,即使是下到馆子里,撤下酒具,等到上饭时,还是要带着几分酒意喊一嗓子:"服务员,上两碟小菜来。"这小菜,或是腌白菜,或是腌萝卜条子,总不至于是菌菇或是三明治吧。

何况是在那个年头,一个寻常人家要度过一整个漫长的冬季,一缸腌菜总是少不了的。

一直等到那缸里的白菜突突地冒着泡泡,一股酸菜的香气漫溢在厨房里,冬天就真的到了。先是暖了几日,有点小阳春的意思,突然在某一个下午,鹊江里的江猪(黑鳍豚)在江面上打起滚来,天陡然阴了,天空果然就飘起雪花。雪越下越大,雪花漫天飞舞,似乎就在刹那间,雪铺满了石板路,铺满了屋后的菜园子,铺满了对面江岸上的房屋,只有那一泓鹊江在灰蒙蒙的天底下一如既往地泛着清凌凌的波光,四野白茫茫的,世界空了、虚了一般。偶然,一艘轮船鸣响了汽笛,轮船的螺旋桨搅得一江清水沸开了一般——像是宣布冬天的开始。

雪无声无息,竟落了一夜。早起,大雪封门,厚厚的雪将门槛整个地埋了。

街道上不再听到"洋糖——发糕——"的叫卖声,不再听到早起的菜农挑着大担的青菜,扁担压着肩膀"吱溜吱溜"的声音。父亲从被窝里支起身子,伸头看一眼窗户外的雪,接着又一头缩进被窝里。

母亲打着冷战,嘴里吁着冷气,窸窸窣窣地穿好衣服,到厨房里打一升米,落进锅里,再往灶门里塞一把硬柴,不一会儿,那大锅里便咕嘟咕嘟地热闹开来。她从大缸里抓一把黄艾艾、喷吐着酸菜香气的腌白菜,切碎了,热锅里放一勺油,那切碎的腌白菜"嗞"地一声倒进锅里,再加点辣椒糊,这时,那一锅粥已熬得混沌一片,一家人也就起床了。于是,一人捧一只海碗,就着那一大盆腌白菜,喝得身子热乎乎的。看着窗户外越下越大的雪,母亲说:"这死天气,幸亏腌了这一缸菜啊。"

说书的瞎子

　　雪总算停了，天空出现了太阳。霜后暖，雪后寒，街道上的石板路结了一层冰，屋檐上挂着长长的冰凌，一直挂到门楣上。清晨，有人在门前把雪扫净了，用铁锹将厚厚的一层冰敲碎。街道上一家连着一家，家家将门前的雪扫净了，整条街道也就清爽了。只是，整个上午，街道上都少有行人，连瞎子长友也懒得出门要饭了，街道上不再听到他的那根破竹竿戳打在石板上所发出的声响以及他一声声"可怜可怜我们瞎子"的唱歌样的吆喝声。

　　一直等到午后，地上的冰开始化了，屋檐下的冰凌开始滴水了，忽然就听到从不远处传来鱼鼓有节奏的敲打声：卟咚咚——咚，卟咚咚——咚……男人们在火桶里待不住了，他们穿上那种牛皮的帮，桐油油得硬实实的套鞋，那厚厚的底上钉着响钉，无论是落雪还是化雪，穿上它就能出门了。于是，街道上传来一片那种套鞋的噼噼啪啪的声音，像过年时放的百子鞭。不一会儿，瞎子的那间木棚就被来听书的人挤得密密实实了。

　　这是一处临街的木棚，里面堆满了木料，瞎子就坐在中央的一处空地，听众们则散乱地坐在那些木料上。木棚里生着一盆火，先来的人早把那一盆火围得严严实实，三友子用一把破芭子叶死劲地扇着火盆里的火，直扇得木棚里烟雾四起。他用力拨开人群，硬将我塞到火盆前。木棚里混合着一股呛人的烟气和脚臭味。瞎子用一只手敲打着他的鱼鼓，顺手接过人们递过来的烟，狠狠地吸一口，然后就由着那烟叼在嘴角上，手中的鱼鼓仍是"卟咚咚——咚"地敲打着，显得很是悠闲。

瞎子从下江来，谁也不知道他的来历。瞎子其实并不瞎，或许只为卖艺的需要，就扮成了瞎子。那时候，只有夏天才有说书的艺人到镇上来，但瞎子却肯在这个严冬到镇上来说书。镇上的男人都叫他刘师傅，除了女人，街道上没有人不喜欢这个说书的瞎子。等到木棚被来听书的人挤得连针都插不进去了，瞎子才吐掉嘴角的烟头，将那鱼鼓猛敲一顿，接着一手摇着那黑色的书板，拉开嗓子唱起来："说什么龙争虎斗，说什么天地悠悠，自古来哪有长胜将军，哪怕是三皇五帝，也都是过眼烟云，卟咚咚——咚，卟咚咚——咚……"

我总是被我的好兄弟三友子拉来听瞎子说书，其实我对那瞎子说的书半点兴趣也没有，那瞎子沙哑的苏北腔总让我想起小时候时常出没于石板路上的挑牙虫的下江女人。那种女人挑牙虫是假，稍不留神，就容易被她忽悠走重要的东西。况且我穿着我哥哥的一双破胶鞋，那鞋不知有多少年了，鞋肚里又湿又冷，我的一双脚早就冻僵了，只是我不好意思像对面那家伙一样，脱下鞋子，将一双臭脚毫无遮拦地架在火盆上。

吸引我的不只是那一盆火，当然还有三友子的友情。

瞎子这一天说的是瓦岗寨的故事，我已完全忘了那里面的内容了，只记得瞎子说到紧要处，总会卖起关子。于是，三友子端着那把破芭蕉叶，开始替瞎子向大家收钱。三分的也有，一毛的也有，等到那破芭蕉叶被零钱堆满了，三友子将芭蕉叶扣到瞎子面前的一只口袋里，瞎子便继续说书。他敲着鱼鼓，打着书板，又开始了他悠长的说唱。我听瞎子说书，最不愿听的就是他那种捏着嗓子让人昏昏欲睡的歌唱，况且火盆里的火早就熄了，我不得不挤出人群。等我回到家里，天早黑尽了。我把冰冷的一双脚塞到哥哥的腰上，这时，就听到从街道上传来打火更的声音——小心火烛，火烛小心，水缸挑满，灶门口扫清……

暖被窝

那时候，哪家没有一两只过冬的火桶？

压炭火是门学问。压炭火的人用铁箸将炭灰从四处一点一点压到炭火上，压实了，火会灭，压松了，火很快就烬了。若是他压得好，一两截木炭，火桶里一天都是暖和的。如果火桶足够大，一家人的腿挤挤挨挨地都插进去了，再铺块火桶布，一家人嗑着瓜子，说着闲话，真正是其乐融融。倘若出门，人们手里则拎只火球。火球，黄泥烧制，状如圆球，有柄，行走时暖手，坐下时暖脚。即使是学校里，也是允许学生带着火球上学的。上课时，火球就搁在桌子下，学生的两只脚搭在火球上，身子暖了，教室里就听不到跺脚的声音了，学生高兴，老师也高兴。

只是，到了夜里，人们钻进冷被窝睡觉，总是要勇气的。

我六岁前，对门胡靠天的妻子总是哄着我去陪她睡觉。她说我小人火气旺，有了我，被窝里就如同生了只火炉子。胡靠天是一个扎匠，胡靠天死后，她就成了孤老。只是，胡靠天的家境不错，一整个冬天，她手里总是捧着一只铜手炉。

《红楼梦》第六回说到刘姥姥初进大观园，见到王熙凤一身绫罗绸缎，端端正正地坐在那里，手里拿着一铜火箸儿拨弄着铜手炉中的灰，那是怎样的风情，怎样的优雅和富贵？胡靠天妻子的手炉就是一只铜手炉,有铜的盖,铜的手柄。手炉被她的手摩挲得溜光锃亮,自然是有别于街道上一般人家的黄泥火球。这是她特有的取暖工具,也是她身份的标志。

我去睡觉时,她会把那只铜手炉先放到被窝里,一直到把被窝烘热了,这才让我钻进去。

稍长,我再也不肯去陪她睡觉了,宁可和兄弟姐妹挤在一张床上。临睡前,母亲照例会把一只火球塞进被窝,一直等被窝烘热了,我们才脱了衣服,钻进被窝。那时候,兄弟姐妹挤在一张床上,都要去争那只火球,一场被窝里的大战进行得相当激烈。有一次,我们就失手将那火球打翻了,火球里的炭火连同一火球的灰全都翻在床单上,大家惊叫起来,争先恐后跳下床来。

母亲骂着,一把将被单扯下来,抖落掉床单上的火灰,那床单已经被烧得不成样了。

"都是她!"

"都是他!"

"都是她!"

我们相互推诿着,母亲心痛那烧坏的床单,给了我们每人几巴掌。

六十几年过去,回想起来,那真是一个再温暖不过的夜晚,再温暖不过的巴掌。

沧江百折来，到此如东流

本不是一个宜于出门的天气，大清早就下着冻雨。坚硬的雨点夹杂着雪子儿打在窗棚上，风从看不见的缝隙钻进来，让人感觉到这个初冬骤然而至的寒意。我昨天就与在东流的宗亲孟奇先生联系好了，今天要去东流看菊花。正准备给孟奇打电话，想取消昨天的邀约，孟奇的电话倒先来了。他在电话中用他的大嗓门说："这个季节，不会有大雨，放心。"这一天是周六，无论是对于江南的孟奇还是江北的我，都是一个难得的假日，于是我拿着一把雨伞就出门了。

车驶过安庆大桥，右向一拐，上了沿江高速，前后不过一个半小时，便与早在东流镇上等候我们的孟奇会合了。神奇的是，我们刚下车，雨果真就停了。我们沿着一条登山步道来到牛头山下，烟雨朦胧中，一座古塔在那片山头矗立。我们不禁又叹，早上的那阵雨下得可真好啊！

站在牛头山鳖石矶上,孟奇指着远处的东流镇说:"从这个角度看东流,是不是很像你的故乡大通?"经他一说,我这才发现,同是江南的这两座古镇,乍看起来,的确有许多相似之处。同是临江而居,镇背后都有一片清亮的湖泊。湖泊的那边,是连绵的群山,向着远处无尽地蜿蜒。镇的西边,烟雨笼罩下,浩浩荡荡的,正是长江的中下游段,其间有一些零落的货船在江上缓缓而动。无论冬夏,这条江流不知疲倦地向东流去,大江迂回曲折,到此则一泻千里,无有阻滞。故乡大通者,谓大道通衢,有四通八达之意。让人奇怪的是,两地都有一标志性建筑。大通的标志性建筑是那座矗立于长龙山龙头角上西班牙人建的大钟亭,那是列强入侵,大通口岸对外开放后的产物。而我现在置身所在,其标志性建筑便是这座建于清乾隆年间的秀峰塔。钟亭与古塔,造型与风格虽然各不相同,但同是矗立于两座镇邑的高地,的确让人有置身故乡山河的感慨。

塔是城市的标志,也是一个地方文脉的标记。曾在彭泽做过县令的陶渊明因一次偶然事件而悬印辞官,陶氏的"不为五斗米折腰"千年来也被世人争相传颂。"安能摧眉折腰事权贵,使我不得开心颜",一时间,我竟将历史上相隔甚远的两位文化名人联系在一起。对于这两位先贤,我同样有着晚生的敬重。他们都有着古之士大夫的报国之志,也同样在其一生中都纠结徘徊于现实与理想之间。同很多古之士大夫一样,隐,是为了更好地复出,但以他们的气节和风骨,又不可避免地遭遇新的挫折与打击,这就注定了他们终身都生活在浪漫而孤寂的漫游之中。

东流之水一路向东,这江上放一叶扁舟,午后就会出现在大通的江面上，忽突发奇想，若是放一片树叶入水，也一定能漂流到大通的江岸。

孟奇说："我所说的东流与大通的联系还不止这些。"站在陶公祠前，孟奇向我们讲述了一段悲壮而传奇的历史。戊戌变法，六君子血溅菜市口，其中的林旭是最年轻的一位。林旭死后，其妻沈鹊也在家自杀身亡，此是后话。清同治光绪年间，林旭祖父林福祚任东流知县，因其勤政廉洁，深得两江总督沈葆桢欣赏，并欲向朝廷举荐。二人虽为上下级关系，但却因相同的志趣而结下金兰之好。偏偏这时林福祚在东流被卷进一桩命案。案件发生在东流与隔壁的建德之间。建德黄家与东流王家也算世交，战乱，王姓夫妇在逃难中失散，其妻投奔黄家，黄家便以义女收之。时间久了，黄家因见王妻年轻，料其夫已死于战乱，便劝其改嫁到一宗亲家。然而婚后不久，王姓的儿子却在建德城里见到母亲，于是王姓一家便找上门来。建德黄姓知道自己做了一件不义之事，无颜见人，便服药自杀。黄姓后人认定父亲是王姓加害的结果。设想如果没有王姓找上门来，老父亲何来自杀身亡？于是便制造了一系列杀人现场，诬告东流王姓为杀人凶手。偏偏池州知府昏庸，判定黄氏之死系东流王姓报复杀人，将东流王姓下到死牢，东流知县林福祚因被卷入此案而被革职。作为两江总督的沈葆桢看出这桩案子有太多疑点，也不相信他的下属兼好友林福祚会判出这样的糊涂案来，决定开棺验尸。结果真相大白，遂还林福祚清白，官复原职。林福祚虽胜了官司被平反昭雪，其精神却受到极大刺激，加之年事已高，经不住一再折腾，不久便一病身亡。

林福祚被革职时，其孙林旭尚幼。但他日后在读到其父林际平《东流随宦记》时，对东流的风土民俗以及祖父的为人为官有了更多的了解。

光绪十七年（1891年），沈葆祯四子沈瑜庆去福州扫墓，无意中读十七岁少年林旭的诗，视为神童。两家原是世交，沈瑜庆便有意招林旭入赘。于是，林旭、沈鹊这一对金童玉女重续了林、沈两家三代人的因缘。这一年，沈瑜庆主政大通盐务局，林旭便带着新婚妻子沈鹊来到与祖父同饮一江水的大通。在大通，林旭曾作逾百首诗歌，并有《晚翠轩诗集》和《荷叶洲杂诗》传世。

孟奇说："祖父为官东流，孙子在大通写诗，这难道不是一则人间佳话吗？"

就在戊戌变法前一年，林旭与谭嗣同一行四人奉诏入京。这一年，他二十二岁，少年英才，意气风发，激浊扬清，剑指旧弊。然而国祚危摧，才子命短，谁为其责？悲呼，痛呼！

我们之来，是要造访陶渊明的。陶公祠几近荒落的庭院里，两圃雏菊在寒风中劲挺着，一派勃然之色。祠堂正门处，陶渊明黑色的黄杨木塑像傲然挺立。我们说："先生好吗？"回答我们的只有雨水滴落在树叶上沙沙的声音。一千五百多年过去了，陶渊明依然生活在那种清高孤傲的气节之中，面对着离他不远处的那座日渐开放兴起的小镇，面对着晴和日暖的天气里成群结队看望他的红男绿女，他依然挺直着腰背，只是偶尔发出孤傲的一笑。

（谨以此文，纪念我的外侄黄孟奇老师）

夜路

一到了深秋，日子就变得短了。还不到下午三四点钟，山那边的太阳就渐渐落到一层橘红色的云层中去了。我知道，我必须赶在天黑前回到大通，回到家中。

我是下午搭上一辆顺风车来到董店这地方的，我哥在这里的一个煤矿做电工。这天是周六，我正在篮球场与小伙伴们打着半场球，母亲来了。我看到母亲焦急的面容，她的手里夹着几件衣服，说："刚才有人打信来，告诉我你哥病了，在医院打吊针，你赶紧替我过去看看。"

那时候，一般的病吃几片阿司匹林就行，至多打一针，到打吊针时，病情应该是很重了。董店距离大通约十五公里，母亲说粮站那边有往董店运粮的卡车，她去跟司机说说，总会有好心的司机带上我的。

我打球打得正起劲，这时候是不愿意离开的，虽然身体跟着母亲往粮站那边走去,脚下却是磨磨蹭蹭。母亲越催我,我越急,一急,就哭了。我一哭,母亲就骂得更凶了:"你哥哥在生病打吊针,你却平白无故地哭,你讨打啊?"母亲说着,就捡起路边的一根树枝,在我屁股上狠狠地抽了两下。我知道我是非去不可了,于是就擦了眼泪,跟着母亲,向粮站走去。粮站大院里,十几个搬运工人唱着号子,扛着沉重的麻袋,正沿着跳板爬到一辆辆解放卡车上。平常的日子里,我并不厌弃这种搬运号子。清晨或是傍晚,我喜欢坐在江边的沙滩上,在粗犷的搬运号子声中,一边看工人在驳船上来来往往,一边漫无边际地想着自己的少年心思。可现在我却一点心情也没有,想着不得不去的董店,想着明天一个叫小许的家伙要来与桂英相亲,真正是懊丧无比。

母亲走过去,同其中的一个司机说着什么,我站在远处,想着司机一定会拒绝母亲。那个司机果然就拒绝了,但母亲不屈不挠,又向另一个司机走去。终于,那个司机答应了母亲。我爬上卡车,坐到那堆麻袋上。车离开大通,向董店方向驶去,深秋的风在我耳边呼呼地响着,风扑打在脸上,有一种凉飕飕的感觉。时间还早,如果运气好,或许今天还能赶回来,我的心情无端地好起来。

果然,哥哥并没有什么大不了的病,他说是发疟疾打摆子,吊了两瓶水,很快就退烧了。我见他时,他正叉着手,站在篮球场边看别人打球。哥哥领我去了宿舍,又去食堂买了馒头。我看看天色尚早,就坚持要再回去。哥哥有些意外,说:"明天不是星期日吗?"我说我必须今天回去。说时,我的脸没来由地红了,我把脸扭过去,好在我哥并没有追问下去。他说:"我去看看有没有顺风车，有，你就走，没有，你就委屈住一夜，明天早上拉煤的车就多了。"我坐在哥哥的宿舍里，吃着馒头，等着他的消息。不一会儿，哥哥回来了。他说："正好有一辆解放卡车要去大通，我都跟司机讲好了。"哥哥从床底下拖出一只沉甸甸的袋子说："我给附近一个老乡装电灯，老乡就送了我一袋山芋，你正好带回去吧。"临出门时，哥哥看了看我脚上那双露出大脚趾的布鞋，便从箱子里拿出一双半新的翻毛皮鞋说："你穿上试试，如果合脚，就送你吧。"那双翻毛皮鞋明显大了，但我一穿上，就再也舍不得脱下，便说："正好啊，略微大点。"哥哥说："那就留着吧，过一两年，就合脚了。"哥哥提着那只装满山芋的袋子，将我交给一个长得黑且粗犷的北方汉子，又再三地叮嘱了几句，就回去了。我想着今天来回地兜风，看了哥哥的病，带回去一袋山芋，还有这双毛皮鞋，真是赚了。明天上午，桂英的未婚夫小许第一次见面提亲，可对我来说这是一桩说不出口的事情。桂英已到了嫁人的年龄，小许来不来，其实与我是八竿子也打不着的事情。

这是一辆空车，据说是去大通接人的。司机是个健谈的汉子，一路上说着他在煤矿上的事情，又说到他的未婚妻。说到未婚妻时，一脸的得意，好像他是《天仙配》那曲戏中的董永，大路上白白就捡了个仙女。司机越说越兴奋，又问我："你们学校有谈恋爱的吗？"我懒得搭理他，他说："等你谈恋爱了，你就知道有一个对象是怎么回事了。"车开了五六里路，解放卡车离开那条砂石公路，在一个村口停下来。他说要去未婚妻家交代点事，一支烟的工夫。

我等了很久，仍不见司机过来。天色越来越晚了，太阳已经落到那边的大草甸子上,大草甸子上空笼罩着一层红褐色的薄雾。我有些着急,走下车子,发现附近有一片稻场,有几个男女用连枷在稻场上有一下没一下地拍打着。我注意到他们拍打的并不是即将成熟的晚稻,而是早在几个月前就收割过的麦子。这些麦秆一定被拍打过一遍又一遍了,今年的收成并不是很好,他们一定希望能从那些被拍打过的麦秆上再拍打出一些漏网的麦子来。我绕过那片稻场,向村子里走去。听到后面有人在说:"做个城里人就是好,你看这么大点的小鬼,都穿上翻毛皮鞋了。"这时,我已明显感觉到这双翻毛电工鞋是不合脚的,可我不舍得脱下来。那边有人叫我:"喂,你是老董姑爷的兄弟吗?他姑爷开卡车,一个月有多少钱?"我无法回答他,只装着没听见。我担心着那边的车子,车上有我的一件外套,还有那一袋山芋。我走走停停,又回到那片稻场,那些人已收起连枷。一个老头又问我:"你是老董他姑爷的兄弟吗?"我说:"我才不是他兄弟呢。"那边有人又说:"这小鬼长得好秀气,一看就不是北方老侉子的种。"这时候,看到司机从那边走过来。我很想对他说:"这就是你说的一支烟的工夫吗?"他似乎并不在意我脸上的不满,说:"我老丈人家有些事,今天走不了了。"他问我是否愿意在他未婚妻家住一夜,"我让你跟我小舅子睡",他说。我真想把这背信弃义的家伙狠狠骂一顿,但我忍了。我回到卡车上,扛下那袋山芋,头也不回地走了。

现在,摆在我面前有两个选择,一是再回到董店,在哥哥那里住一夜,另一个就是迈开双脚,走回大通去。这条路,我不是第一次走,这点路程,对于我来说并没有太大的难处。只是,我扛着这一袋山芋，眼看着天快黑了，我担心自己走不出那片大草甸子。

天暗起来很快，小路两旁的稻田里，成熟的晚稻低垂着头，等待人们的收割。空气中有一股火粪的呛辣气味，我喜欢这个气味。我曾经去过江北老家，想起那些在傍晚时燃烧起来的火粪堆，那股呛人的烟气带着乡村傍晚的迷惘与欢乐。人们会往那余火中埋几颗山芋，或是一两根玉米，第二天一早再掏出来，剥开那烫手的山芋，啃一口，满嘴那个香啊，连外面那一层被炙烤得焦黄的皮都一并吃了。

那一年，因为大水，我们回到江北老家。学校是在一座祠堂里。中午，我们都不回家吃饭。有时候，母亲会让人带一颗山芋或是一根煮熟的玉米棒子来。那是我独享的午餐。我的三姐，比我大三岁，她站在一旁，看着我吃那颗山芋或是玉米棒子。有时候，我会分一半或三分之一给她。直到现在，一想到三姐那贪馋的眼神，我的心就会有一阵难忍的疼痛。

不知为什么，在我看到桂英的第一眼，就立即想起三姐。三姐如果还在，也应该到嫁人的年龄了吧。

桂英是邻居卫婆婆的养女。至于她的身世以及她是怎样做了卫婆婆养女的，没有人能说得清楚。只是知道，卫婆婆一开始总不怀孕，直到把桂英领到家里做了养女，这才接二连三地生了一大群儿女。常常听到卫家婆婆向人絮叨："要不是我心好，她早就被人贩子卖到大船上去了。"现在，提亲的男方正是轮船上的水手，一开始卫婆婆是怎么都不答应的。卫婆婆说："一个水上漂的人，没根没底，谁能保证他不会把桂英卖到哪个大码头？"

奇怪的是,卫婆婆后来又答应了,答应先见上一面。

我与桂英从来没说过话。有时候,在上学的路上,我会遇到去塘边洗衣的桂英,这时总会加快步子,我不想看到她凄楚的脸。有时夜里,卫家的屋子里传来卫婆婆喝骂的声音和摔东西的声音,母亲便叹息说:"到底不是自己身上掉下的肉。"第二天,我会看到桂英红肿着眼,去塘边洗衣服。有一次,我路过卫家门口,桂英在黑洞洞的门里向我招着手说:"复子,小复子,你过来,帮我做件事。"我的心没来由地狂跳,慌乱得像做了什么见不得人的事,赶紧跑开了。

路似乎越走越长,肩上的袋子也越来越沉。贪婪和喜新厌旧让我吃够了苦头,我实在不该扔了那双虽破但却合脚的布鞋。我在路边的一块石头上坐下来,脱下那双翻毛皮鞋,看着脚上的累累血泡,一边骂着那个司机,一边就哭了起来。

暮色笼罩着山野,四周开始朦胧起来。我不能在这里久留,传闻这一带前几年曾闹过驴子狼,据说那是一种驴一般高大的狼,攻击起人来凶狠无比。虽然不知真假,我都必须在天黑前赶回大通。我用带子将翻毛皮鞋拴在一起,挂在脖子上,赤着脚,扛着那袋山芋,继续向大通的方向走去。比起那条公路,这条小路的确近了不少,但却是一条野路。

离开这个叫牌坊头的村子,前面是一片大甸子,那是江北人打秧草的地方。秧草是一种很好的基肥,每年都会有一群一群的江北人到这里安营扎寨,打好的秧草就用船一船一船地运回去。我之所以选择这条秧草路,而不经过一般人必经的上水桥,是因为听说桥都是有神灵的。有一次我与母亲走过上水桥,母亲说:"过一座桥时，如果听到有人叫你的名字，千万不要答应。你答应了，你的魂就被桥神勾去了。"正是枯水期，大草甸子上的秧草已经没过人的胸部，但却有一条窄窄的秧草路。随着夜晚无可阻挡地到来，一股莫名的恐惧开始像蛇一般袭击着我。路边的萤火虫点点翻飞，四周山林里的苦哇鸟一声声地叫着"苦哇，苦哇"，那鸟儿的每一声啼叫听起来都格外瘆人。

两年前，三姐染上了痢疾，有人传了方子，说买两根炸得焦黄的老油条，蘸上醋吃下去，很快就会好的。但三姐吃了却并不见好，不过是三四天的时间，三姐就在一天早上去世了。三姐的坟墓就在这一带。就像很多人说的，活着为人，死后为鬼。那一声声苦哇鸟的叫声，是三姐的鬼魂在发出的哀怨声吗？

天完全黑了，夜间湿气很重，我的脚踩在潮湿的圩埂头上，有一股凉气穿透我的脚掌一直沁入我的全身。

我已经忘了那天晚上我究竟是怎样走回家的了，我只知道我敲开家门时，母亲披着一件衣服站在门后惊恐地叫着："你怎么才回来，都后半夜了啊！"看到屋里的那盏灯火，我忽然有着说不出的委屈，便不顾一切地哭了起来。母亲惊叫着："你哭什么，你哥哥怎么了？"我抹了一把眼泪，赌气地指着那袋山芋说："他很好，这是他让我拿回来的山芋……"

一个多月后，哥哥回来，说他与那个司机狠狠地打了一架，为此他们俩都受到矿上的处分。

变声期

我与戏总是有缘分的。我童年生活的镇子上每年都会有一批又一批的戏班子来。戏班子来时,必先在街道上做化装游行,锣鼓咚咚锵锵,演员们穿着戏服,脸上涂着油彩,后面跟着一帮半大的孩子们,一路走去。队伍如同滚雪球一般越来越壮大,戏班子要的就是这种效果。每到要紧处,戏班子便歇下来,紧接着一层一层的人自觉地围成一处街头戏场。《补背搭》《春香闹学》《路遇》,这些传统小戏我都是那时候学会哼一段两段的,有些唱段至今不忘。

那一年镇上来了一家剧团。那段时间,每天清晨我都破例起得很早,远远地站在屋后的那片湖岸边,看那些演员们吊嗓子,看一群少年穿着肥大的灯笼裤在柳树下翻跟头,练劈叉。有一个外号小猴子的与我差不多年纪,他翻的跟头又高又飘。那几天,我的心思完全不在课堂上。我的一个亲戚在剧团唱旦角,母亲知道我的心思，便找到她。母亲说："他想唱戏，就不知道他是不是那块料。"那天的情形现在想来仍尴尬至极，我已不记得当时唱了什么，只知道我出尽了洋相。但第二天那个亲戚却对母亲说："你小儿子如果想去，就叫他明天一起来练功吧。""说好了啊，"她说，"只管伙食，别的都没有。"

父亲听说这事后，与母亲大吵了一架，我的唱戏梦自然也就此中断。

这样的事在小学毕业前又发生过一次，但那时候我正处在变声期，行内的话叫"倒仓"。我的班主任方来和老师说："也许你将来能成为一个不错的导演或是作家，但你真的不适合做演员。"

我对方老师尊崇至今，每年都会去看望他老人家不是没有道理的。后来的事实证明，我真的不适合做演员，不适合去唱戏。进入中学后，嗓子越发嘶哑。但那时没有人告诉我，发育期的男孩子应该好好保护自己的嗓子，让这变声期平稳过渡。那时我是铁定了心要去报考剧团，嗓子越是发不出声音，越是与其抗争。我就是这样自己把嗓子给毁了的，竟至于有很多年发不出声音来。好多年后，我写过一篇中篇小说《变声期》，写一个时代演变过程中一群少年的迷惘，小说里的某甲即有我的影子。

我后来招工的那座城市有一条穿城而过的河流，河上的石桥建于明嘉靖年间，七孔，拱形。有一年夏天，我站在桥上看风景，一个老头给我讲了这座桥的故事。故事有几分悲壮，几分凄凉。我一直想将这座桥的故事写成剧本，但却迟迟没有动笔。等到我真想动笔时，忽然就觉得那个故事已没有一点新意。生活在爱情泛滥时代的青年男女是不屑去看古人的爱情悲剧的，或许会发出"何不食肉糜"这样的疑问也未可知。

那一年与我一同报考剧团的同学有几个真的被录取了，其中的一个即是我的邻居。只是，他们在那家剧团待了半年左右，最后还是回到学校，继续坐在原先的座位上。我所记得的是，有一年六一，他们俩在学校的土台子上演了一曲黄梅戏《王小二打豆腐》。我实在不喜欢这曲戏，不喜欢他们在那张戏台子上的忸怩作态，哭哭啼啼，我想真是幸亏那一年我没去学唱戏。

时光流逝，转眼几十年过去，前年我陪苏州朋友赵世界去安庆黄梅戏会馆喝茶看戏。《王小二打豆腐》不论什么时候都是黄梅戏舞台上的保留节目，赵世界被那两口子逗得大笑不止。赵世界开心，我当然也开心。我想，赵世界或许真的看懂了黄梅戏，可我却还没有看懂。那一年在苏州，赵世界请我听了一回昆曲，算是对我请他看黄梅戏的回报。虽然我依然不懂昆曲，但我却赞同白先勇对昆曲的总结："昆曲无他，得一美字：唱腔美、身段美、词藻美，集音乐、舞蹈及文学之美于一身……"乃至一只水袖的飘然舞动，一根手指的婀娜定格，无不生出让人勾魂摄魄的力量。

安庆第一届黄梅戏艺术节时，我被临时拉进会务组，担任主题晚会的总撰稿人。那次的艺术节，打动我的是一个山里孩子的《江河水》。让一个孩子去演唱老生的唱段，让脆亮的童声去演绎苍凉的悲情，那种反差所带来的舞台效果，获得了满堂喝彩，这是导演的高明之处。第二年的艺术节，那个被捧红了的山里孩子再度被人带上舞台。但这一次，处在变声期中的孩子唱的是一首流行歌曲。我真为那孩子可惜，我在舞台下默默地祝愿孩子：

好好读书吧,用知识去改变命运,就像当年另一个差不多年纪的少年一样,真的,你并不适合去做演员。

就像很多上了年纪的人一样,我有时候会哼一段怀旧戏曲或是歌曲。无论苍凉还是激越,无论悲壮还是凄切,都与人生某个阶段的境遇有关。我觉得我骨子里是有戏剧情结的,但我对戏曲的爱好一直停留在业余阶段,应该是与少年时代的境遇有关。我常常想,如果那一年不是因为瞎修盲练毁了嗓子,人到中年,我有可能会成为一名京剧票友。我喜欢京剧《文昭关》中的二黄慢板,喜欢漫天大雪中的英雄末路,林冲走出草料场大火时那种凄清婉转的啸吟,那种决绝而无奈的独白,怎能不让人掬一把难忍的眼泪?

我对所谓样板戏同样情有独钟,却决不会像巴金老先生一样,一听到样板戏就会浑身发抖。尽管在样板戏的时代,我的家庭同样有过不堪的经历。犹喜欢《打虎上山》的那一段前奏,那种急促的快板,那种节奏分明的长号低鸣,夹杂着长笛吹出的萧瑟之气,真正是让我百听不厌。那是一段青葱岁月,有过不堪,有过沉沦,但也有过初恋的苦涩和父母兄弟团聚一室的欢愉。

我对《打虎上山》的喜爱,乃至无论是交响乐、钢琴、手风琴还是唢呐,哪怕是口哨家的娴熟吹奏,只要有足够的技巧,演奏出来的效果一样能让人产生从头发尖里激发出来的遍体通透之感。我几乎听遍了网上能够搜寻到的一切《打虎上山》的唱段,于魁智音域宽广,收放自如,但蓝天的嗓音更加清亮、干净。王老板王佩瑜的反串带着更多的现代元素。蓝天也罢,王老板也罢,拼的就是一个年轻和学养,以及对京剧艺术的见地。所有能在大场面敢于演唱《打虎上山》的，都无法比肩样板戏时代的童祥苓先生。处在盛年时期的童祥苓，真正是无可超越。

前年夏天，我去深圳民俗村。刚一进门，就听到远处传来《闹花灯》的锣鼓声。那天下午，如果不是带着我的小外孙女，我想我会和那些来自天南地北的游客一起，一直把《闹花灯》看到最后。我带着外孙女走出很远了，身后仍传来观众阵阵暴笑声和那两口子的插科打诨。

舞台下的观众笑得前仰后合，那一刻，我忽然觉得，《闹花灯》是这么热闹，这么好看，这么好听，我原先为什么总是不喜欢呢？由此我想，为什么总有人想着要将原本出自田间地头的黄梅戏引入京城，引入宫殿？引入高贵和典雅？就让它回到堂会，回到这方露天的戏台，回到田间地头有什么不好？

电脑里存着十年前由我撰稿的十集电视专题片《黄梅戏》，其中"大地黄梅"一集有这样的文字："徽班进京了，程长庚离去了，这一座座古戏楼上只空留下他们高昂而不绝于耳的歌唱。该去的都去了，而该留下的，自然会留在这里，留在适合它生存的土地上，就像黄梅戏，就像我们……"

戏场是圆的，戏台却是方的，方方正正的。你很难说戏里的故事不是真实的人生，你也很难说戏外的风景不是真实的戏剧。

窃书记

一位久违的朋友，也算是我的读者吧，闲谈中问及我最近的写作。我告诉他，我老了，写不动了，与其写些垃圾文字，不如就此搁笔。他也认同我的观点，但他又建议说："你到了该写自传的时候了。"我说："我之七十余年，平淡无奇的人生，又何必徒费笔墨？"

此番谈话，却也让我心有所动。像一切上了年纪的人一样，我偶尔也喜欢给孩子们讲故事，讲些父辈或是我本人的过往，但孩子们是不爱听的。他们不明白那时候为什么没有饭吃，为什么没有书念，又觉得青山绿水，有牛可骑，有新鲜蔬菜及树下瓜果，下放农村该是一件多么美好的事。历史，被生生地割裂。今夕何夕，现在的年轻人又怎能理解我们当年的生活？

也是这样的起因，我想写一写我人生中的一些故事——故去的事。雪泥爪痕，或许能留下一些真实的历史。倘或如此，也不失为一件善事。

那么，就以《窃书记》开始吧。

"红旗招展，鞭炮齐鸣，锣鼓喧天，人山人海"——这是小品演员宋丹丹的一句台词，很多喜爱她的观众耳熟能详。昨天，我们为昨天而"红旗招展，鞭炮齐鸣，锣鼓喧天，人山人海"，今天，我们又会为今天"红旗招展，鞭炮齐鸣，锣鼓喧天，人山人海"。

一九六八年十月二十五日上午，宋丹丹摇晃着身体用她夸张的表情说出的那句台词的场景出现在母校铜陵中学的大操场上。当"红旗招展，鞭炮齐鸣，锣鼓喧天，人山人海"过后，我们背着单薄的被褥，几件破旧的衣物，爬上安排就绪的解放牌卡车。当卡车驶过城区，开始向不同方向分道扬镳时，几辆卡车上同时发出女同学们尖锐的哭叫声。似乎是受这哭叫声的影响，一些男生也开始流泪。看着他们悲伤的样子，我很是不解，这有什么好伤心的？是留恋学生时代的结束？是难舍远去的父母？是为未知的明天？那一刻，我真是麻木得很。去年此时，趁着混乱，我从学校图书馆窃来一包图书。一个月前，得知下放农村的消息，这些书又被我悉数送到废品收购站。此刻，我们要面对的将是土地、庄稼以及农民。我甚至为今天的安排感到庆幸，我再也不用回到"洪云龙饭庄"去看父亲的脸色了。父亲说得不错，我都二十岁了，还要在家吃闲饭。现在，我终于有了能容得下自己的一处住所，且不管它是怎样的所在。

我与方同学、卫同学被安排在新桥公社大明大队。公社的王主任曾经是一所中学的语文老师。他向我们介绍着大明，说宋代的王安石曾经在大明有一座书屋,那里有一眼龙泉井,他希望我们有空一定要去看看。

村民们为欢迎我们的到来准备了一餐还算丰盛的午宴。接着,我们就被带到长冲生产队。环村皆山,二三十户人家,村前一处旧时地主的瓦屋,其余多是草房。我们所住的屋子如同当年的杜甫住所,盖着厚厚的山茅草。竹桌子、竹椅子、竹床,就连碗柜也是竹制的。三人恍惚地坐在各自的床上,面面相觑。像是为打破这逼人的沉默,方同学打开一本书,小声地朗读起来:"从小丘西行百二十步,隔篁竹,闻水声,如鸣珮环,心乐之。伐竹取道,下见小潭,水尤清冽。全石以为底,近岸,卷石底以出,为坻,为屿,为嵁,为岩。青树翠蔓,蒙络摇缀,参差披拂……"这是初二下学期课本上的一篇古文。我希望他能继续读下去,他却合上书页,倒在竹床上,两眼圆睁,不知在思索什么。

我走出户外,但见四野青山连绵,一片竹海波涛,山风吹过,从那竹林深处传来阵阵海啸之声。多好的地方,我对自己说。说时,却有着止不住的悲凉。我年迈的双亲,这一刻,他们该会为自己的小儿子有了一种自食其力的方式而松一口气了吧?他们原本并不指望我这一辈子能干出什么惊天动地的大事情。我正在读小学的妹妹,她的未来会同我一样吗?

屋子里,方同学又打开一本时政方面的书,高声地朗读着。在他的朗读声中,我忽然想起那一包被我送到废品站的书:《莎士比亚戏剧集》《野草》《棠棣之花》《子夜》,还有几本冯梦龙的《醒世恒言》,想着这些书,内心开始有一阵难言的隐痛。我想我这两年到底是怎么过来的,想起曾经干过的那些糊涂事以及被我伤害过的人，不免有一种难言的不安。万物轮回，我将以一个农民的身份度过我刚刚开始的人生，那些熔铸了大师们心血与智慧的书籍，应该早就化成纸浆了吧，却不知魂归何处。

日子就这样一天天地过去，每天清晨从方同学的高声朗读开始。我发现我已习惯或是喜欢上了他的朗读。他的普通话不算标准，但他在朗读中却把自己的情绪自己的心意融合进去，无论是抒情还是论证，都有一种感人的力量。我想他应该去做一个中学教师。

十月，山田里的稻子正等待收割，队里利用这段时间兴修水利。那段日子里，我们跟着农民去挖水塘，垒塘埂，大家聚在一起，说说笑笑，倒也轻松。可几天下来，骨头像是要散架一般。隔壁的四爷六十来岁，一生未婚。老人不时给我们送来一碗咸菜，或是一小块豆腐，告诉我们生产队里的复杂阵营。队长一派，贫农代表一派，两派明争暗斗，异常激烈，他让我们"见人须讲三分话，留得七分自己听"。那天上午挖塘泥后，人累得像要散架，午饭后，我向队长请半天假。四爷告诉我说："你应该上午请假，上午的日子长，你下午请假就不合算了。"

时间就这样一天一天地过去，转眼到了第二年三月。春天万物生长，一天清晨大伙儿出工时路过一片麦地，麦地的一处被平整地压倒一片。大家站在那块被压倒的麦地旁，相互促狭着，田埂上笑声一片。这是我第一次看到这些整日被工分和救济粮弄得愁眉苦脸的农民笑得这样欢畅，就因为这一片被压倒的麦地？有人开始戏谑我们："不用猜，就是他们几个下放学生干的。"在众人的笑声中，我们忽然明白了什么。这可真是万物生长的季节，在这个季节里，我们年轻的身体也在成长着，就像一颗即将成熟的麦粒，正在灌浆。

这期间，我替一个男生往一个女生处递送过一封求爱信，回过一趟家，抽空去过几次大明寺。

这一年十二月，我接到通知，去公社学习班参与整理材料，我们的领导就是那位皖南大学的文科生。在去公社的路上，我接到大哥的信，说到某一天晚上我们那破烂的家被人翻了个底朝天，大哥当时靠在门框上，眼睁睁地看着他的同学和朋友以革命的名义行使着他们的职责。而我，却正要以同样的名义去伤害另一批无辜的人。我必须编造一个理由，退出这次庞大的学习班。

皖南大学文科生的办公室里空无一人，一只简易的书架上，零乱地摆着一些材料和书籍。眼前忽然一亮，一本泛黄的旧书露出半边封面，跳入我的眼帘，我分明看到"屠格涅夫"几个繁体字。接下来的时间里，我的注意力只在那露出半边封面的旧书上。我不知道这位沙俄时代伟大作家的作品是怎样落到这位皖南大学文科生的办公室的，是从别人家收缴来的，还是他的一件私藏？

很多年后，我读到奥地利作家茨威格的小说《象棋的故事》。在纳粹的集中营里，年轻的博士被囚禁在一间徒有四壁的屋子里，精神上的困乏让博士几近发疯。在一次被带去审讯的途中，博士发现一件挂在走廊里的军大衣，大衣的口袋里露出一本书的轮廓。那天的审讯不知所云，回监的途中，博士以闪电般的速度，将那本书窃入怀中。令他大失所望的是，这本被他冒着生命危险窃来的书既非文学，也无关政治，而是一本枯燥乏味的棋谱。为了打发漫长的监禁时光，博士用面包做成棋子，格子被单为棋盘，对照那本棋谱,开始一遍又一遍地研究象棋。第二次世界大战结束后,在一艘轮船上,二十多年未曾动过棋子的博士居然轻而易举地击败了一位闻名遐迩的世界象棋冠军。当我在二十多年后读到奥地利作家茨威格的这本书时,自然想起那一年从新桥公社那位皖南大学文科生的办公室将一本《屠格涅夫小说集》窃为己有的过程。历史的故事总有惊人的重复。

偏偏那天知青屋里只我一人,油灯昏暗,我缩在被窝里,内心却无比敞亮。我读着屠格涅夫,读着这位十九世纪沙俄时代的文学大师的小说集,直到黎明。当我读到《木木》一篇,哑巴盖拉新闭着眼睛,将身上绑着石头的小狗木木沉入大海的一刹,内心忽然一阵悲怆,我想我索性敞开心扉,哭他一场,好来个了断。

有人来敲我的门,是隔壁的四爷。四爷问我:"你怎么了,哪里不舒服?"我抹了一把眼泪,回答他说:"没什么,我做了一个梦,一个吓人的梦。"

一屋书香

我做了一个梦，一个虚玄而又真切的梦。

古旧的院落，进门一眼天井，一缸荷花，贴东墙处一座假山，几杆紫竹。堂轩的正中裱着一张画，画很破了，但仍依稀辨出那上面画着一只鹿，两边的对联是"崇山峻岭茂林修竹，三坟五典八索九丘"。踩着一道窄窄的楼梯爬到阁楼上，透过屋顶的亮瓦射进来的光线，我可以看到阁板上有一堆积满灰尘的线装书……

近读几本旧书：清人纪晓岚的《阅微草堂笔记》，唐人的笔记小说《酉阳杂俎》等，不经意间，这些书及书中的场景杂糅进我的梦里。我不是旧时的士大夫，也绝不是落魄且酸腐的文人，此书屋非彼书屋也。我书屋的藏书虽然并不很多，但也塞满了几大书柜。书屋很乱，很多时候，我为了找一本与写作相关的书，往往急得头晕眼花。但是，我还是喜欢我杂乱的书屋，我不是收藏家，也没想过给自己贴上一个读书人的标签。书多了，堆在床脚，堆在地板上，挤占了我的书桌，挪不开身子。因此，我总想有一间稍大些的书屋，除了必不可少的书桌，再安放两张简易沙发。有朋友来访，就相向而坐，煮一壶红茶，聊一聊书里的世界和书外的人生；累了，就卧在沙发上打个盹，以弥补夜里睡眠的不足，醒来看着满屋的书籍遐想联翩。

我的祖父是旧时的一个私塾先生，但他的六个儿女竟没有一个是读书人。父亲生前从不在我们面前提及他的父亲，我想，对于那个古旧而刻板的老人，父亲是打心眼里不屑的。

小学毕业那一年，父亲递给我一把斧子，希望我能像他一样，荒年里能用那把斧子换回一袋萝卜、一筐山芋。我同父亲抗争着，整天游走在镇里的大街上，有时就坐在江边的沙滩上，看来往的拖轮鸣着汽笛，拖挂着十几只木船顺江而过。浪头扑打到沙滩上，打湿了我的裤脚。很多时候，我都想随便跳上一只拖船，去浪迹天涯。

那一天，学长把我引到一间很大的屋子里，我后来在一篇作文中用"书的森林"来形容我当时进入那座小镇图书馆时的激动与惊叹。我站在那书的森林里，想着人这辈子能把这些书都读完吗？学长的母亲同意我每次可借两本，半月一还。那些书，一读就放不下了。那天晚上，窗外大雪纷飞，我缩在被窝里，读着杨子荣和他的战友在林海雪原与土匪周旋的故事。父亲痛惜煤油，我顾不上他一再的警告，把煤油灯的灯头越拧越小。尽管我已经拧到马口以下了，但父亲还是冲进来，一把就夺过书，随手扔出窗外。我赤着脚，哭着，骂着，从雪地里把那本书捡回来，抚揉着被摔皱的书页，真正是心痛不已。

大哥从煤矿下放回来，父亲又将那把斧子塞到大哥手里。大哥说:"你总得让你其中一个儿子去念书吧。"大哥以自己的妥协换得我继续上学读书的机会。那段时间里,父亲带着大哥每天去附近的乡村替人割寿材。父亲说,一些将死的灵魂总会在某个夜里进入他的梦中。

大哥的妥协是有条件的。每次出门,那只工具箱由父亲用斧子柄扛着,一直扛出镇子,再由大哥接过去。傍晚歇班,没等进到镇子,工具箱换到父亲肩上。大哥那时十六岁,他不想让他的同学或是朋友看到他现在的落魄。父亲生气地说:"鲁班爷都说'十匠九难缠,木匠鬼不缠',你们兄弟俩字都识到狗肚子里去了。"

混乱年代,当得知学校的图书馆被人撬开之后,我赶紧提着一只麻袋钻进去,一边从满地狼藉的地板上捡起书籍往那只麻袋中装着,一边给自己壮胆。下放农村前的那一段日子里,在共和街64号那栋昏暗的阁楼上,我疯狂地阅读着那一堆书,完全没在意外面世界的惊天动地。后来有人说,那一天我出现在街道上时,头发蓬乱,面如纸灰,整个人看上去就像一只鬼。收到下放农村通知书后,我将那只麻袋再次扛起,飞快地跑到废品站。生怕万一跑得慢了,我会把那只麻袋再次扛回共和街64号阁楼上。母亲对邻居说:"我小儿子念了一肚子的书,现在却要下放到乡下去种田,他心里难过着呢。"

在城郊公社江滨大队无数个无聊的日子里,及至后来国家重新恢复高考时,我都为自己那一年的茫然与冲动懊恼无比。

在江滨大队,我与一个老中医特别投缘,老人家总是把最好吃的东西留着,说:"这是留给小黄的,你们谁也不准动它。"

老人希望我做他的徒弟。他说："一千年一万年以后，中医中药都不会过时。"我开始在他的指导下学着给人把脉，三根指头感似无感地按在病人的腕上，寸、关、尺，学着把一根根钢针扎到自己的每一个穴位，体会着针感带给身体的气脉涌动，背汤头歌诀。第三年，当大队会计将一纸招工表递给我时，我还是离开了江滨大队。我去向老中医告别，老人家送我几本医书，其中的《古今医案按》，是清人收集的一本民间单方。但我最终还是放弃了中医艰深而玄妙的理论，当社会翻开崭新的一页，当文学以一种疯狂的潮头扑向痴迷于文学的年轻人时，我汇入这股潮流。新华书店门前，买书的人们排着长龙，每人限购两本。我选了一本司汤达的《红与黑》，一本雨果的《九三年》，不免想起那一麻袋早就化成纸浆的书，那是一个时代的记忆，也是我个人的履历。

如今，那所有的过往都成了一页页被我翻过去的书，有的读懂了，有的仍是谜一样的存在。"大其愿，坚其志，虚其心，柔其气"，这是江滨大队那位早就作古的老中医送我的帖子。庆幸的是，七十几年人生，恍恍惚惚，我到底是走过来了。

今年的节气有点晚，中秋过去半个多月了，院子里的桂花树上仍不见一丝动静。岁月有时，却总不违常理，像一切生命一样，桂花从没有辜负过属于它的岁月。一天早上，一股浓香向我袭来，阳光洒到那些杂乱的书架上，零乱的书屋顿时被淹没在一片桂花香气的海洋里，谁说郁人的香气是无声的，这一刻，我分明感觉到这个清新的秋季所带给人的历史的回响。

黄小姑

那天清晨,母亲在门口的街道上簸着米糠,一条浑黄的水流沿着浩字巷慢慢地溢进来,穿过永平大街,一直流到我们所居住的这条街上。母亲簸出的米糠漂浮在水面上,一直向下街头流去。我们在街道上构筑工事,好不容易筑起的堤坝一次次被水流冲垮。街道上人声嘈杂,母亲收起她的簸箕,强行将我拉入屋内。下午,父亲一身精湿地回来,开始将家里的木板一块块搭在椅子和桌上,很快便搭起一处临时落脚点,很多天里,一家人就生活在那上面。

大水久久不退,泡在洪水中的老屋随时都会垮塌。父亲便让母亲带着我们兄弟姐妹,搭乘一条去江北老家的渡船,留他一人坚守在那座老屋里。

大水漫天,渡船上挤满了逃水荒的灾民,另有一头公猪。渡船在风浪中摇摆,那头公猪惊恐地尖叫着。猪不由自主的晃动让这条不堪重负的渡船来回颠倒,间或着人们一阵阵的惊叫声。母亲将我和妹妹搂在怀中,嘴里不停地念着观音菩萨,哥哥抱着行李,紧紧地贴在母亲身边。有人大声地吼叫着要将那头猪扔进湖里,不料那猪的主人正是船夫本人。因此,船夫与那人的对决让这条在风雨中飘摇的"诺亚方舟"险情不断。不得已,一船人只得在湖中的一座小岛登岸歇息,等待风浪停歇。

离船上岸,已是当天夜里,我们见到在左岗接应的二爷。母亲抱着妹妹,哥哥背着行李,二爷的肩上架着我,我们就这样在沉沉的黑夜里向老家横埠走去。那是一个漫长的夜晚,我骑在二爷的肩上时睡时醒。走过一处又一处村庄,恶狗的狂吠一直追随着我们。二爷说:"我背不动了,小东西死尸样重。"母亲觉得他不该说出这样的话,于是便用同样的话回骂他。二爷烦了,不等母亲接手,突然松下一直紧紧抓住我双腿的手。我重重地摔倒在地,其结果可想而知。后来母亲无数次向人说:"我这小儿子如果不是被那'死尸'摔了一跤,摔得那么重,他会比哪个都聪明。"那天夜里母亲抱着已经昏厥的我,呼叫着我的名字,不停地抖动着。我的二爷,那个一生孤寡的老男人知道他闯下大祸,便有些慌张。有路人经过,说:"小人属狗,你把他放在地上,或许就会醒的。"母亲照做后我真的醒了。

天亮时我们回到老家店屋村。不等午后,我便满村地跑着,去寻找树上酸涩的杏子,又在小伙伴们的带领下,去扯挂面的人家捡拾着地上的挂面头,放在火粪上烤着吃。

学校在黄氏祠堂里,周围有一片很大的树林,里面几乎是上百年的大树。

据说很多年前,这里还是一片荒墟。有一年,氏族的两房为一片山林的归属越闹越凶,竟至于发生了械斗。械斗的结果是双方都有死伤。流淌在山林间的鲜血拉大了氏族之间的仇恨,一场更大的械斗正在两房的兄弟之间酝酿着。那一天,乡绅黄金侯从他的任上解甲归田,两房的房长们于是便开始向他控诉另一房野心,说到历年越演越烈的那片山林的地界纠纷竟至于一场又一场的械斗。黄金侯随着他们来到那片祖宗留下的山林,那是一片原始的山地,密不透风的松木和柏木遮天蔽日。乡民们愤怒地高喊着混乱不清的口号,挥舞着手中的棍棒或闪亮的大刀,山林里弥漫着血腥的气味。黄金侯站在两房房长的中间说:"现在,我请你们各自后退二十丈。"两房房长一挥手,双方的人马各不情愿地后退了二十丈。

现在,站在那边山地上的就只剩下黄金侯了。他随手从地上捡起一块石头搁在一位房长的脚下,"从此以东,这一片的山林就是你们的了"。他又将一块石头搁在另一边的房长脚下,"从此以西,这一片就是你们的了"。房长们说:"那中间的四十丈呢?"据说那天黄金侯站在那片山林里慷慨激昂地从黄氏的祖先艰难创业说到如今的偌大家族,从孙中山先生推翻满清王朝到乡人的愚昧与落后。他说:"我要在祖先留下的土地上建一座祠堂,以缅怀先祖,再在这座祠堂里建一座学校,以培养一代又一代的黄姓子孙,让我们黄氏一族千秋万代永葆青春,让我们的后代成为中华民族栋梁之才。"

我还不到上学的年龄,但教一年级的黄小姑是我们的本家,于是她便成了我的蒙师。下课时,我喜欢跟着一群孩子在那片林子里疯跑、打闹。逢集,树林里各种交易一起登场,贩牛的、卖老布的、卖黄烟的,甚至还有替青年男女说亲做媒的。当然,我所在意的是那些烟熏火燎的小吃摊子。有时候,母亲会给我哥一些零钱,我哥就买一块油煎糍粑,或是几根麻花馓子,把我和姐姐带进树林,三个人分着吃。

黄小姑自幼被她在河北保定陆军士官学校教书的舅舅带到北方。后来舅舅去了海峡那边,黄小姑不得不回到故乡,做了这所祠堂小学的先生。黄小姑人长得好看,说话也特别好听。时光磨平了我很多记忆,包括黄小姑的相貌,但她当年教我们唱的儿歌却每一句都清晰地记在我心里:"小花啊,你们都爱我,我也终日陪你坐,你若要找好朋友,除了我,还有哪一个?小鸟啊,你们都爱我,只是不肯同我们坐,你和我们做朋友,休要急急忙忙便飞过……"

祠堂第一进是一方戏台,戏台两边有楹联——"演千秋史事尽是悲欢离合,看满台角色无非善恶忠奸",据说是祖父的墨迹。那一次乡间修谱,请来外地的戏班子演了一场大戏。祠堂里挤满了人,那戏又是唱个两头红的,头天太阳落山前开台,第二天早上太阳升起收台。我对那些戏不感兴趣,很快就偎在母亲怀里睡着了。后来哥哥说,那戏太吓人了,有五猖鬼,还有白先生黑先生等,一个个面目狰狞,很多小孩都吓哭了。

江南的水退到了江滩,结束了灾民生活的我们就要回和悦洲了。我舍不得老家,舍不得黄家祠堂,当然也舍不得我的蒙师黄小姑,那天我哭得一发不可收拾。黄小姑抚着我的肩说:"记住,这里是你的老家,每年的清明、冬至,都是要回来的。"她对我母亲说:"是谁给你儿子取了这么好的名字?复彩,复彩,孩子你要相信,你人生的光彩是复数而不是单数。"我也是第一次知道,我的带着女性色彩的名字原来还有这层寓意。

我们回到和悦洲。第二年,我成了和悦小学一年级的小学生。这一年,国家开始在中小学推广普通话,我这才知道,黄小姑的保定官话虽然不是标准的普通话,但却是最接近普通话的官话。我跟随着时代的潮流,学着普通话,很快就成为这方面的翘楚。学期中间,学校组织了一次普通话演讲。我站在那方土台上,紧张得要命,根本不敢看台下的观众,匆匆忙忙地将一篇课文读完,没想到却拿到一个二等奖,奖品是一本图文读物——《扁鹊的故事》。

第二年春天,父亲带着我们回老家做清明,我把那本《扁鹊的故事》特意带上,我要给黄小姑看看,让她看到我人生中第一道光彩。就像她说的,我人生的光彩是复数,而不是单数。

然而那次我们却没有见到黄小姑,而且从此再也见不到黄小姑了。乡人说,去年秋天,先是发现黄小姑失踪了,几天后,有人在横埠河下游的一处河滩上找到她的尸体。入秋后的一场暴雨,横埠河洪水泛滥,黄小姑在河边洗衣服,不小心一脚滑到河里,再也没有爬上来。但也有人说,她的死与不久前保定那边的一封信有关。写信的人是她的未婚夫,谁也不知道那信上写了什么,收到信的第二天黄小姑就出事了。

故事中的故事

母亲是我文学的最初启蒙人,母亲会讲故事,母亲的故事,后来很多被我写到小说中。

母亲给我讲的第一个故事是长工与小姐的故事。一天,小姐正在灶门口烧火,柴火有些潮,小姐举起吹火筒使劲地往灶里吹着,灶里吐出一缕呛人的烟气。小姐坐在灶间哭着,生柴火的气,也生自己的气。这情景被收工回家的长工看到,得知原委,长工说:"就这点事啊,看我的。"长工接过吹火筒,只几下子,灶里的火便旺了起来。

故事的发展,是悲剧也是喜剧。长工和小姐一同被财主赶出门去,有人看见,长工的嘴唇上有一抹通红的胭脂。幼年的我当然是不懂爱情的,但我莫名地高兴,为这故事的结局。

我幼时曾在江北老家待过一段日子,黄氏宗祠是我的蒙学之地。穿过横埠河,走过大涧滩,一座高大的牌坊矗立着。牌坊上有石鼓、石锣、石钟和石钹。有人说，每当风雨之夜，会听到那些钟鼓锣钹发出鼓乐之声，还有人声、车马声及厮杀声。但我在老家的日子里，一次也不曾听过。成年后，我跟随父亲去老家做清明，那尊高大的牌坊被人拆除了，牌坊上的雕花梁柱被人垒在猪圈或就做了某个人家的门槛基石。

乡人告诉我，那是一座贞节牌坊，贞女的名字被写进了黄氏宗谱。女人过门不久，丈夫就得急病死了。女人坚守贞节，抚养着儿女，直到六十岁，在乡里一直有着很好的名声，宗族要为她立一座牌坊。上梁那天，当那块巨大的石梁被高高吊起，缓缓放入早就设定的凹槽里，尴尬的一幕出现了，石匠们费尽了力气，那条大梁的一头却高高翘起。工匠们认为，牌坊在设计上没有任何问题，石匠师傅当众发出最大胆的质疑——女人的贞节不是真的。当时的场面可想而知，设想这件事如果传出去，当时整个宗族都将蒙羞。于是族长去问女人，女人愿意以死表明清白。族长又问，在这一生里，念想都不曾有过吗？事关整个宗族的荣誉，女人细想了一下，脸一红，说出一件事情。她说在她三十六岁那一年，有一天正在村头的小河塘洗丈夫生前的一件白色大褂。有人朝水里扔了一样东西，激起一丛水花。她抬起头，塘边站着一个男人。女人只瞄了一眼，心里有了一丝念想——这人的相貌好像我当年的男人啊。女人说出了她当年的念想，那条大梁稳稳当当地安到了凹槽里。

很多年里，我对乡村祠堂有着一种本能的抵触，我知道太多太多发生在祠堂里的故事。那些故事带着血腥气，也带着一股壮烈，影响着我少年时代的认知。我后来参加一些作协主办的采风活动，在一些古村落，主人总会将我们带到一座很大的祠堂里，以展示这村庄的古老、民风的纯正、文化的久远，但少年时的那种感觉驱之不去，因此我笔下的祠堂总是不好的，写出来的都是血泪情仇。

母亲讲述的故事中，也曾有不贞的女人。有一年，一个女人被带到祠堂里，她被人当众捉奸，将被族人用一把老虎刺狠狠地抽打。女人那天穿得齐齐整整。她说："就是死，也要死得端正些。"老虎刺一下下地抽打在女人身上，虽然女人发出痛苦的尖叫，但她脸上的表情却暴露了自己，她的一身干净的衣服也不见一丝血痕。于是她被人扒开衣服，人们看到，女人的贴身处绑了一层厚厚的大表纸。

我得感谢母亲，是母亲的故事丰富了我的文字，让我能穿越一个又一个时代，见证一个民族的疼痛与伤痕。

孔雀东南飞，五里一徘徊，相似的爱情悲剧在漫长的历史长河中层出不穷。我在池州的一家工厂做钳工时，后门处有一条古老的河流——清溪河，一座七孔石桥彩虹般飞架在清溪河两岸，成为当地的名胜。夏天的傍晚，我们会去桥上乘凉。有一天，有人给我讲了这座桥的故事。故事的开始大抵相同，一对相爱的人被生生拆散。为了冲喜，姑娘被嫁给一个病入膏肓的富家公子。接下来的故事也如出一辙，不等新婚大典结束，富家公子死了，女人坚守名节。那一年皇榜发布，琼林宴上，当皇帝得知新科状元的母亲是一位贞妇时，便下了一道圣旨，要为其母亲立一座贞节牌坊。当儿子把这一喜讯告诉母亲时，母亲却说："贞节牌坊不建也罢，用立牌坊的银两，在清溪河上建一座桥梁，以方便河两岸的行人。"桥建起来了，果然方便了河两岸的行人，当然也方便了河两岸的情人。然而不久，新科状元却因欺君之罪被砍下脑袋。之后是一曲悲剧，状元郎的生母撞死在这桥墩上。

　　我曾想以这座桥的故事写一个戏剧，可等到我有一定的写作能力时，这种老旧的故事已经过时了。现在的年轻人，不可能理解那个时代的婚姻与爱情，就像他们不知道许多发生在我们这一代人身上的坎坷曲折一样。其实，我们每一个人时时刻刻都在演绎着属于自己的故事，若干年后，我们成了故事中的人，人们在讲述着我们故事的同时，也在演绎着属于他们那一代人的故事。是真是假，是悲是欢，谁又知道呢？

温樽

  冬至过后,气温骤降。因寒,我便想喝点酒暖暖身子,正好桌上有两样下酒好菜,一锅火锅,遂从柜中搬出一瓶二锅头。那天的酒倒也没少喝,但却喝得全无趣味。便知道,喝酒,是需要心境的。我又想起当年偶遇一老僧关于喝酒的几大禁忌:太过兴奋不喝,太过郁闷不喝,大寒不喝,大热不喝,如是等等。可听,也可不听。古人说,酒逢知己千杯少,但人活一世,真正的知己又有几人?人与人之间,太随意不好,太较真也不好。人则如酒,最好的相处在即与不即之间。而能将世间一切有缘人均视为知己者,便是世上的高人,可惜这样的高人少之又少。

  崇祯五年(1632年)十二月,大雪三日,是夜,独往湖心亭赏雪的张宗子够痴了吧,不想却又遇上雅趣相同的金陵二人。相同的痴,让三个陌路人互为知己,有暖酒在炉,何不饮乎?张宗子遂被"强饮三大白",其湖心亭赏雪的一幕,便也成了明亡后张宗子落魄时刻骨而温暖的记忆。

思维是奇妙的东西。因为酒,我便又想起父亲的一件遗物,遂从柜中小心地捧出,是一件瓷质酒具——温樽。其高约三十厘米,其椭圆状外形饱满圆润,玉一般洁白,压在一幅刚草就的书法上,便成一幅甚好的画面。此温樽系根据青铜器时代的酒具"爵"发展而来。古人冬天饮酒,爵下可生火暖酒。我幼时就曾听父亲说,冬天万不可冷酒入肚,否则写字时手会发抖。随着宋代制陶工艺的发展,这种酒器进一步改进,温碗、注子及盖三件为一整体,就如我所得的这种。温碗内加进热水,酒入注子,置于温碗中,盖上盖子。一件端庄温婉的酒器,既让人赏心悦目,也成主人身份的象征,若是有识瓷器的,真正是酒不醉人人自醉了。

我盯着那件酒器仔细地看,这才注意到其底部有"岳峰制于民国二十八年"字样,竟越看越爱。岳峰是老家有名的乡绅,也是父亲的老友。一九四九年改天换地前夕,岳峰将一批瓷器藏到我家。一年后,似乎也没有人要为难他,他甚至还被新政府请为参事,于是,那批瓷器便被岳峰带人取走了,为了回馈父亲的友情,便也留下几件。

父亲逝去三十多年了。回想当初父亲喝酒,用来暖酒的是一只黑色的陶制小壶,街市上极普通的一种。每入寒冬,母亲必事先将酒壶煨在余火上,等着父亲下班。冬天的泥炉中炭火明艳,砂锅中沸跳着的哪怕是最平常的咸菜炖豆腐,在父亲的酒香中,一家人照样吃得热汗津津,其乐融融。

想来是那半瓶二锅头的缘故,那日我独坐书屋,想着故去三十多年的父亲,想起当年父子之间莫名的隔阂,盯着那件暖酒的温樽，禁不住落下泪来。只是记忆中父亲从不曾用过这别具一格的酒器，是嫌其麻烦？还是觉得太过华贵，与一桌子的粗茶淡饭很不相宜？

父亲与岳峰是黄氏近族，二人年龄相仿，只是岳峰长父亲一辈。父亲说起岳峰来，便称"岳峰大爷"，当然是随我们这一辈的叫法。据说岳峰被推举为公堂执事时才四十出头，但却在推动氏族的公序良俗、保护山林、乡村教育方面做了几件大事。那些年我每回故乡，当与老人们说起岳峰，都有一段段故事，有悲有壮。

仍记得二十世纪六十年代初，家里来了一位面目清癯、银须飘拂的老者。虽是在困难年代，父亲还是在家里准备了一桌不错的酒菜。后来知道，此人正是岳峰。因为历史问题，岳峰当时正在普济圩农场接受监管。据其说，此次路过我家，是因为刚从法国任外交使节回京述职的大先生回到故乡，并提出想见他一面。于是，在地方政府的安排下，岳峰暂获回乡，以遂大先生要见故人的夙愿。岳峰与大先生见面后，又再次回到普济圩农场，直到一年后重获自由回到故乡。我时年尚幼，不知道大先生是为何人，但我从父亲与他的交谈中知道，那是我们黄氏宗族的人中翘楚，走过长征路，与日本人交过手，与国民党打过仗，也在复杂的外交战线上担任过重要职务。只是岳峰一直没有说大先生要特别会见他的缘由。

直到很多年后的一九八八年，时任中国共产党中央顾问委员会常委的大先生再回故里。其时我在安庆日报社工作，接到我那位在安庆师范学院担任文科教授的堂兄黄华康的电话，说大先生要在马山宾馆会见在宜的氏族乡亲。我并不是一个好热闹的人，也没有要见大人物的欲望，但我不久前读到一篇文章，说某著名导演当年报考北京电影学院时因年龄问题受阻，便拿着自己的摄影作品去找时任文化部领导的大先生，这才被北京电影学院破格录取。

我无法确认这件事的真伪，但我知道大先生本人就是一个画家，一个书法家，一位有文化情怀的将军艺术家，他一定曾鼎力帮助过这位处于人生低潮时有才华的年轻人——这是确定的。

我不应该错过与这位乡贤长辈会见的机会。

在一间宽大的会客厅里，大先生身着藏青色中山装，头戴人民帽，与每个乡民一一握手、叙谈。他握着我的手，当得知我的祖籍所在时，便问我通往黄氏祠堂（黄山小学）方向的那条水坝修好了没有。我摸着头，局促地说："还不知道呢，因我很久没有回故乡了。"那天下午，参与会见的乡亲有四五十人之多，大先生一一地问电通了没有，水库修得怎么样了，公路通到哪儿了，老乡们粮食够不够吃等。大先生说："说到爱国，首先是要爱家乡，一个不爱自己家乡的人又何谈爱国？"后来华康兄私下对我说，大先生的这句话应该是针对他为家乡做了很多好事而遭到一些非议而说。那天的会见大约进行了三个小时，结束时，大先生忽一声喟叹："可惜呀，当年公堂的几位老人都不在了。"他说："当年我在读书时，是氏族公堂每月给我寄去十五元银圆，才助我完成了学业。"虽然他没有提到任何一位公堂执事的名字，但我在第一时间就想起那位面目清癯、银须飘拂的老者，想起那一年那位老者从普济圩农场临时释放，路过我家时的情景。岳峰大爹在我心目中的形象一下子清晰起来。

当年的岳峰大爹成就了年轻的大先生。后来的大先生不仅成就了一个有才华的电影导演,也成就了家乡的公路、水库、电缆、学校,乃至孩子们上学必经的一条河流上的水坝。善是一种接力,是一个公平社会生物链上的一环又一环,唯有如此,才能成就一个又一个人杰,让家乡美好,让国家强盛。

现在再说岳峰大爹与我父亲的交往。民国二十八年(1939年),岳峰在景德镇为其长子大婚订制了一批瓷器。第二年,五十六岁的岳峰喜得长孙。是年冬天,岳峰坐在火桶上正逗着孙子,一群土匪破门而入。岳峰将孙子扔给夫人,披一件狐皮大衣从后门跳墙而逃。土匪朝他开了一枪,虽击穿了他的狐皮大衣,岳峰自己却皮毛未损。据说后来当地的另一支武装头目黄三麻子要替岳峰出这口恶气,却被岳峰劝阻了,最后以三百块银圆赎回了孙子。岳峰说,能用钱了结的事,决不用武力解决。

六十岁后,岳峰似有所悟,遂退出江湖,前往当时人称"小上海"的江南和悦洲,于洲尾一僻静处筑一座小楼安享晚年。据说岳峰临走前将家里能转让的都转让了,能送人的都送人了,包括祖上留下的。

我不知道父亲究竟是什么时候来和悦洲的,一个是乡绅兼氏族公堂执事,一个是下层民间的手艺人,他们本属两种不同的阶层,二人又是怎样成莫逆之交?曾听母亲说,岳峰长子大婚,一房家具就是父亲打的。也有人说,那时候祖父在江南一塾馆任教时,岳峰的儿子做过祖父的学生。而岳峰赠予父亲的瓷器,印象中共有四件,一只龙盘,一只粉彩罐子,一只盛果品的圆盘,剩下的一件就是这件温樽了。四件瓷器中最为贵重的就是那只椭圆形龙盘了，长约四十厘米，盘边镶着金丝，盘中彩釉云蒸霞蔚，双龙戏珠似要挣出云层随时从盘中腾空跃出。

那一年父亲得了肾病，原本就风雨飘摇的家庭更陷入困境，不得已，父亲将那只龙盘卖了。特殊时期的风声日紧，那只彩釉"松鹤延年"的罐子在某天下午被大哥扔到门口的石板路上，摔得粉碎。大哥接着又要去扔那只温樽，被母亲死命夺下。父亲过世后，母亲将那几件瓷器让我们兄弟姐妹各取一件，我便取了这件温樽，也算是父亲留给我们的一份遗产。

器物非人，然器物有性。世间凡有器物，无不蕴含着其制作及收藏者的初心。我保留着这件温白如玉的酒樽，也保留着一份对大先生，对岳峰，以及对父亲那一辈人高洁品性的尊崇。

经世学问（二篇）

嗑瓜子

长桌上铺着毡子，一方很大的石砚，看上去有些年头了，一杆毛笔浸在笔洗里，主人像是刚刚离去。靠墙处的博古架上有文玩、铜佛，还有一两只罐子，粗陶的那种。茶桌就安放在屋子的中间，茶具看上去有些古旧，却是景德镇的老窑。捧在手里，淡青色的杯壁映着杯中微黄的茶色，温润而又清凉。

一僧三俗，都是相交多年的朋友。僧是翠峰寺的印刚和尚，余者三人是应和尚之邀前来议事的。和尚开始熟练地洗着茶具，泡茶，玩着他带点禅意的幽默。茶是大红袍，倒在杯里，呈淡黄色，呷在口里，有一股荷叶的清香。这时，门锁咔嚓一响，进来一人，正是这屋的主人。主人家先是一愣，很快便满面春风。和尚反客为主，招呼室主就座，说："此刻你应该在想，我的领地怎么来了这么一干人？"主人说："贵客驾到，欢迎，欢迎。"看了看茶桌，又说："喝点寡茶？"说时，室主便从抽屉里拿出一样又一样来，花生、姜丝、一碟西瓜子，还有黄山茶干。茶好，人好，佐茶的小吃又好，谈兴一下子就浓了起来。

这几年，接触些了文人雅士，我也学会了喝工夫茶，一小口一小口地呷，一丝一丝地品。想着竹峰《衣饭书》中各种写茶的文章，便佩服他小小年纪，却如此精于茶道，当然是"如人饮水，冷暖自知"。你只管妙笔生花，却不会有人说你写得不对。就如我上面所说"一股荷叶的清香"，谁又知道呢？

喝工夫茶是有闲阶层的事情，嗑瓜子也是有闲阶层的事情。想着年轻时挖塘泥、推板车的时候，又何曾想到老了却做了有闲阶层？我家里有一个人总是说我"有福不会享"。她之所指，是说我老都老了，还在没命地写作，没命地工作。但她不知道，我的福，都是我年轻时积攒的，正是那时候的苦，为我的中年培植了福报，而中年的苦，亦为老年培植了福报。我现在依然在努力着，在辛苦着，如果真有来世，我就为来世积攒更多的福报吧。

我的苦债，三十岁前算是尝尽了，他人又岂能知道？我现在之苦，乃是我自找的苦。但凡自己乐意的，就分不出何谓苦，何谓乐。想我之一生，只做对了一件事，为了这件事，从少年做到中年，如今老了，却依然在做，且做得还不算坏。一个人为自己的心性而努力着，又何苦之有？

对我来说，余下的，是要学会珍惜。惜福，惜福，没有人生的大境界，又何谈惜福？

几个人相聚，原是要商讨一件事情的。喝着茶，嗑着瓜子，话题就走开了,话也是有一搭无一搭的。瓜子是好东西,嗑着瓜子,听着瓜子从牙缝中发出来的咔嘣咔嘣的声响,就像是一段慢板中的爬音,是一曲长调的一部分。瓜子颗粒不大,但嗑起来,却是满舌生香。主人在每人面前放一张餐巾纸,嗑过的瓜子壳就吐在上面。自从多了一颗假牙,我多年不嗑瓜子了,嗑出来的瓜子壳细碎而杂乱,但看一旁剥空的瓜子壳,却全是一瓣两开,完整得像艺术品。便叹道,世间的事,哪一样都是经世学问,就如这嗑瓜子。

室雅何须大,花香不在多。一室,五人,一僧,四俗,喝着茶,嗑着瓜子,逝者如斯,天色渐暗,遂四散而去。一直等走出山门,冷风拂面,忽然想起,呀,大家相聚于一室,原是要聊一件要紧的事情,结果却什么也没有聊。满嘴只留茶的清爽,瓜子的余香。甚好甚好。

吃烟

父亲吃了一辈子的酒,也吃了一辈子的烟。不错,是吃酒、吃烟,父亲就是这么说的。他不说抽烟,也不说喝酒,就说吃酒、吃烟,父亲那一代人都是这么说的。在那个年代,吃是多么重要的事情,从那个年代走过来的人都懂得这"吃"字是性命攸关的大事,是人生第一大事。吃烟、吃酒、吃茶、吃斋、吃请、吃累,更有骂人的话:吃枪子的、吃白饭的,如此等等。

父亲吃酒无讲究,而吃的烟,大部分是他的那些老家老弟兄们自制的黄烟。吃这种烟,纸媒子便是必需的物件。每隔几天,父亲总要把大把的时间花在搓纸媒子这份工作上。他将大表纸一张一张地裁好,再用手搓成纸媒子。纸媒子须搓得细细的,长长的,不空不实,恰到好处。搓纸媒子是一门学问,吹纸媒子是另一门学问。点燃了的纸媒子先是暗火,用时,嘴唇微微一合,舌头恰到好处地轻轻一吐,口里"噗"的一声,纸媒子就点着了,点成一粒如豆的焰火。父亲用他的包着铜皮的烟袋杯子凑到这一豆焰火上,深吸一口,再很享受地喷吐出来,屋子里顿时弥漫起一团呛辣的黄烟味。

有时候,是在半夜里,我从睡梦中醒来,看到床那头光闪明灭。幽暗的火光照着父亲下巴的胡须,衬着父亲棱角分明的脸,还有额头上沟壑一般的皱纹。父亲的棉袄就搭在我的肩头,闻着父亲棉袄上松木刨花的香味,想着父亲的不易,想着父亲一生中所经历的苦难、屈辱和辛劳,泪水悄悄地滚到腮上。我赶紧把头缩进被窝。

我喜欢看父亲吃烟,喜欢看父亲那"噗"的一口,又一口,纸媒子在他的手里像变戏法一样,要明则明,要暗则暗。我也曾学着父亲,"噗",一口,"噗",又一口,可就是不能吹出如豆的焰火来,父亲便说:"世间的事,哪一样都是经世学问,哪一样都轻视不得。"

岁月之河

那一年,家遭劫难,母亲不得不带着我们外出谋生,我快乐的童年生活也就此结束了。一年以后,父亲回到家里,灾难却接踵而至,先是父亲的病,接下来是大哥的失业。贫穷和社会的歧视,一直困扰着我们这个多口之家。饥荒的年代,河里的鱼越来越少,连河滩上的野菜也被人斩尽杀绝。一批批的外乡人流落到镇上,一批批镇上人去外地流浪。也是在那一年夏天,镇子里有了驴子狼的传闻,据说那是一种驴一般高大,狼一般凶残的动物。随着传闻越来越多,越来越恐怖,一个镇子都人心惶惶。一天夜里,正在石板路上乘凉的人们忽然被从一处传来的"驴子狼、驴子狼"呼叫声惊醒,睡眼蒙眬的人们四处逃窜,整个石板路就像炸开了锅。后来查明,并没有什么驴子狼,所谓驴子狼,不过是人们在动乱年代里恐怖心理的产物。

有一天,父亲说:"你不要念书了,跟我学手艺吧。"面对家庭的困窘，我只有无言的泪水。父亲说："你不要恨我，我也是没有办法。"开学的日期早已过去，我却只能游荡在青通河边，坐在高高的沙滩上，看浑浊的河水流向远方，心情低落到了极点。有时候，一艘拖轮载着一长串驳船从青通河缓缓而过。好多次，我都想突然跳上一方船头，飞往远方。

四十年前的一个春天，我从插队的乡村来到杏花江南的古城池州，那是我人生的转折处。住处的屋后是一条千古河流——秋浦河。云天高旷，窗外春景如黛，一带清碧的河水。日落工余，我喜欢沿着河岸悠悠散步，心情也如这河水一般清澈明亮。在那个恋爱的季节，我与现在的妻子走到了一起。

我喜欢河上的那座石桥，七孔，形似弯月，衬托着远处起伏的群山；我喜欢伏在桥栏上看桥下的流水和浮游的鱼群；我喜欢在桥上听那些相识或不相识的人谈古论今。与这座桥相生的是一则同样古老而凄婉的爱情故事。悲剧总是美的，它有一种打动人的力量。在那个文学重新萌生的春天，秋浦河拨动了一个青年深藏着的文学梦。然而最终打动我的不是桥上听来的凄婉故事，而是桥下现实的人生。

这年冬天，我踩着冻结的泥土，沿着这条河一直走到它的源头。带着对文学的憧憬，志存高远的我幻想着能写出像《静静的顿河》一样不朽的著作。那天晚上，我宿在一个叫"源头李"的村子里，依偎在村民家宽大的火塘边，我像他们一样一边用火叉拨弄着火塘里焦黄的山芋，一边听老农们讲述他们的先人布政使的传奇。山村里的夜晚是绵长的，就像村民的故事。枕着秋浦河源头淙淙的溪流声，人一次次地困倦，又一次次地兴奋着。

那一年,我的小说被人放大到报纸上。那一阵子,家里一批又一批的人来,一批一批的人去,人们怀着不同的心思从我的屋子里进进出出,我的心境也到了最灰暗的时候。一位乡居的朋友便邀我去秋浦河暂住几日,放松一下心情。一个暴雨过后的清晨,我来到那个临河的村子。站在河岸上,我与朋友隔河相望,"盈盈一水间,脉脉不得语"。山洪席卷着整个秋浦河,河床上翻滚着整棵的大树,飞溅的雨雾击打在我的脸上,我被这汹涌的气势震慑了。于是我知道,秋浦河并不总是温顺的,它会有漩涡,也会有滔天巨浪,它会有随时吞没人的时候。

一个老头儿走到我的身边,他看了看我说:"要过河吗?"我点了点头。老头儿说:"跟我来。"老头儿将我带到一乘竹筏上,竹篙在岸上猛然一点,竹筏竟像是一片树叶朝下游漂去。我本能地抓住老头儿的衣襟,差一点把老头儿带到河里,老头儿朝我大吼一声:"站稳了,怕什么?"老头儿威严的断喝镇住了我,我不敢怕,也不敢动,任凭老头儿把我带到任意的所在。及至上到对岸,我和老头儿已经全身精湿。

多少年后,老头儿在浪涛中的那一声断喝"站稳了,怕什么"一直成为我生活中的某种昭示。它让我明白,无论遇到怎样的风浪,只要稳住,就能平静地渡过急流险滩,到达彼岸。

很多年后,我终于写出一部以秋浦河为原型的长篇小说,我为自己的文学人生留下一个永远的纪念。

我已经很久没有去游秋浦河了,今年夏天,终于又坐上一方竹排,在山里汉子流着热汗的撑持下,沿着两岸青山缓缓向下游行而去。一双赤脚就泡在清澈的河水里,任凭风儿在脸颊上轻轻地抚拂，那种惬意和舒适，是无可言说的。想起当年的志存高远，抚着两鬓白发，想着自己在生活的河里走了一遭，也曾经游出过一丝浪花，也就不觉得有什么遗憾可言了。

一个人就是一条河。如今，我这条河已流去大半，在经历了许多的河湾港汊之后，这条河也就越发地宽宏宁静。我这一生，注定与河流有着不解之缘。七十多年来，我一直就守着一条河，不离不弃。我属于这条河，这条河滋养了我的生命。我知道，若干年后，我将会永远地归于这条河，那时候，就请让这条河载着我的灵魂，穿越在无限的时空。我可以对自己说，我就是一条河，一条真正的永不干涸的河。

下部 过去的足迹

　　眼下的皖河宁静得像一个睡熟了的婴儿。那曾经发生的一切,像是被一块橡皮擦过,没留下一丝痕迹——这就是一条河,哪怕是一条细如游丝的河流,它包容千古,都摄天下。人啊,在这样的一条河流面前,究竟还有什么可说的?

余氏父子

世磊在太湖山区扶贫。我决定去看看他,也看看他扶贫的那个乡村。

立冬多时了,但阳光炽烈如夏。初冬的山林衬托着林隙间碧蓝的天空,枯水季的花亭湖翡翠般一块一块呈现在远处的天底下。

村部的院子里铺满阳光,因为我要来,世磊请了假,他在等我。住处很干净,有空调,有沙发,比我想象中要好很多。只是房间有些凌乱,桌子上的电脑一如既往地打开并停留在某一个页面,四周堆满了书和各种杂志,连沙发上也堆满了书,一只空纸箱子里装着一摞历年的《甘露》杂志。有时候我是真的心疼他,他手头的事情太多,单是要编的刊物就有四本:《赵朴初研究》《禅源》《安徽佛教》以及《甘露》。后两本是他协助我编的。世磊是最懂得感恩的人,他在任何场合都要说我对他的培养,其实恰恰是他对我的帮助。无论是工作还是情感上,我都离不开世磊,世磊是我最得力的帮手，也是我最好的兄弟。

那一年世磊赴京途中发生一场车祸，险些丧生。直到今天，他的髋骨上仍固定着一根冰冷的钢铁。这场车祸也让他重新认识了绝处逢生后的人生，于是，当我向他提出做我的助手，与我一同编一份杂志时，他答应了。当时安庆有朋友说："你何必舍近求远去太湖找一个助手？"我回答说："我也曾掂量了很久，在安庆，我还真难找到像世磊这样品行端正，为人诚朴，又在学问上刻苦用功的人，世磊是我的不二人选。"这一说，都快二十年了。

我认识世磊总有三十年了吧，那时候，我在《安庆日报》编"七色人生"副刊。在成堆的来稿中，我发现了余世磊，当然还有另外一个太湖作者陈晏红。有一次文化学者汪军说，黄老师的"七色人生"培养了那么多人，当时的那些作者现在很多在中国文坛上都是不可小觑的角色。我感谢汪军对我的肯定，但我却一直认为，是作者成全了编者。须知版面是编辑的脸面，如果没有一批优秀的作者，哪里有精彩而又吸引读者的版面？又哪里有编辑的脸面？的确，那时候，我与甲乙、天鸿，还有后来的老魏、明润编副刊是真下功夫的，重要的是，我们不认人，不设圈子，我们只认好稿子。现在读书的人越来越少，读报纸的人更少，作为一种都市报纸的副刊，想要被读者接受，编者必须要花很多心思去研究社会的热点，跟上时代的浪潮。如果说感谢，应当是我们做编辑的感谢优秀的作者们，是他们成全了我们。

一九九一年，我去大别山区采风，其中一个最主要的目的就是要看看余世磊是何许人，看看他生活的环境。就这样，我与世磊在文字交道很多年后，终于在花亭湖畔有了第一次见面。当时他刚从太湖师范毕业,在附近的一个乡村小学当老师。我至今记得他站在一片竹林边迎接我的情形,那么年轻,那么本真,如一泓清溪,只有清澈,无一丝浑浊。

三十多年过去了,现在,站在太湖义安村村部院子里的世磊年届五十。因为那场车祸,加上连年超负荷的笔耕,他站在那里的身姿显得与年龄稍不相符。我想劝他不要太累了,但这种话我说不出口,因为很多工作是我加给他的。我们手上一期接一期的杂志,年后必须付印的那两本书,无论是他还是我,都像牢牢绷紧的弦,一刻也不得放松。

扶贫点的饭菜不错,有刚刚从地里拔上来的带点甜味的清炒萝卜丝,有经霜的白菜,还有肥而不腻的红烧肉等。午饭后,世磊请了假,他陪我们去看附近蔡家畈古民居。在赵河泡了温泉,时间就很晚了,世磊不放心我们趁黑再走山路,便邀我去他家住一宿,是他父母的家。

我想找到传明先生的书房,找到他写字的宽大书案,以及书案上的各种文玩,当然还有文房四宝,但这些都没有。世磊说:"父亲平常就在那张吃饭的方桌上写字,撤去饭碗,铺上毡子,就成了一张写字台。"一个摆弄笔墨六十余年的文化人,一个二十世纪九十年代初的全国文化系统劳动模范,被授予全国文化系统先进文化站长的余传明先生,就在一张油腻腻的饭桌上写字。他漂亮的赵体字遍布太湖大街,书家余传明的家原本可以堂皇,原本可以富甲一方,可实际并非如此。

我已经认不出三十年前到访过的那间屋子,也找不到那片茂密的竹林。两栋高大的楼房将世磊家这座建于十年前的二层小楼挤缩在一个逼仄的角落。屋里的光线很暗，我与传明先生坐在客厅的椅子上聊天，背后的墙上挂着传明先生三十多年前与乡贤赵朴初先生的合影。世磊在帮妈妈烧饭，厨房里一阵乒乒乓乓，屋子里有一股热气在蒸腾着。

出身耕读世家，余传明自幼能写得一手漂亮的毛笔字，他能拉二胡，能编节目，这是一个乡村文化站长必须掌握的硬活狠活。有一年，全国很多基层文化工作者涌到太湖，涌到寺前，参观余传明先生在花亭湖边的"寺前河报"——一堵长长的文化墙，我也是那时候开始知道太湖有个余传明。只是，我并不知道余传明是余世磊的父亲。直到几年后，我在办公室里收到一封信，一纸特制的信笺上娟秀的赵体字让我一时有些激动，以为是去年见过面的赵朴初先生托人转给我的信。直到看到信后的落款，这才知道是太湖寺前文化站站长余传明先生，即余世磊的父亲写给我的信。那些年里，与朴老祖屋仅一山之隔的余传明一次次进京，在与乡贤朴老的一次次交往中，耳濡目染，他在一笔一划中将对先贤赵朴初的深切情感浸染到自己的笔墨印迹中，几能乱真。

一九九〇年，朴老六十年后第一次回到故乡，这曾在太湖引起极大的轰动。十年后，朴老逝世，当灵骨被运到家乡时，太湖县城的人们以最虔诚的方式迎接这位为家乡做了无数善业的老人回归故土。朴老逝后，世磊承继了赵余二家的交往。那些年里，他一趟趟前往北京赵家小院，为赵朴初叶落归根事，为赵朴初研究事。世磊称朴老夫人陈邦织为邦织奶奶，陈邦织也把寺前，把余传明父子当作自己最亲的人。

朴老逝后，朴老的书法作品有很高的市场价位，有人便来请传明先生写赵体书法,并希望他能落款"赵朴初",传明先生当场予以斥责。退休后,读书、写字,成了传明先生每日功课。他的字高频率地出现在太湖城乡的很多商厦、宾馆以及单位门楼或室内装帧上。传明先生来者不拒,哪怕是陌生人找上门来,只要请他写字,他即当场研墨,当场挥毫。只是,传明先生写字分文不取。他说:"我写的字如果按价收费,那便是对书法艺术的亵渎,是对朴老的大不敬。"今年春天,有一家茶叶公司老板带着两盒茶叶找上门来,请传明先生为他们的茶叶题写牌号。传明先生说:"写字可以,茶叶请收回去。"有人说:"你应该有个经纪人,你的字应该按质论价。"传明先生说:"那我就不是朴老家乡的人了,我就不是余传明了。"

受父亲的影响,世磊同样把对朴老的感情寄予他的文字中。他的书房乱中有序,除了他喜爱的文学作品,最多的就是各种赵朴初研究资料,包括朴老大量题签书籍。在外出差,他喜欢逛各种地摊书市,但凡见到与朴老有关的资料,他不惜工本,悉数买来。当今中国,赵朴初研究会遍地开花。作为朴老故里的太湖,在赵朴初研究上自然有着得天独厚的优势,而余世磊无疑是这支赵朴初研究队伍中的佼佼者,不可多得的翘楚。凭借他长期工作在乡村,对中国农村的熟悉和了解,我曾预言,他一定能写出最好的乡土小说或乡土散文。但世磊在出过两本散文集后,便将他的研究方向转移到赵朴初研究上。这几年,他先后出版的赵朴初研究著作就有四五本之多:《母兮吾土——赵朴初与故乡安徽》(安徽教育出版社)、《赵朴初题赠故乡墨宝集》(安徽教育出版社)、《茶禅诗书赵朴初》(安徽大学出版社),此外,还有为中国民主促进会中央委员会撰写的民进领导传记丛书《赵朴初》等。

那天晚上,世磊母子合作,为我们烧了一桌子好菜,看着我们畅快地吃喝,这位朴实的乡村妈妈站在一旁,脸上的笑容就像一朵花。她知道我爱喝粥,第二天早上,老人家煮了一锅粥,焖了一锅山芋。当山芋的香甜弥漫在屋子里时,她用手机一个个地打着电话,不一会儿,一群群人鱼贯进入余家屋子,又每人捧着几颗山芋喜滋滋地出门。这是乡间的习俗,一家有了好吃的,街坊四邻皆有份。

早饭后,世磊将我们带到一处山坡上,他说他们将在那里建一座新居。他要在新居前挖一方池塘,养一塘藕荷。他还要为父亲装一间大大的书房,置一方宽大的书案,好让父亲能畅快地写字。他还要建几间敞亮的客房,让朋友们来了有一个干净舒适的住处。

我们约好,明年年底世磊的新居落成时再来寺前。那时候,我希望他能闲一些,希望他能再陪着我在太湖大地好好地周游一圈。

把心放下

我第一次上九华山,是二十世纪七十年代中期。其时,九华山盘山公路尚未开通,车到山下一天门,过桥庵,沿一条石阶路逶迤蛇行,至九华四大丛林之一的甘露寺,便算是正式进入九华腹地了。路侧有一巨石,石上刻有"定心"二字,不知刻于何时,也不知刻于何人。《楞严经》有"狂心若歇,歇即菩提"一句,意即从尘世上来者,到此处该将那一颗被欲望驱遣的心放下,也好全身心地进入菩提智慧之境。

其时九华风清月白,寺也清净,僧也清净,在氤氲的檀香气息中,人仿佛真的将那一颗心放下了。第二天我原路而返,再经甘露寺,仍与定心石相遇,两腿如同灌铅般沉重,心却是轻安自在的。遥望山下喧嚣的红尘,知道那颗心又该狂乱,又不得不提掇而起了,竟有十分的不舍。坐在石上,听一个山人讲这石的来历,测字般地说着这"定心"二字,不过是些杜撰的故事,却也听得入味。故事，故事，故去的人，故去的事。日子就是一页一页撕掉的月份牌，被人揉作一团，随手就扔了，却并不知道那月份牌越来越薄，余下的日子也所剩无多了。想着天地玄黄，我们都将成为故去的人，故去的事，但这定心石却千古不变地卧坐于斯，不惊不喜，不能不对这石生起敬畏之心。

二十世纪九十年代初，我受聘来甘露寺的九华山佛学院任教。那几年社会上气功盛行，就像今天盛行广场舞一般。甘露寺一位厨师是一个气功迷，他告诉我，寺后的定心石，气场强大得很，"你如果把心定下来，认真打坐，就一定会有飞起来的感觉"。我被他说得动心了，便每天随他来这定心石上打坐，练气，好体会他所说的"飞起来的感觉"。我承认我从来都是一个心浮气躁的家伙，不论在什么时候，什么年龄。即便今天，已然古稀，仍然好动不好静，这也许就是我做不成一件事情的原因吧。在定心石上坐没一刻，便觉得腰酸腿痛，我睁开眼，见厨师面红耳赤，肥胖之躯果然如打足气的气球，且左右晃动，真的有随时就飞起来的意思。我内心不由生出几分惧意，生怕他会出什么意外，却又希望能见证奇迹，看他怎样似嫦娥姐姐一般飞出这片林子，人就是这般矛盾。但结果却总是让我失望。我对气功，乃至对那块神奇的巨石，兴趣也渐淡了。

九华山盘山公路修起来后，那条登山步道就再也无人问津了。进入新世纪，人们追求的是速度和效率。心，连同见识，也都一并粗泛起来，少有人会用心去体会每一个过往日子的分分秒秒，也少有人愿静下心来欣赏这千年古道上的草长虫鸣。想起木心那段著名的话："从前的日色变得慢，车，马，邮件都慢，一生只够爱一个人……"日子不再是从前的日子，人，当然也不再是从前的人了，有时，就免不了有物是人非之憾，总之是老了的感觉吧。

已不再有人去走那条林间小路，连同那片幽静的竹林，也一并被人疏远、淡忘了。不久前再去甘露寺，与藏学法师聊起当年甘露寺的生活，忽然我就又想起定心石，想起那条步道。怀着看望故友的心，便独自出院墙外，踏上那条生着湿滑苔藓的石阶路，过金钱树，好不容易找到那块镌刻着"定心"二字的巨石，却发现它早被青藤和枯叶遮蔽。我用树枝扫去石上的积叶，那两个大字依然清晰，像两只巨大的眼睛紧盯着我，似在问我："三十年过去了，你的心定下没有？"盯得我有几分惶怵。我便问自己："三十年的风霜岁月，你还是你吗？你不是你了吗？"

案头有一本藏学法师二十多年前的著作《转眼看世间》，其中《定心石》篇："定心石是宽容的，经历了千年风雨的它根本没计较风雨中的幽恨；定心石是负重的，它负载着沉重的心，也负载着沉重的情；定心石是坚强的，也是无情的，它无动于人间悲苦，刚毅而矜持……"这正是这位几十年埋足山间，巨石般沉静的年轻禅者灵魂的写照。

我的手机里存放着一些我喜欢的歌曲，其中有《把心放下》：
你的世界有太多牵挂
总在夹缝里来去奔忙
却又找不到一个地方
把心放下
……

欢喜心（外一篇）

几天前与几人讨论"欢喜"二字。一君说，欢喜，是佛的至境，发欢喜心，是众生清净的心所生发的一种内在的欢愉，是一种不着一物的化境。又一君说，欢喜的最高境界是"烈士暮年，壮心不已"。再一君说，不以物喜，不以己悲。

岁末，我参加一次文学采风来到司空山下。大雾弥漫，细雨霏霏，寒风飕飕。坐在二祖寺开着暖气的客堂里听师父开示，竟又说到"欢喜"二字，师父说："真正的欢喜，是见这世上无一人不生欢喜，见这世上无一物不生欢喜。"

正听到兴趣时，却被召唤要出发了。稍有怨艾，却也不好多说什么。出到大殿门口，眼前一幕，让我定住了脚步：年轻的江苏女作家蹲在地上，面前是一只乖巧的小狗。女作家伸出她写过无数美妙文字的手轻轻抚摸着小狗，小狗将其毛茸茸的头依偎在女作家的膝上，这画面怎一个好字了得？怎一个美字了得？我站在那里，久久地看着眼前的画面，看着一人，一畜，想起方才师父的开示，似有所悟：那狗是佛化的众生，女作家便是众生所化之佛。我承认，目睹那一人，一狗，我的心是欢喜的，乃至这被浓雾锁笼的司空山，以及身边的每一个作家朋友，都是欢喜的。遂记之。

桑皮纸

这是一次命题写作，选题写在一轴轴纸上，抽到什么写什么。岳西有好山好水，下笔易得好文章。只是，我盼着可别抽到一个陌生的题材。

结果，"桑皮纸之美"的卷轴被我抽到，幸之。遂又想，桑皮纸是什么？

第二日，去河图，去司空山，去响肠，去割肚，去白帽。仅这地名，就够盘活出一卷好书来。只是那"桑皮纸之美"就一直揣在衣袋里，一路未见桑皮纸。

坐在车上，零星的记忆激活着我的思维：故乡的那条街道上，隔壁有一家伞厂，师傅们将一种薄薄的，透明中带着些许纤维的纸刷到伞骨上，再刷上一层桐油，便有了一把油纸伞；舞台上，袅袅婷婷的女子轻移莲步，打着一把油纸伞，走在古色古香的巷道里；除夕的夜里，我提着那盏灯笼在鞭炮的炸裂声中满街地疯跑，寻找着属于我的欢乐；哥哥曾用一种纸拧成细细的"纸拣子"，装订过一本作业本……

我不见桑皮纸很久了，可它一直存留在我的脑海里。我晚年的写作，全凭记忆。记忆是一座仓库，能够存留很多很多东西，人间百味，世态炎凉。人生，不过是一张桑皮纸，透明中带着些许纤维，糊在窗户上，能遮风挡雨；糊在灯笼上，能于暗夜中照出一束光来；糊在伞骨上——想起一句话：晴带雨伞，饱带干粮。只是，这些老黄历，现在的人，谁愿意留着耐心去看呢？

贵池看傩

正月初七，是贵池刘街乡山里姚村傩神下架的日子。东方未明，一阵冲天炮的响声惊醒了我们。清晨的寒风是咬人的，一直咬到人的骨头缝里。我们从热烘烘的被窝里艰难地爬起来，瑟缩着，在漆黑的夜气中摸索着，向村子的祠堂走去。

祠堂里灯光迷离，几个老人从一座雕饰精致的龙亭里捧出一尊尊傩面。姚秉琦向我们介绍着这一尊尊"脸子"：傩公、傩婆、和合二仙、土地、皇帝、阎罗王、判官、二郎神、魁星、关公、赵云等。它们或一脸正气，或威严凶悍，或风趣幽默逗人发笑，总共三十二尊。姚秉琦说，这些"脸子"，是在贵池傩戏中断十多年后，他凭着记忆，画出一张张图谱，请一位老雕刻师一样样雕刻的，虽然没有从前的精细，但还算生动。

祠堂外又是一阵冲天炮响，姚秉琦现出端庄之色。傩戏中的开场大戏"开光"开始了。开光是神圣的，唯有村子里德高望重者方能参加，当然也有像姚秉琦这样懂行的文化人。这些傩面脸子一经开光，便不再是一尊普通的木头工艺，而是被赋予神灵之光，具有了不可亵渎的灵性。无论是神圣的天帝，还是人间小丑，乃至险恶的鬼婆，它们都将向人们上演一场神圣的大戏，阐释着人间的善恶忠奸，各个分明。其结局自然是圆满的，恶人受到惩戒，有情人终成眷属，为善者得到善报。天下太平，岁和年丰，这正是千百年来生活在艰难时世中人们的期盼。

姚秉琦现年七十七岁，原是刘街乡的一名小学教师。三十七岁那一年，他与一位年轻的女教师双双坠入爱河。原指望能同他相爱的人结婚，但是，种种原因，那心爱的人却离他而去。从此，戏剧伴随他度过漫长而寂寞的人生。年轻时，他演过《小辞店》，后来又演过郭建光、李玉和。等到他老了，再也上不了戏台时，傩，重新出现在人们的视野。这一生里，活在戏里的姚秉琦总能找到适合他的人生角色。

天色微明，村民们端着供品，一个个来到祠堂里，开始向傩神礼拜。我们收拾起摄像器材，赶去拍附近另一个村子的朝社大典。姚秉琦叮嘱我们说："晚上一定要来看我们的《刘文龙》啊，班尔干要来，王老师也要来。"王老师是著名的傩戏研究者，也是戏剧专家，前者班尔干是一个法国人。

源溪曹村的祠堂里，巨大的团箕中已经摆放好了各种"脸子"。山里姚村是三十二罗汉，这里是二十四诸天。香案下的长条凳上整齐地摆放着二十四碗米饭以及各家送来的供品。其间，仍不断有村民端着供盘前来上供。他们在香案前虔诚地跪拜，此起彼伏的鞭炮声将一个山村烘托在一股浓浓的节日氛围中。

我们怀着新奇架起摄影器材，默默地拍摄着村民们祭社的每一个环节。我不懂他们的虔诚，但我被一种古朴而原始的精神深深地打动。世界正全面进入网络时代，我们也越来越生活在一片"戏说"之中，而这里的山民们却固守着旧有的传统，坚持他们所认定的虔诚。想起一位哲人的话——失去了信仰，人类还有什么盼头？

远处传来铿锵的锣鼓声，鞭炮激烈地炸响着，空气中弥漫着一股浓烈的硝药气味。一个男人举着一把由二十四只红灯笼组成的灯笼伞往祠堂走来。灯笼伞后面，年轻的父亲抱着他出生不久的男婴，同行的男婴的祖父六十岁不到，正一脸喜色地向人们散着香烟，还有人往人群中抛撒着糖果。每一盏灯笼伞下，都预示着一个又一个男童的降临人世。在男性统治天下的古代社会里，这一盏盏灯笼记录着村庄一个个生命的传奇和古老的生殖崇拜。这一刻，这故事的主角——那出生不久的男婴正安静地睡在棉被里，被他年轻的父亲抱在怀里，只露出一张可爱的圆脸。他像是被天空下这一片喧闹吓着了，努力地睁大着眼睛，好奇地观望着天空下的一切。他并不知道，那把巨大的灯笼伞是怎样掌握着村里人的生命密码，延续着一个村庄绵延的历史和种族的香火。一声冲天的火铳带着哨声冲向天空，又一串鞭炮激烈炸响，男童终于发出嘹亮的哭声，恰在这时，从那年轻父亲的手机中传来歌声：

你是不是像我在太阳下低头

流着汗水默默辛苦地工作

你是不是像我就算受了冷漠

也不放弃自己想要的生活

……

我认真地过每一分钟

我的未来不是梦

我的心跟着希望在动

我的未来不是梦

我认真地过每一分钟

我的未来不是梦

我的心跟着希望在动

……

傍晚，裹着绵绵春雪，我们再次回到山里姚。山里姚的祠堂里，一台大戏即将上演。姚秉琦在给一个个演员系着"脸子"，细心地扎好"脸子"后面的绳子，他向年轻的演员们做最后的叮嘱。祠堂里零零落落地坐着一些村子里的老人，脸上是一副平常的神情。对他们来说，与其说是来看戏，不如说是来参加一场氏族的仪典。戏台的前一排，坐着王老师和法国人班尔干，还有我们不知道的一些人。

在震天的鞭炮和浓浓的烟雾中，一个傩面人走上台来，那是一个小生，他站在台的中央呀呀地唱着；又一个傩面人上来，那是一个老者，仍然是呀呀地唱着。听不清他们演唱的内容，然而他们似乎并不计较人们是否能听懂他们的演唱，也并不在乎台下观众是否真能看懂他们的演出。甚至到了后半夜，当台下的观众禁不住寒冷陆续地离去了，台上的演出照样认认真真地进行着。我注意到王老师正与法国人班尔干交流着，那法国人只是不断地点着头，表示他看懂了。王老师离开了一会儿，他似乎对演出中不断燃放的鞭炮有些不满。王老师是贵池傩戏重要的发掘者，也是国内有名的戏曲专家。王老师追求的是戏曲的精细与完美，而姚秉琦他们是在进行一场古老的祭祀。鞭炮仍在断断续续地炸响，王老师知道这一切都无可避免，他开始专心地看着刘文龙与妻子的对唱，并迅速地进入戏中。看得出，他对这曲戏中的高腔甚为满意。王老师曾是我大哥的朋友，我对他同样也是熟悉的，他坎坷的一生，几乎都与戏曲相关。他一生都在编写着属于他自己的戏剧，也一生都在演绎着属于自己的悲剧或喜剧。

夜很深了，坐在戏台前排的客人们都走了，包括王老师和法国人班尔干，我们也准备离去了。我来到后台，打算向姚秉琦告别。摇曳的烛光下，姚秉琦的脸上流着泪水，在烛光的照耀下，他的脸上是一条条晶亮的泪痕。他背对着戏台，忘情地唱着戏中的唱词。他已经很老了，只能用他老迈的嗓音替演员伴唱。其实，他沙哑的嗓音并不能起到伴唱的效果，但是，他仍然忘情地唱着。他在为自己歌唱，为他曾经有过的爱情而歌唱。在这样动情的歌唱中，美好的童贞时代，艰辛的人生历程，还有令人迷幻的爱情往事，都像梦一样——闪现在他的眼前。

放猖

厚宝要带一个摄制组去贵池梅街的太平村录一台目连戏,问我有没有兴趣。厚宝还特别地说,有五猖会,放猖,据说挺吓人的。正是他的这一句话,激起我对放猖的兴趣,我想,那究竟有多吓人呢?便一同去了。

目连戏演的是目莲救母的故事,而五猖会,我早先曾在鲁迅先生和现代文学家废名的文章中略知一二。猖是一种凶悍的鬼魅,其地位介于神与鬼之间,本身是鬼,却也帮人驱鬼,因此,也有称"五猖菩萨"的。猖神有五个,据说是五个兄弟,个个凶悍,人鬼惧怕。很小的时候,我曾在老家和悦洲看过,印象不是很清楚了,只记得当时很多小孩子被吓哭了,躲在母亲怀里。其时,我尚年幼,迷迷糊糊的,现在回想起来,并不觉得多吓人。我倒是觉得放猖过后的高跷队更刺激。那高跷真高啊,有人走累了,便就地靠在一个人家屋檐上歇息。我们围过去看他,那人便从屋檐上扔下几颗糖果,让我们去抢。

贵池刘街、梅街一带地处九华山西麓,每年正月初七演傩驱巫,也有在正月十三开演的,到正月十五各村的傩神齐聚刘街青山庙时达到高潮。傩是一种古老的祭祀,戏是一种艺术,傩与戏的结合,所演绎的正是人世间的爱恨情仇。

我在这一带看傩戏看了十年了,唯独没有看过目连戏,五猖会更是第一次听说。厚宝说,过去这一带村子里或五年一演,或十年一演,甚或六十年一大演,多半因氏族中有大事。这一次太平村演目连戏,是因太平吴氏宗族新修了族谱一百多套六百多本,这在吴氏宗族,无疑是一件大事,于是便请了一些民间艺人于祠堂前演目连戏以示庆贺,顺便放猖。

这一天是农历正月初十,傍晚时,我们到达太平村。祠堂里堆着的新修的《吴氏宗谱》像山一样高,戏台就搭在祠堂门口,不等天黑,人们陆陆续续聚集在戏台下,以老人居多。两盏三百瓦的灯泡把戏台照得一片亮堂。像傩戏的戏台一样,后台的天幕上一边"出将",一边"入相",戏台上一张桌子,两把椅子,桌子上铺着红幛,椅子上垫着带着古寿字的红毡。演员正在后台化妆,趁着这个机会,我们去看五猖会。

远处的田野里一群人在忙碌着,几只手电筒的光交错在那一群黑魆魆的人群中。我挤过去,从人缝中瞅了一眼,见一只架子上有一幅画,画着五个素描人物,面目并不凶悍,也不狰狞,人物的线条却是精细的,不像是乡间艺人的作品。我举起相机,想拍几张照片带给我的几个画画的朋友看。一个老头儿忽然扭过头来大叫一声:"不要拍,要猖到你的。"老头儿这一声喝叫,倒真是把我吓到了。我赶紧收起相机,退到远处,却又不甘心离去。忽然,那猖的人群中发出一阵呐喊,四名壮汉抬起那贴着"五猖菩萨"的木架子,沿着一条窄窄的田埂,开始朝村子里狂奔而去,后面跟着一众人,跟着呵喊着,却听不出呵喊的名目。那边的村子里,猖所经过处,一家家大门关闭的声音在夜空中响亮而又空旷,这才明白刚才那老头儿阻止我拍照片时所说的"要猖到你的"并非有意吓我。终是不明白,那猖是要驱人,还是驱鬼呢?或者说,人亦鬼,鬼亦人,在这场乡间的五猖会中,人和鬼,是附予一体的。这样一想,就不再害怕,便也跟着那五猖鬼,在村子里狂奔着,用我的镜头捕捉着能捕捉到的画面。

猖就是这样在村子里狂奔着,每一条村巷,每一处屋场,每一处人家无一放过。抬起五猖菩萨的壮汉接着又返回到刚才的那片田野,一把火将猖烧掉,我站在远处,用相机拍着在晚风中燃烧的火焰,只可惜了那艺术家的画作就这样被一把火毁了。几个汉子气喘吁吁,回到祠堂,有说有笑。想起废名散文中写到他故乡湖北黄梅县时,母亲骂贪玩而迟迟归家的孩子:"你在哪里猖了来?"对"猖",似乎也就有了更直观的感受。

五猖会就这样结束了,没有想象的那样怕人,也没有想象的那么好看,比起我幼时在和悦洲看到的,要简便多了。

那边的戏台上,一片锣鼓声中,目连戏开演了。戏台的正前方架着王厚宝他们的摄像机,戏台搭得太高,我只能远远地坐在一处,仰着脖子才能看到戏台上的演出。目连戏与傩戏不同,演员不戴面具,一切唱念做打,都由演员自己完成,就像一般的戏剧一样。只是我听不出戏文的内容,也没能体会那种唱腔有多么的好听。我的身边坐着一个老人。他一扭头，我便认出正是刚才向我厉声一喝的老头儿。他一边看戏，一边给我讲解着剧情，包括一些隐晦的淫词滥调，他一说，我便明白了。老头儿见我明白了，便发出会心的一笑，我也笑了。这一刻，他还归了一个慈祥的老者，不再是凶悍的猖。

夜渐渐深了，观众因耐不住寒冷，开始陆续离去，但台上的戏还在唱着，还在做着。他们是唱给神看的，是做给先祖看的，就像傩戏一样，并不在乎台下观众的兴趣有无。

老头儿似乎看出我已经疲乏了，便说："到我家坐坐，喝杯茶，吃点点心可好？"

我实在太瞌睡了，希望早点结束这场演出，但王厚宝他们还在认真地录着。看样子，他们是要把长达六小时的节目录完为止。我便随着老人，来到他的家里。

老头儿姓吴，我便叫他吴老爹。这是一个老单身汉的屋子，简陋、清寒，却也整洁。吴老爹用火钳把火桶的余火拨热，让我坐在火桶里，为我盖上火桶布，开始为我泡茶，又将焐在火桶里的五香蛋一个个剥开为我佐茶。我的确也饿了，就毫不客气地吃了起来。

那天晚上，王厚宝他们一直录到凌晨三四点，吴老爹的故事也一直讲到目连戏结束。我听着吴老爹的故事，时而发笑，时而悲凉，想着傍晚他一扭头时凶悍的面孔和他的厉声喝叫，傍晚那一时他是猖，是鬼。而坐在火桶里同我讲着他的家庭，他的身世，以及年轻时悲怆的爱情的他是一个真实的人，一个在八十几年人生中阅尽人间沧桑，尝尽人生冷暖的老人。

沈从文的歌

沱江两岸的吊脚楼一座座毗邻而栖,安静得很;走在沱江岸上,听沱江的水不急不忙地流着,就像闲暇时翻开一本沈从文的书,慢慢地读,茶几上有一杯茶,袅袅地冒着热气。

秋天的雨不急不忙地下着,正如此时的心情。我无端地想,该听到大佬的歌声了吧。说来也怪,那沱江里的游船上,竟真的传来一声高亢的歌唱。我知道,这就是沈从文,是沈从文在半个多世纪前唱出来的温润的歌。于是,我在心里悄悄地说,先生,我来了。我,一个文学后生,踩着你的脚步,听你唱歌来了。恍惚间,眼泪竟不由自主地流下来,混合着似有似无的雨水,打湿了我的脸,咸咸的,涩涩的。

凤凰街被一股雾气笼罩着,脚下的石板路每一块都那么光滑、湿润,映照得出人影和街影,这一切都散发着泛黄的痕迹。我对这种痕迹熟悉得很,湘西,就该是这样的吧。

街的尽头，我们开始沿石阶向南华山攀爬而去。导游小赵知道我是作家，便靠近我说："看你是否真与沈从文有缘分。"说完，他便有意与我拉开一段距离。南华山位于沱江南岸。此刻，它浓郁、苍翠，被雾气酽酽地覆盖着，一声鸟叫从山林间传来，倒像是对我们的到来发出似曾相识的惊叹。转过一个屋角，我看到一块高大的石碑上黄永玉为他的表叔沈从文题写的悼文：一个士兵要不战死沙场，便是回到故乡。我知道，我们离沈先生很近了。这时候，掠过江水，从山下沱江岸边传来的棒槌声，声声入耳。这一刻我忽然想起那神秘的"放蛊女人"和沱江里的船工号子，想起风情万种的沱江两岸的女人，当然还有温润而透明的少女翠翠。我知道，这些都是沈先生熟悉的乡音。沈先生在外面漂泊了半个多世纪，现在终于回到凤凰，回到他的故乡湘西。沈先生在他的文章中不止一次提到沱江，提到这条"流动而不凝固"的水，他说："我学会思索，我认识美，理解人生，水对于我有极大关系。"

我终于在路边的一块大石前滞住了脚步，那是一块一人高的大石。或许它是从沱江里被打捞上来，未经打磨，就这样原封不动地搁在了路边，或许它原本就生在路边，供路人累时短暂地栖息，任路人伸出手去轻轻地抚摸。照我思索，能理解我；照我思索，可认识"人"——这是石上刻着的一行字。碑的后面，是沈从文妻妹张允和的悼文：不折不从，亦慈亦让；星斗其文，赤子其人。正是凭着这石上的字，我才找到沈先生的。应该说，这是我一生里所见到的最为平实、最不招人眼目的墓冢，一如沈先生其人，谦恭、柔韧。如果不是那石上的字，我无论如何也不能确定，这里栖息着写了《边城》《长河》的沈从文。然而相比起那些高大且令人瞠目的墓碑，沈先生的这块墓碑要让人亲切得多。黄永玉在《比我老的老头》中为沈从文写过一句话：人死如远游，他归来在活人心上。

想起我八十年代初写的一些小说，一想起那些临摹沈先生风格的小说，我对沈先生就充满了感激之情。那时候，已是大龄青年的我半路出家，忽然做起了作家的梦。我疯狂地学着前人，学着今人，学着西方人，然而却隔膜得很。一本《沈从文小说集》让我豁然开朗，原来小说可以这样写，原来文学是可以不依附于其他的，文学就是文学。美是可以模仿的，我就是这样试着走近沈从文。我喜欢翠翠的温润透明，喜欢大佬的纯朴和愣怔，当然还有那沱江边的船工号子，以及那曾让千万船工释放原始本能的吊脚楼里的女人们。即使是失足女子，在沈先生的笔下都一样楚楚动人。这正像沈先生自己所说，当我接近人生时，我永远是个艺术家，却绝不是所谓道德君子。

离开沈从文墓地，再次走到凤凰街时，从对面迎来一列骑着自行车的少女。那些衣着时尚的少女们在石板路上骑行着，大声地叫着，如入无人之境。我忽然明白沈先生为什么把他盖世的才情截止于四十五岁以前。当翠翠不再凄婉，当大佬们的船工号子所表达的不再是纯真的爱情时，沈从文还有歌唱的必要吗？

茶姑子

　　石台多高山，山叠着山，山连着山，一直到与祁门搭界的牯牛降，海拔1700多米，看着那山高路远处的云遮雾障，我们停止了脚步。自三月下旬开始，这一路行来，现在已是四月中旬了。前后十来天，我们原本是徒步秋浦河的，却也一路攀山，凡有人迹处，无论山高路险，都想去试试，仗着的是年轻体壮，一说就是四十多年过去了。这一天来到庆东的表哥家，石台县六都的一个山村，人已很乏了。

　　我们来时，已半下午了。现在的时节，一般的茶乡，茶季已近尾声。但在六都，山高雾寒，还在茶的旺季，正应着白居易的："人间四月芳菲尽，山寺桃花始盛开。"这一路走来，见每一个茶农家都请了从江北来的茶姑子，多的人家有十几二十人，少的人家也有五六人。庆东表哥家有茶田五十几亩，不算多，也不算少，每年请来的茶姑子十几人。江北多平原，少有山地，茶姑子们来时，东家就请来木匠，茶姑子们的工钱，就折算成木匠手中的箱子、柜子、脚盆等作为茶姑子们的陪嫁。茶姑子年年都来，一般都在固定的人家。每年的茶季，东家屋里都会少几张熟面孔，也会多几张新面孔，不再来的茶姑子带着从石台山里的杉木清香，去了她们的婆家，过她们新的生活。这一段茶姑子的生活，偶或出现在她们绿色的梦里，于是便有了一夜的茶香。那逝去的日子，却不再来了。

这真是一年中最好的季节，站在山路口上，但见满山的油绿，树、山、大片大片的茶田，人淹没在这片油绿色中，人也是绿的，绿得透亮，绿得蓬蓬勃勃。

我们来时，表哥正忙着，忙着翻晒门前刚刚采摘的湿茶，那是预备做红茶的，叶子很大，屋子里的揉茶机在旋转着，那是在做绿茶。表哥身体不太好，儿子也才十几岁，表哥家一年的吃穿用度，就全在这一季茶中了。

山区天气多变，我们来时，还是晴空万里，而等我们放下行李，喝过一杯茶，天空顿时乌云密布。表哥忙着把茶叶收进屋里，他看看天，又朝远处的山路上看看，说："就要下雨了，这些茶姑子，就等着一会儿看她们一个个淋成落汤鸡的样子吧。"

木匠已经歇了手中的木器活，帮东家收茶，这时说："回来早了你又要说，你的话也难讲。"

表哥说："你就是向着她们，这一路下来，你到底看中哪个了，起早下手，到明天都走了，你就猫抓心了的难受吧。"

我和庆东也一起帮忙收茶，等把茶叶收到屋里，起了一阵风，门前又是一片艳阳天。茶叶堆放在屋里的团箕里，像一座座山，泛着湿草的清香。此刻正是难得的闲暇，我们就坐在厅堂里喝茶、抽烟、闲聊着，说着山里山外事，说着我们这一路见到的风景人物。木匠将烟头扔出门外，用他的滚刨在一只高脚盆里里外外地滚动着，再用砂布细细地在那脚盆上打磨抛光。

表哥说："我一看这就是春秀的，做得真是用心。"

木匠说："哪里的话，我还不是一视同仁？"

"你的心思我还看不出？"表哥打趣着说，"你同小河湾的那个睡觉没有？你要睡觉了，起早歇了对这个茶姑子的心思，你要晓得小河湾你那个丈母娘是有名的母老虎，河秀放了你，母老虎放不了你。"

木匠说："每次去送节，母老虎盯得我们像贼一样紧，晚上都是同我丈人捣腿。"

我听着他们的谈话，连我都看得出，木匠对原先的那一个已失了信心，却是也拿不定主意。

起了一阵风，山林里一片哗哗声，门前的水泥地上开始落下密密的雨点。表哥伸头朝外面看看，说："这些茶姑子，只怕这时正在半道上，要淋雨了。"

话音刚落，屋后的山背上就传来一阵女子清爽的笑闹声。紧接着，大片的雨点砸下来，十多个年轻的女子嘻嘻哈哈，争先恐后地拥进屋里，空旷的屋里立刻又浓郁了一股茶叶的青汁气来。听到"哗"的一声响，有人把顺手采来的毛竹笋从兜子里放到地上。

木匠说："老金刚才骂你们了，说你们在山头上被豪猪拖走了，被山大王拖去做压寨夫人了。"

"要拖就是拖春秀，春秀好看，才会总被人惦记着。"

"都是个没正经的,说就说到我身上,我是怎么得罪你了?"春秀说着,就去追打那刚才说话的姑娘。我知道这就是表哥刚才所说的春秀了。脸长长的,下巴圆削,梳着两条马尾辫子,辫子用橡皮筋扎着,因淋了雨,湿透了的衣服紧紧地绷着她。

茶姑子们解开胸前的布兜子,将茶叶放到地上。我开始打量这十多个江北女子,年龄在十六到二十三岁之间。刚才的一阵暴雨将她们的头发淋湿了,脸蛋却是红扑扑的,透出一股青春的气息。

这时,木匠拿出长秤开始一个个地称茶姑子们摘来的茶叶。茶姑子们便不再嬉笑,看着木匠手中的称杆。木匠倒也随意,将茶叶袋提起来,握一下,报出一个数。木匠好记性,一直等到十多个茶姑子的湿茶都称过了,这才在一个本子上记下每个茶姑子今天采摘的湿茶重量,记一笔,报一次。茶姑子们自然是记着自己的称重的,居然没有一个提出异议。

表哥说:"就凭你这功夫,做木匠真埋没了你。"

木匠说:"明年,我就打算与人合伙在丁香街上开一家饭店,伙计都请好了。"

表哥说:"但说好了,我要请你,你还得来。"

"那是自然的。"木匠说。

表哥与木匠的这一来一往,都是用着心的,只说给其中的一个茶姑子听。

饭前的一段时间里,几个女孩开始剥那些毛竹笋,她们从竹笋的尖部撕开一道口子,将笋衣绕在手指上,就这样一路剥下去,一根根鲜嫩的竹笋便一节一节地露出来,摊在地上,白白的一片。

表哥说:"快去洗洗,换换衣吧,淋了雨,别捂出病来。"

茶姑子们便又是一阵推搡，一拥而出，到另一间屋里去了。屋的那边便传来抖衣服的声音，水在盆里哗哗作响的声音，还有压抑的哧哧的笑声。

表嫂在那边催吃饭了，表哥又说："小胡你要想好了，等明天人走了，你就等着吃后悔药吧。"

木匠脸红红的，说："吃饭吃饭……"

吃过晚饭，木匠还在那块脚盆上做着细活，有几个茶姑子相邀着去隔壁人家看电视去了，剩下几个茶姑子开始在大铁锅里做茶。她们把湿茶倒在大铁锅里，湿茶在铁锅里爆跳着，噼噼啪啪地响着。茶姑子们裸露着手臂，在那大铁锅里翻炒着，动作熟练得很。那是给自家做的，好带回去孝敬爹娘，价钱当然是另外算的。我和庆东去了他的另一个表弟家串门。我注意到表弟的妻子操一口江北话，料想她也曾是一个茶姑子，现在却做了东家的妻子。

等我们回到表哥家时，已是夜里十点多钟了。堂屋里只有小木匠和那个梳马尾辫的姑娘春秀，春秀的眼睛红红的，像是哭过。见我们进来，她一扭身进屋去了。

茶屋里的灯一直亮着，庆东用他的相机跟拍着茶姑子们揉茶和炒茶的动作，我到底是熬不住长夜，睡觉去了。半夜里，我被一泡尿憋醒，闻到屋子里一股五香八角的浓香，竹篓里炭火明艳，几个茶姑子坐在那里一边喝着茶，一边吃着五香竹笋。我知道，她们不等天亮，就要回江北她们自己的家里去了。

滁州的亭子

"环滁皆山也",而当我站在酒店十六层临北的窗前,却只见平畴沃野,只见远远近近处清流四溢,只有烟云朦胧中依稀的村庄和点点白屋。目之所及,有一座座亭子,大小不一,其形各异,数了数,总有七八座。唯独不见一山。

沧海桑田,斗转星移,九百余年矣,今日的滁州城已不再是欧阳修当年外放的滁州,当然也不见欧阳修其人,但一篇《醉翁亭记》却给滁州带来九百余年不朽的名声,也给滁州带来一座座亭子:方的、圆的、六角的、八角的、歇山式、攒尖顶、庑殿顶不一而足。滁州,一座名副其实的亭城。

我来滁州,原是闲逸的。放下行李,只因我一句"到滁州来,不能不去看醉翁亭",大家便一呼而应。随行者有界为、广缘、常舟和常福四位年轻学僧。

这是二○二○年十月,一年中最好的月份,阳光煦和,不温不燥，似乎也就淡忘了一年前肆虐的疫情。不一会儿，我们便来到琅琊山公园入口处。我是古稀，按公园的规定是免却门票的，因有琅琊寺在内，我的学生们——随行的僧人也被告知无须买票。一路上峰回路转，果然"林壑尤美，望之蔚然深秀"，未至醉翁处，已有几分醉了。我们是为醉翁亭而来，自然是直奔醉翁亭而去，然行至入口处，除我以外，其他人都被告知须另买门票。而琅琊的售票处，却在山的那边，来回折腾，总须半个小时。四僧便说："我们原本是与醉字无缘的，那就随缘吧。"说话间，四件僧袍便消散于一片绿竹清影中，我独自走进醉翁亭，走进了一座院子。院内诸多亭子，亭又有亭。见一大石，上刻"醉翁亭"三个篆体大字。醉翁亭果然灵巧娟秀，亭檐飞翘如翼，极度夸张，如飞鸟方息于泉，如大鹏展翅欲飞。亭额"醉翁亭"三字为东坡先生所书。我临过东坡的字，东坡的字丰腴、扁平、偏偏不成方圆，但这三字却规整、方正，可见东坡先生对曾经提携过自己的欧阳修的恭敬和谨慎。

　　时有游客进而复去，独有我在亭子里坐着，默默地诵着《醉翁亭记》，却是东鳞西爪。清风习习，鸟语声声，亭檐上有几只麻雀肆意地飞来飞去，叽叽乱语，像是在接诵我的句子。我坐在那里，默默地享受着这一刻的清静，没有酒，却也有几分醉意。想象着当年欧阳修与随行者在亭中饮酒之乐，这一刻，我便也成了古人，随行于醉翁之乐，"酿泉为酒，泉香而酒洌；山肴野蔌，杂然而前陈者"，醺醺然也。

　　不知几时，出亭，见有亭联分列抱柱，"饮既不多缘何能醉；年尤为逮奚自称翁"。都是设问句。问谁？问作者自己，问我一样南来北往的过客，也问着九百余年来的时间过往。欧阳修写《醉翁亭记》时正当人生最好的年华，遂想起了苏轼的"早生华发"。欧阳修在滁州的两年，却也是他人生的至暗期。欧阳修因范仲淹而受排挤，但他的攻击者们却以最能毁灭一个人政治形象的绯闻作为击倒他的利箭。欧阳修一生写过不少艳词，这是事实，《醉翁琴趣外编》中有被人们认作"浑亵"的词作，这似乎就成了他的那些绯闻的依据。但正如胡适所说，"北宋并非一个道学的时代，写艳词并不犯禁"，那一时代正人君子们并不以此为讳。遭人构陷，尤其是两度绯闻缠身，是能击倒很多人的。

《醉翁亭记》写了太守与民同乐的情境，却也难掩无言的烦忧。但滁州两年余，欧阳修留下诸多业绩，又以宽简为政，受到滁州百姓的拥戴。文学方面，在滁州期间，除了《醉翁亭记》，另有《丰乐亭记》《菱溪石记》问世，都是不朽的文章。由此证明，欧阳修并没有被流言击倒，他在滁州稳稳当当地做着太守，安安静静地做着学问，写着他喜欢的诗词，做着他该做的事情，乐着他的乐。这就是欧阳修，文坛霸主欧阳修。

在此期间，欧阳修趁便又去了一趟枞阳浮山。在那里，欧阳修与山僧法远一盘棋一下就是千年，直到今天，浮山会圣岩下"因棋说法"四字仍赫然在目。棋枰之间，法远以一句"且道黑白未分时，一着落在什么处"提起话头，欧阳修因此而悟，叹曰："从来十九路，迷悟多少人。"政局如棋局，人生步步险棋，最险者是一直在迷与悟间忧虑徘徊。

出醉翁亭，林中小道上游人三三两两。夕阳西下，路旁流水潺潺，竹林间只有鸟语欢歌，没有人声喧哗。十月里的琅琊，悠闲而又恬静。

我发现一中年男子一直尾随着我们，其人着装整洁，面目清朗，似乎对我们一行中几位青年僧侣很是好奇。我便主动接近他，很快聊熟了。中年男子对佛门生活提出一系列好奇之问，我便尽我所知一一回答。他也终于向我敞露出他的心路历程，自言年轻时曾从政，中途下海经商，尝到了甜头，最终却一败涂地。他说他的家就在附近，年轻时几乎每日在琅琊跑步，那时的他年轻气盛，感觉一切都随心所欲，无论金钱还是女人。现在，他仍然每天来琅琊，既是散步，也为散心，更为每天一抬头就能见到那刻在门额上的"峰回路转"四个大字。他说，那四个字他太熟悉了，峰有回头之意，路有转角之功，可那时怎么就看不出来呢？"现在，我仍每天一抬头就看到那四个大字，字还是那四个字，但那四个大字却比任何时候都更让我触目惊心。"

说这话时，我们正走在那石拱门下，猛一抬头，果然见到石额上"峰回路转"四个大字。石额没有款识，不知刻自何人，但那四个繁体大字字字朴直，个个方正，每一刀都笔锋硬朗，透着刚劲与力道。

兴济桥

青溪河穿城而过，兴济桥连接着东西两岸，也连接着传统与现代，文明与进步。读桥头的碑铭，知道这桥有些历史了，四五百年了吧。而当初兴建此桥，除商贾之便利，亦有阴阳风水之说。据《池州府志》记载，池州西南有诸山之水汇于州南，经城东北而直流长江，"水之去也，文亦不显"，唯建一桥，方可扼风水之流失。

古代多阴阳家，多风水家，犹如今天多专家，多学者。我所居住的城市安庆有建于明隆庆年间的振风塔，其建筑之初，也是因有阴阳家说安庆北高南平，风水流失，始有八百年文风不振。塔建成后，明清以降，安庆文坛上的确曾涌现出一大批文坛大鳄，且不说像桐城派这样影响深远的文学流派，更有明末左光斗、近代陈独秀这样的文学大家，但不知是否与振风塔有关。

我曾在池州的一家工厂做过八年钳工，兴济桥就坐落在我所在的工厂之东门处。夏日的傍晚,我喜欢在桥上看人垂钓,看人捞虾,听人谈古,享受着夏日傍晚难得的清凉。看着桥下的流水带着天空的痕迹向下游缓缓流过,思绪也如这河一般无可捉摸。女儿幼时,我经常带着她到桥上兜风。桥很破了,女儿最喜欢的游戏便是将小石子一块一块地从桥面的缝隙中扔进去,听着石子掉入水中的叮咚之声,女儿开心极了。

我当初工作的厂子就在兴济桥畔,有一天,一个老人给我讲了一个关于这座桥的传说。

就像一切爱情故事,相爱中的男女青梅竹马,却偏偏有情无缘,姑娘被迫嫁给她不爱的男人。出嫁的前一天,姑娘坚决地将自己给了她的情人。从此,一对有情男女不得不隔河相望。孰知女人肚子里的秘密并没能瞒过新婚的丈夫,偏偏又是一个视名誉如生命的男人,终忧戚成疾,不治身亡,却也将一桩秘密永远地带走。翌年,女人诞下一子,子又有志,长大后金榜题名。当圣上得知状元的母亲是一位烈女,遂颁旨为其立一座贞节牌坊。母说:"儿啊,就用立贞节牌坊的银子在那条河上架一座桥吧,方便商贾行人。"桥建起来了,果然方便了一切商贾行人,也方便了隔河相望的有情男女。世上没有不透风的墙,很快,一桩掩藏很久的奸情败露。朝廷以欺君之罪杀了那位少年得志的状元,而他的亲生父母,也双双撞死在状元桥上。

靠在有着数百年历史的古桥栏上,桥面上掠过一丝若有若无的风,那天傍晚,老人的故事深深地打动了我。

偶读东晋初年干宝的《搜神记》中一则故事,也是与爱情相关的。

战国时期，宋康王霸占了属下韩凭之妻何氏，却将韩凭派去戍守边关。一日，康王截获了韩妻写给丈夫的信："其雨淫淫，河大水深，日出当心。"康王不解其意，便有大臣苏贺解曰，第一句是说她苦苦思念如意郎君；第二句是说夫妻相见只怕永无期；第三句是说她主意已定，将以一死了之。不久，即传来韩凭自杀身亡的消息。一次，其妻乘康王带她登上高台之际，纵身一跃，留下的遗书曰："王利其生，妾利其死，愿以尸骨赐凭合葬。"康王命人将韩凭与其妻的尸骨分葬两处，且遥遥相望。

不久，从两座新坟里各长出一棵树来。又十余日，两树竟有一抱之粗，且树干弯曲，相向而生，又数日，两树竟合为一树，有雌雄鸳鸯双双栖息于树，幽幽哀鸣而不绝。

合上书页，又想起池州的兴济桥。相思树，兴济桥；兴济桥，相思树。自古以来，所有能够留存千古的爱情，其结局都是差不多的，却把一段美丽留在人间。

安园小记

　　安园非园,而是一私人工作间。园主一人,室有二间,大小约四十平方米,称其陋室也未尝不可。我初去安园时,远远听到斧斫之声,室内则尘埃飞扬,有木质幽香弥漫其间。墙上所挂,是刨锯斧斫,大小不一,一时几度怀疑误入一处木工工作坊。案上有一尊已成雏形的古琴。其色泽暗黑,质地坚硬,似出自遥远山野或深远水域,让其得见天日者,不知何人。今主人得之,视若珍宝,也未为怪。

　　安园之主非匠人,非琴师,亦非古董商,更非闲暇无聊者,乃某大学中文系教授安刚强,我称其为安先生。

　　安先生放下手中活计,领我到对面一屋,又是另一方世界。一石,一几,几上菖蒲绒绒一握,青绿如玉,一炷檀香轻盈缭绕,室内桌几椅凳,均刻有历史陈迹,加之墙上书画匾额,无不体现古之士大夫之淡雅之素洁之深远之开阔。斋号"安园"二字不知出自何人，却也拙朴苍劲，而"细雨闲开卷，微风独弄琴"之楹联则是我熟悉的安庆书法家冯仲华老手迹。

安园是安先生的园子，也是他的心安之处。安先生在大学里讲授《离骚》和文学史，又精研佛学，犹乐于斫琴及修复古董。安先生是文人、是雅士、是匠人、是贫民，也是士大夫。安先生在此斫琴、弹琴，也在此与朋友喝茶聊天，情之所至，一曲李白的《秋风词》则让座中诸人顿入古之幽境。

我喜欢安园的宁静，也喜欢安先生的红茶及点心。我去安园时，时常不期而遇王先生、江女士等人。王先生目前在编写《安庆道教志》，江女士因一部《酥油》名满天下。

"林间谈笑须归我，天下安危宜系公"，安先生正是知天命之年，但其不慕虚荣，不求仕途，而乐于安园之道，实难能可贵。人皆有道，教书是安先生之道，斫琴也为安先生之道。堂堂教授，时而去市面捡拾垃圾，拾捡人之所弃，他之有用之物而修旧如旧，亦为安先生之道。道者，即真性也，安先生有此真性，可见非常人也。

安园距吾居处反咫尺之遥，吾每每信步，便与安园不期而至。安先生置下手中之活，一杯清茶，两碟茶点，三言二语，无话不至，乃至烹饪秘籍，坊间传闻，无所顾忌——安园，安哉，乐哉，是之为园。

老子曰，道可道，非常道。此道非追名逐利之道，非逢迎溜须之道。世事纷扰，易乱耳矣；物欲虽美，易乱心耳。安先生有一处安园得以安心，陋则陋矣，却也幸也足哉。

竹米

画僧妙虚法师送我一盆新竹，一棵普普通通的青丝竹，从附近山上挖来的，细细的一秆，几根嫩枝，错落在秆上，培在一只陶盆里，婷婷的，直直的。风吹时，竹叶舞动，挲挲而响，看似柔韧，却很劲挺。即使严冬，盆里积雪数寸，竹也似不堪重负，弯成一张弓，以为躲不过冬天，而等到冰消雪融，那盆竹依然挺立着，映着晒台南墙外迎江寺后花园里的几株野桃花，真应了苏轼的那句"竹外桃花三两枝，春江水暖鸭先知"。那花园里有一块放生池，鸭是没有的，却有几十尾被人放生的红鲤鱼。此刻，阳光照在池面上，鱼儿们在池子里游动着，自在极了。

这盆竹就一直放在晒台上，这让一向荒芜的晒台一下子精神起来。因这盆竹，我曾尝试画竹。明知竹是不好画的，要画出竹的风骨，画出竹的气节尤难，但还是画了起来。我先是照着芥子园画谱临摹，自认为基础有了，便脱了画谱，照那盆竹画了起来，努力是够努力的，却总不如意。须知竹虽柔韧，却有着俏女子的灵气，也有大丈夫的刚劲。而这些，如同写作，完全靠努力是做不到的。

古往今来，竹画得最好的应数清代的郑燮，板桥是也。板桥出身于书香门第，自幼饱读诗书，也算是学问之辈，只是直到四十九岁，才正式踏入仕途，先后做了十二年县令。官虽不大，但他却做得认真。他曾作过一幅《潍县署中画竹呈年伯包大丞括》的画，画中题诗："衙斋卧听萧萧竹，疑是民间疾苦声。"即此一句，作为父母官，可见他对民间疾苦的体恤。

板桥其性狷介，自然是不为世俗所容，其晚年，索性罢了官，只做一介平民，并以卖画为生。他画竹，也画花鸟，现留存于世的，却多是竹。

写到郑板桥，不知怎么就想到现代的另一人张伯驹。偶翻张伯驹先生的《烟云过眼》，其中收集了一百三十八幅书画，以及这些书画的评介。这些书墨画品，都是珍品绝品，尤以隋代展子虔的《游春图》和西晋陆机的《平复帖》最为珍贵，是国内现存的最古老的名人墨迹。此外还有黄庭坚的《座上帖》、宋徽宗的《雪江归棹卷》、东晋王羲之的《快雪时晴帖》、王献之的《中秋帖》以及李白的《上阳台帖》。如今，这些历史的洪荒之作都成了北京故宫博物院的镇馆之宝。无怪乎有人说，世人逛遍紫禁城，不懂伯驹也枉然。

中国古人多以山水画见长，也以此而见功夫。张伯驹收藏的画中，多为山水或花卉小品，各个标注了它们的年代、作者以及收藏之地，却只有一幅清人郑板桥的纸本墨笔《竹石》轴，三四杆竹，竹叶婆娑，枝枝劲挺，竿竿屹立，无一丝衰气，旁有美石两尊，与竹等高，衬托着竹的柔韧，也衬托出竹的坚挺。画中有题款四句："咬定青山不放松，立根原在破岩中，千磨万击还坚劲，任尔东西南北风。"这首诗，自是幼时即熟读透了，而今大半生过去，此时从《烟云过眼》中一睹真颜，虽是印帖，却也受用。

我临过多位大师的竹，却从未拜过师，学过艺，以板桥先生的竹为最爱。一年一年过去，竹画得毫无起色，但那盆中之竹却越长越高，眼看着那只陶盆已容不下它了，便送去附近我常去的乡下。那里有一方院子，我指望这杆竹会得天地之灵气，会比在我的晒台上长得更加精神。谁知那地方遍山是竹，也就不当我的这盆竹为宝。那杆竹后来便淹没在一竹杂木丛中，眼看就将枯去，但却在某一年春天死而复生，又过了几年，竟长出一大片，成了密密的一片竹林。冬天，周围的杂树花枯了，叶落了，唯那丛竹葳蕤着，有成群的麻雀或不知名的鸟儿在那竹林里嬉戏，欢叫着，一点不嫌烦的样子。我想，由一杆新竹长成一片竹林只用短短十来年时间，而人生，从年轻到年老，却是一段漫长的历史。在这漫长的岁月间，人经历了多少艰难困苦？人总是在抱怨着，抱怨天，抱怨地，也抱怨人，而竹呢，竹也有竹的一生，也有岁月的枯荣，它又能说些什么呢？若干年后，等我们不在了，它或许还会存在着，只要不遇天灾人祸，它会一直就这样活下去，活成一片越来越大的竹林。人，说到底不如竹啊。

应该再说说伯驹先生。伯驹先生一生收藏颇丰，一生却经历磨难无数。读他女儿张传彩的《我的父亲张伯驹》，一九四一年，张伯驹遭人绑架，绑匪索价三百万元伪币赎金，实际上，绑匪的目的就是敲诈他收藏的名墨书画。张伯驹说："要我的命可以，但是我的书画动都不能动。"如此僵持了近八个月之久，后来经张伯驹夫人四处筹措了四十根金条，才赎得伯驹先生安全归来。家中书画保存完好无缺。

一九五六年，伯驹夫妇将一百多件收藏品捐献给国家，其中即有隋代展子虔的《游春图》和西晋陆机的《平复帖》。这两幅中国最古老的名人墨迹成为北京故宫博物院的镇馆之宝。而剩下的藏品却在随后而至的那场浩劫中被小将们毁之一炬，伯驹先生也被打入另类。雨过天晴，有人问伯驹先生被打成另类时有何感想，伯驹先生说："此事太出我意料……不过我告诉自己，国家大，人多，自己看古画也有过差错，为什么不许别人错给我一顶帽子呢？"似乎那过往的一切，真的都成了"过眼烟云"。

那一年我下放到铜陵新桥乡大明村，那里满山都是竹，所有的家具都是竹制的。竹桌、竹椅、竹床，连碗柜都是竹制的。风吹过，竹林的深处便传来一片山呼海啸般的吼声，令人震撼也令人心悸。我们放下行李便往竹林深处跑去，那是我们第一次见到面积如此之大的竹林，见到如此丰沛的竹的资源。春天，我们去竹林里挖春笋，冬天，我们去竹林中挖冬笋。须知那是公社里的财物，可村民们自己从不敢拔一根竹笋，却容忍我们肆无忌惮地毁灭那片大集体中的重要经济资源。农民们的宽容，让我们在感动之余也感觉到羞愧。

食物总是一如既往地匮乏，我开始跟随一个乡间郎中学习中医。老郎中并不向我传授望闻问切，却向我推荐他家里一本又一本逃过一次次劫难的医书。一日，我从一本书中读到："今近道竹间，时见开花，小白如枣花。亦结实，如小麦子。无气味而涩。江浙人号为竹米。以为荒年之兆。其竹即死。"我便问："这一段说的是什么，竹米能吃吗？"老郎中便说："此是竹实，又曰竹米，可磨成粉，以充荒年之饥。"我便盼着那满山的竹林深处能开出花来，结为竹米，以充饥腹。老郎中说："你不见书上写了，竹结实为米，以为荒年之兆，其竹即死。"

我问老郎中见过竹子开花吗？他回答说百年未见。接着他又说现在还不是最荒的年份，永远都不要见到竹子开花，就这样半饥半饱的，将就着过吧。

几十年过去，日子翻过一页又一页，每照镜子，见面容渐枯，想着过往的岁月，有苦也有甜，我只时常记着当年老郎中的一句话：将就着过吧。

雾与悟

清晨开始的雾一直没有散去,原本的游山计划取消了。同行者卧在各自的房里玩手机,或是趁这段时间抓紧完成自己的文案。我耐不住寂寞,走出宾馆。雾很浓,这是这座名山的自然天象。据说一年中有一半的天气都是这样的。雾时浓时淡,周围迷离起来,那层层叠叠的山,山中的寺庙,连同山中的岁月,都一同在这片经久的雾气中缥缈。

沿着宾馆附近的一条小巷慢慢地走着,冷风细雨中,有幽幽的铃磬之声在小巷深处传来。迎着铃磬之声,我走向小巷的深处,一直走到一座院落前。这是一处普通的院落,院子里有一座小小的庵堂。院落与庵堂的格局,一开始竟让我无法将它与周围的民居区别开来,多亏那轻若蝉翼的铃磬声和轻吟般的读经声。记忆中不止一次走过这条巷子,竟然一次也没有发现这座庵堂,是因为它的小吗?还是因这院落太普通了?

走进院子，我不想打搅她们，就站在院子里的一处，静静地听着从敞开的屋子里传来的铃磬之声，安逸得很。

麻石条铺就的院子，湿漉漉的方砖地，院门一侧有一处池塘。现在，我就站在这一处池塘边，看那塘里几尾鱼在清澈的水底悠悠地摆尾。这一刻，鱼儿是自在的，我的心也是自在的，因为自在，所以敞亮，虽然雾仍然很浓，见不到太阳。有一蓬睡莲在池塘的中央，因是阴雨天，睡莲尚未醒开，只留下几茎花苞，像医学书中闭合的心脏，而那漂浮在水面上的莲叶却异常地绿，在雾气中如同上了一层釉一般。塘边搭了一蓬瓜架，丝瓜的花灿灿地黄着，有几条丝瓜垂落下来，还有池塘边上的我，这一切都映在塘里，眼前的这一方池塘就成了一个满当当的空的世界。

铃磬之声轻轻地拨动着时间，拨动着清晨这冷而滞的空气，让时间之轮慢慢地旋转着。

我站在院子里，忘记了外面的大雾，忘记了时间，甚至也忘记了自己的存在。

村庄（外一篇）

村庄被一行行柳树遮蔽着。柳树开始吐绿，透过吐绿的柳树，可以看到远处旷野里大片的油菜花铺展开来。正是这些开始呈现大自然生命的色彩，让原本沉闷的雨季生动起来，也让一条秋浦河灵动起来。我们走在这河岸的村庄里，就像走进一首唐诗里："一望二三里，烟村四五家，门前六七树，八九十枝花。"

村庄静静地立在河岸上，似乎听不到任何声息。鸡鸣、狗吠、人声以及这个春天本该有的声息，这些被散文家习惯描写的词句，此刻都因为这场雨被屏蔽了。只有画面——无声的画面。春节的喧闹刚刚过去，年轻人都外出打工了，村子里只有一些老人、孩子和妇女。年轻人走了，也把村子里的活力和喧闹一并带走了。留给秋浦河的，就只有这一座座空村。门楣上有被雨水打白了的春联，村路上有一堆堆燃放过后的鞭炮屑，同样被雨水浸泡过，经脚迹踏踩过，它们静静地躺在那里，显示涅槃过后的静寂。

风轻轻地拂在脸上,带着零星的雨丝。偶尔,一只鸟从头顶掠过,带着天空的惊悚,让人有飞起来的欲望。

村庄的气味是让人迷恋的,村前灰黄的草垛、村后洞开的牛栏、池塘里干涸的淤泥,如果能遇到一堆正燃的火粪,那就更让人陶醉。在这样的气味里,我很想走进任何一户人家,在秋浦河人家特有的火塘边坐下,同老人、孩子或妇女随意地唠嗑,同他们一起讨论一下村庄的现在或未来,虽然这不免有些迂腐。火塘里的栗炭火红得耀眼,火上坐着酽酽的红茶,或者是煨得稀烂的骨头,还有他们特有的火烧鸡蛋。如果有一壶温热的老酒,就完美得近乎奢侈了。

其实我知道,这一刻老人、孩子和妇女们或许正围坐在火塘边,看一部哭哭闹闹的电视剧。尽管那上演的喜剧或悲剧离他们的生活相去甚远,但这并不妨碍他们打发寂寞的那份心情。

我常常想,我的前生,或许与秋浦河曾有过一段难以释怀的情感。很多年前,我学生胡海的家就在秋浦河岸边,那时候,他的祖母尚在,他父亲也很健康,再加上他可爱的弟弟妹妹和将一切零散的土地都种上玉米、种上豆角、种上蔬菜的母亲,虽然境遇总是差强人意,但他的家里总不缺快乐。一年里,我总有几次融入这个家庭,于是我感觉自己也成了秋浦河人。

秋浦河给了我太多的故事,给了我太多的灵感,也给了我太多的心灵慰藉。很多年前,我独自背着行囊,行走在秋浦河两岸。没有目的,没有目标,我走在那些村庄或是河滩上,哪怕一点点功利的东西,都消失殆尽,人也变得清爽干净起来。有一次,我走进一个叫李元化老人的家里。火桶上坐着的除了李元化,还有另外一位年纪相仿的女人。他们坐在一起的姿态以及他们在见到我的一刹倏地分开的尴尬,我知道他们并非一对夫妇。乡村里,这样的露水夫妻很多,但是,这一对依偎在一起的老人却莫名地感动了我。他们相互依持的背影,让人想起生命中那许多不能承受之轻。

在这个雨季,我再次走进秋浦河,走进秋浦河的一座村庄。

"夕阳西下,断肠人在天涯……"

只是,此刻只有时断时续的春雨,夕阳在薄薄的云缝里。

空村

平常的日子里,村子里除了老人、孩子以及必须留守的女人,就只剩下那些鸡和狗了。

一到腊月二十八,村子里开始热闹起来。每天一趟的班车早上从山里开出,下午两点半再从城里返回。回来时,班车就显出从未有过的爆满。头天家里就得到电话了,这时候,村路上就站着各家的老人,或者是年轻的女人,热切的眼神巴不得穿过几层山头,看那公路的尽头白色的班车远远地过来。这时候,听到汽车的引擎声,那辆车终于渐渐地大了,一点点大起来,大到看清车顶棚堆积的货物,大到看到伸到车窗外的人头,于是,心也随着那引擎怦怦地跳起来。每到一个村口,班车就丢下一二人或三四人,还有大包小包的行李、滑轮箱。虽然是至亲的人,见面了,话也不多说,一年或两年不见,彼此都有些生疏,那从外边回来的人一般都穿得很时尚,沉重的行李包裹任由老人扛着,自己空着手，或提着很小很轻的塑料包装袋，那里面装着毛巾或是路上吃剩下的苏打饼干和矿泉水等并不重要的物件，跟在自家人后面，一路向村子里走去。免不了要遇上熟人，一路走，一路要打着招呼，回答一些无关紧要或纯粹的客套话，不知为什么，竟带着几分羞涩，口音都变了，带着广东或江浙的话尾子，舌头大大的，连他们自己听起来都觉得别扭，但也觉得没什么不好，就这样进了自家的门里。站在堂屋里，怔怔地，半天回不过神来。家当然还是那个家，中堂还是去年挂上去的四大伟人，两厢的壁上贴着电影明星的画报，电子钟一如既往地走着，但感觉上却是怪怪的，有些不习惯的样子。家里老人问老板给了多少天假，回答说，过了初五就要走，厂里忙得很呢。老人听后嘴里不停地埋怨着，声音粗粗的，像是在生老板的气，又像是生家里人的气，不知道为什么。自己也明白，这个家，生得很了。

接下来几天，村子里在外面打工的人都回来了。到了年三十下午，当最后一趟班车终于驶过去后，大家都知道，要回来的，都回来了，没有回来的，今年又没有指望了。烟囱里整日都冒着烟气，做糖、蒸米粑、打年糕、卤猪耳朵、祭祖，堆在屋檐下的硬柴没两天就矮了半截，每一家都忙得连上厕所的空都没有。猪早在一星期前就杀了，卖掉半边，留下半边，留下的半边又一分为二，一半撒上盐，压上石头，腌在大缸里，一半留作过年用。豆腐是不用做的，村子里有克山家的豆腐坊，克山这几天的生意特别好，做多少都能卖掉。克山的儿子在无锡做油漆，按理说年终时并没有多少人家装修房子，但二十八晚上还是打电话，说不回来了。他没说什么理由，家里人也不问，知道问也是白问。他心里清楚，这一年生意不景气，与其空落落两袖清风地来回倒腾，不如省下路费，说不定趁着过年那几天，还能碰运气揽上几宗活。

天气是出奇的好，任由家里人忙着，他们穿着最时新的皮夹克，蹬着毛皮鞋，东家串串，西家走走。口袋里的烟是红塔山或者玉溪，见到人就散着，好像那烟是不要钱白捡来的。"回家来了？""回家来了。""还在温州啊？""是的，在温州苍南。""老板人好吗，一个月开多少工资？""还可以吧，不算多，每月三四千。""钱不经用啊。"说话期间，袋里的手机就响了，是从网上下载的铃音"发财了，发财了，天上掉下馅饼了，想不发财都难了"，手机是一年换一次的，前几年是越来越薄，越来越小，现在是越来越厚，越来越大，都是摩托罗拉，但是那种带蓝牙、能上网、能下载音乐的那种。他们当着人面大声地同老板说话，或者是不知道同什么人说话，声音仍是硬硬的、粗粗的，但却带着几分怯，好像是在自家的村子里，又好像仍是在打工的厂子里，说着说着，就捂着手机走到没人的地方去了，声音却小了许多。

随着村子的日渐空落，走出去的不仅是男性，一批批女性也出去了。仅仅一年，村子人发现，原先的黄毛丫头现在真正变成大姑娘了，而且是很时尚的城市姑娘，她们穿着羽绒服，是能束腰的那种"阿里斯顿"。在自家门口，虽然不便把妆化得太浓，但她们还是抹了口红，嘴唇血红而油亮。她们嗑着瓜子，含着话李，脸皮白白的，不停地说着外面的事，又生怕把口红吃进嘴里，只好噘着嘴。这样子说话，就显出几分娇气和贵气。旁人问起她们做什么，她们只说还在大酒店做领班。她们的父母却是另一种回答，只说在某某厂，做电工、做缝纫、做模工什么的。村子里消息灵通得很,大家都知道"领班"是做什么的,只是不肯说破罢了。转过屁股,关上门家里人就说:"切,还做模工,看那屁股盘子扭的,人模子差不多。"

不管怎么说,村子里开始热闹起来,连那几条狗,也人来疯似地跑进跑出,没来由地吠着,声音里带着某种没来由的兴奋。

年很快就过去了,离回厂的日子越来越近,那些像南雁一样归来又离去的年轻人开始心不在焉。人是个怪物,刚回来时,一百个不习惯,在家里待了几天,又开始舍不得离去,都说到底还是自己的家啊。他们忽然觉得该带老人去城里医院看看一年比一年严重的哮喘病,抓几副中药尽尽孝,要么到该走的亲戚家走走,要么邀几个差不多的亲戚或同学,围一张桌子搓起了麻将。他们将脚插在桌子下面的火桶里,整个身子都暖暖的,嘴里叼着烟,打一个板子五十,甚至一百,出手的大方令家里的老人胆颤心惊。一直打到天黑,接下来就是喝酒,一直喝到有人倒下,说着胡话,被人搀到家里倒头就睡下为止。一天都难得跟家里的老人说上几句话,他们甚至都记不得老人跟他说些什么了。老人说:"你四爹爹死了。"他说:"呵,怎么死的?""癌。""呵,那有什么办法?"口气淡淡的,老人说:"家里的田都荒了,我也做不动了。"他说:"荒就荒了吧,我一年带两千回来,还不够你们俩吃喝?"仍是淡淡的口吻。老人们知道,自己的这个儿子或女儿已不再属于村子,他们的心里不再有四爹爹,不再有荒芜的田地,甚至不再有这可有可无的家。老人说:"村口的家林比你小,都带一个回来了,说是朋友,看那肚子都临时临月了。"他说:"切,大惊小怪,明年我也给你带一个回来。"话说到这个份上，老人就知足了，也就不再问了。

正月是平静的，但却不是每一家都是如此。叔齐的老婆在杭州替人做保姆，每月除开吃喝，净拿八百元，自己留五十元零用，其余都悉数寄回家。这些钱，够叔齐花了，但叔齐还缺点什么，于是，叔齐老婆回家不到三天就听到关于叔齐的风风雨雨，那个屋子里摔桌子砸碗闹腾到半夜。而村东头玉好家的，不是老人留着神，差一点就出人命了。但到了初五那天，当班车开过来时，人们看到叔齐替老婆扛着行李，就像那天他老婆回家时一样亲亲热热。玉好的妻子则被玉好带走了。玉好在苏州做馒头，他说："我缺一个帮手，与其雇别人，不如把老婆带去，两个孩子就只好交给老人了。"

初五的早上，班车被打工的人挤得满满的，白色的车子在乡村公路上颠簸着，渐渐远去，村子，陡地空了。

日子还在继续。一个村子都在等着，等着又一个腊月二十八。

朱家大屋

我早已不再年轻，但我对生活的热情丝毫未减。退休以后，我接受了一所特殊学校的聘请，担任着一份教职。这里远离闹市，环境清幽，空气清新，让我得到心灵的满足。但万事最忌执念，我知道，这种离群索居的生活是必须有所冲淡的。于是，我会不时走近更多的人群，去体察红尘内外纷繁的人生。人总是在矛盾中生存的，仿佛只有矛盾状态下的生命才是真实的生命。为此，我也时而去城市的商场，在喧闹的人群中看琳琅满目，观声色犬马，或是走进附近的乡村，参与到老农们的生活，与他们打一场麻将，输赢在几元到几十元之间。我就是在这样相互切换的生活频道中调节着自己的生活，也算自在。

附近的老田吴村是我常去的地方。村子由十六个行政村组成，人口三千人之众。村子的历史可追溯到一千多年前的大唐时代。像附近其他的村庄一样，古老传说中的主角永远都不离一位从高句丽几度涉水来华的金乔觉先生。我喜欢在傍晚踏着树冠下散碎的夕阳独自走进老田吴村,挤坐在村口的尚书亭里,听老人们说一些家长里短,听他们说一些关于村子的从前和现在。直到现在,我们并不知道彼此的姓名,但并不妨碍我们之间毫无防备的交谈。熟悉了,偶尔较长时间不见我,等我再去时,他们会问:"这一阵怎么不见你来?"我便说"放暑假了,回家去了",或者说"这一阵因为某事,来不了"。彼此一笑,就此坐到他们移出来的位置上,屁股下热热的,是他们留下的体温,也是他们生命的气息。这一刻,真正是屁股决定了脑袋,我与他们之间的距离陡然拉近了。我不是一个善于搭讪的人,照旧是听他们说东道西,我只是静静地观察着他们说话的腔调,饶有兴趣地听着他们的插科打诨,想象着他们年轻时的性情和可能的生活,当然还有他们曾有过的浓烈的爱情与婚姻。

更多的时候,我会独自穿行在老田吴村纵横交错的巷弄里,泥灰脱落的院墙上存留着的那个时代的豪言壮语被繁芜的青藤覆盖大半,有金黄的丝瓜花在青藤间灿然地开放着,有时是一只硕大的南瓜沉沉地垂吊着,不免要担心它们随时会受地球的引力猛然落地,摔得粉身碎骨。我沿着穿村而过的溪流缓缓走过,经过一家家院子,大抵相同的格局,鸡和鸭沉浸于自己的世界里,不去管它们。我曾在一间看上去有些老旧的屋子里与一个制作古琴的中年男子喝茶闲聊,闲聊中得知他曾经做过多年特警。而今他却放下枪械,用他与歹徒生死格斗过的双手为我弹了一段无名曲。我虽然听不懂他弹的内容,但还是被他的音乐带入一种空灵的情境。

那一次,我与恒师走过一间很大的门面,门楣上挂着古旧的牌匾"朱家大屋",厅堂里有几张茶桌,木质和样式都像是有年头的——是一家茶舍。我知道这茶舍的主人未必姓朱,我所看到的,也未必是这间老屋原本的样子。似这样按照现代人审美而打造出来的复古徽派老屋附近还有很多,但朱家大屋却是老田吴村最大的一间。大门敞开着,茶桌前却空无一人。因其与我的一部长篇小说书名《朱家大屋》同名,我们怀着一种新奇,便不揣冒昧地走了进去。正门的抱柱上刻着一副对联"杨柳溪桥初过雨,杏花楼阁半藏烟",录的是清代女诗人王慧的诗句,题款者却是"徐世昌"。徐世昌曾为袁世凯幕僚,也曾在北洋政府任过要职,可见并非一个寻常的人物。现在用来装饰一家乡村茶舍,却也增加了几分雅气。厅堂正壁上高悬一块看上去很旧的匾额,刻着"年高德劭"。这应该是从一个大户人家的阁楼上搜寻来的。一幅山水画轴两旁的对联:"自信人生二百年,会当水击三千里。"一张古筝静卧在那里,仿佛在等着一双灵巧的手去轻轻地拨弄它,拨弄出一首时而激越,时而凄婉的曲子。这间混搭着各个朝代文化气息的老屋,就像是一方穿越了不同年代历史的舞台,而穿着时尚夹克外套的我与身着青色僧衣的恒师,就成了这场戏剧中的人物。

忽地楼梯传来一阵声响,一个曼妙的女子走入这场戏剧。她看上去不到三十岁,略施粉黛而使她看上去要年轻得多。我们做了自我介绍,以化解贸然闯进这间老屋茶舍的尴尬。女子微笑着,将我们引入一张茶桌前,开始熟练地为我们沏茶。细长的茶杯搁在我们的面前,忽然想到这样的茶杯用来喝酒最妙,而当橙红色茶水映衬着茶杯的古瓷老釉,我又感觉这样的茶杯用来饮茶正好。主人从瓷罐中夹出几块烧饼搁在小碟上。我们喝着茶水,吃着梅干菜馅的黄山烧饼,说话也畅快了许多。我平常并不爱喝茶,品不出茶水的所以然。恒师是精于茶道的，他与女子谈论着茶的成色以及红茶的制作与保养。直到天色灰暗，门外的霓虹灯开始亮起，没有一个客人走进这间屋子，除了我们。职业的习惯，我问起女子的过往，她说她是附近青阳人，原先是做茶叶生意的，前年刚租下这间老屋做了茶舍，客人很少，勉强着对付吧。语毕，谈话陷入了短暂的沉默，我似乎能从这短暂的沉默中知道了她所走过的坎坷以及她的不易。

"好在我隔壁开着饭店，勉强能维持下去。"她给我们续着茶水，说："今天是周五，老田吴村唱大戏的日子，你别看这一刻我这屋里冷冷清清，到了晚上七八点钟，来喝晚茶的、吃夜宵的，大家聚在一起就热闹了。"女子说着，倒像是在安慰着我们。看得出，她的心思还是在这间茶舍上。"杨柳溪桥初过雨，杏花楼阁半藏烟"，这一刻，我眼前竟幻化出一个犹抱琵琶半遮面的古典仕女，是白居易眼中的仕女，也是徐世昌眼中的仕女，终归是美的。

时间不早了，那边的大戏也该散了，我们交换了微信，便走进夜色中的老田吴村。

远处的祠堂里，迷彩的灯光照耀着空荡荡的戏台，一曲戏正处在换场阶段，我看了看手机，应该是最后一场了。大凡中国的戏曲，其结尾都是欢快的，君子落难，小姐讨饭，最后不外是大团圆的终场。正如天幕下的这人间大戏场，悲与喜，得意和失意，都是人生戏份中必有的剧情，而胜者往往都是在这场人生大戏中的孤勇奋进者。

我们走出很远了，那边祠堂里的锣鼓声骤然响起，急促的节奏显然是一场完美结局的开始。

春天，在秋浦河源头

雨细细地下着，就像扯不断的丝网，清晰中透着朦胧。清晰的是雨打在伞面上的声音，像一阵阵密集的鼓点；朦胧的是远山，山被雾雨笼罩着，像是一幅泼墨画。

这条线路交通不太便利，一天两班公交车，若是误了一班车，就得等上半天。在珂田，我付了一辆三轮车四倍的车钱，司机才答应将我单独送到源头李村。

我来秋浦河，已是第二次。十六年前，我曾沿着秋浦河一路徒步。秋浦河一路流淌，直到在池州境内与长江汇合。那次的徒步，我积累了厚厚两大本素材，完成了自己较为满意的一些文字。十六年过去，世界变化之大，让人瞠目，我也像是一下子被掏空了，加上前年在藏区的一次死亡之旅，似乎就参透了生死，把一切都看淡了，却又不肯甘心，便再次踏上秋浦河的行旅。

车行不到二十分钟，司机把车停下，说："到了。"三轮车丢下我，掉转车头离我而去。我撑着雨伞，茫然地站在公路上，让一路被三轮车颠簸得昏昏沉沉的大脑尽快苏醒，接着便朝着一片村落走去。公路两旁有好几处大大小小的村落，每座村落里都有一栋栋漂亮的二层小楼，让我完全找不到第一次来源头李村时的感觉，更无法找到当初宿住的人家。一个骑着摩托的年轻人在我的身边停下，他问我："你要找哪家？"我回答说："找一户姓李的人家。"年轻人笑了，说："这一片源头李村，百分之九十的人家都姓李，你要找哪户姓李的人家呢？"我回答不出。恰在这时，我的学生胡海发来短信："老师可去找李文唯，他是一个有故事的人。"我谢过年轻人，开始往村子里走去。

一家一家的院子，每一家院子里都种着花草。栀子花打着细细的花苞，月季被雨水淋湿，枝头上只有残存的花瓣，就像是画家无意间滴落的残颜。每个铺着水泥或鹅卵石的院子里都被主人家侍弄得清清爽爽。这座在清代曾出过布政使的源头李村就像一个归隐的士大夫，虽陋住乡里，却不失贵族之气。在一处河岸边，我找到李文唯的家。院子里鹅卵石的缝隙中零零落落地长着寸把长的野草和一些油菜苗，此刻的油菜苗正开着粲然的黄花。这些在无意中洒落的种子，看上去却像是主人精心的侍弄。

屋子里响着武侠电视剧的打斗声，依偎在火桶里看电视的是一对老人，看上去应该七十好几了。我先介绍自己，又说了我学生胡海的名字。李文唯看了看我，说他并不认识胡海，但他又说前年的确曾有几个电视台的人来采访过他，该讲的都给他们讲过了。

我说："我即将退休，没什么事干，就出来走走，顺便听听故事，就是这样。"

李文唯态度稍有转变，招呼我说："你带杯子了吗？茶鼓里有茶叶，水瓶里是刚烧的水，你自己泡杯茶喝吧。"

女人从火桶里下来，给我泡了茶，说："你的裤脚都湿透了，到火桶里烘烘吧。"她又说："还没吃饭吧，我给你下一碗面吃。"我连说不要不要，但她还是去了后面的厨房。

我看到这屋子的一角有一只废弃的火塘，我知道，现在只有陈年老屋才保留着这种老式火塘。看到火塘，我再次想起那年冬天火塘里通红的炭火。炭灰中煨着几只鸡蛋，火塘上架着的三角架子上，砂吊子里的咸肉骨头汤翻腾着，发出阵阵诱人的香气。同样是这样的阴雨天，那一次我和几个当地村民依偎在火塘边的感觉真好。

没话找话，我问李文唯："家里就你们老两口儿吗？"他连忙说："不是，不是，她是我隔壁邻居，没事来我这里看电视。"我意识到自己的唐突，在这样寂寞的乡村，两个年近古稀的老人，他们依偎在一个火桶里的场景足够动人，我不该打搅了他们。但事已至此，也不好再说什么，便绕过话题，问起庆源桥的历史，以引出李文唯的话头。李文唯说："这地方是早先江西商人前往徽州的必经之地，所以就有了庆源桥，随后才有了这一片源头李村。"我希望他能继续沿着这个话题说下去，但他却又把头埋下去，将身体弯成一只大虾。我一时也不知道该问些什么，恰在这时，女人把一碗面条端进来，面条上卧着两个煎得焦黄的鸡蛋。我也的确饿了，便毫不客气地把那一碗面条和煎蛋吃了。

我把背包放在他家，撑着一把雨伞，想到村子里转转。沿着屋后的小河，很快找到了庆源桥。找到庆源桥，我也就找到了当年村子的坐标，找准了村子的方向。我在村子里闲逛着，希望能找到一个可以聊得来的人。正值打工季，加上阴雨天，村子里人家的门大都是锁着的，我在村子里转了好久，也没有见到一个可以聊得起来的人。

雨还在下着，我沿着河流，慢慢地走着。这是秋浦河的发源地，河并不很宽，正当雨季，河里的水有些汹涌。我知道，沿着这条河溯流而上，就一定能走到秋浦河的源头，那里还有一处村子。那一次，我们在一户人家住了一夜，那个中年男子有一肚子的故事，他是一个健谈的人，乐意将村子的故事与人分享。雨紧一阵稀一阵，三月里的雨，有一种逼人的寒冷，我原本湿透了的裤脚沾满了草屑，紧紧地贴着我冰凉的脚杆。于是，我再次回到李文唯家。

火桶上只剩下李文唯一人。我坐在那里，喝着茶，看电视上那些镜头一个一个地闪过。外面的雨越下越大，李文唯终于关了电视，说："人老了，真没意思，整天就只能看这些东西解闷。"又问我："你想了解些什么？"看着这个瘦小的老人以及他饱经风霜的脸。我说："我学生胡海说你是一个有故事的人。"他笑了笑说："那些故事，都是老黄历了，现在一遍遍说出来还有什么意思？"说着，就俯下身子，把整个身子都偎到火桶里，闭上了眼睛。

我知道我再无继续待下去的必要，便向他道别。他忽然抬起头来，朝我看了一下，说："你心事重得很吧？"

"我睡眠不好。"我又补充说："这是写作人的通病。"

"夜里一定梦多。"

"是的。"我说。

"颠倒梦想，一切虚妄。"他说着佛经里的话，像一个禅师。

他说得没错，这些日子，我总是反复地做着同一个梦，梦里有一条船，我坐在船上，船沉到水里，我的身子一半在水里，一半在水面。其实我很久没有坐过船了，也很少看到那样的两头尖翘的木船。

我把背包重新放到地上。在这个雨天，我很想与一个老头聊点什么，或是村子的历史，或是他本人。胡海说得没错，这是一个有故事的老头儿。但他却不再说话，继续把身子偎在火桶里，把身子偎在火桶里的他看上去就像个未发育完全的孩童。

告别李文唯，我走出村子。雨仍在不大不小地下着，公路上没有一辆车，也不见一个行人。只有我，一个孤独的行者行走在天地之间。我的右边，是那条处在雨季的秋浦河，河滩里的水奔腾着，翻涌着；另一侧，是壁立悬崖下的这条公路。一辆摩托从我的身后驶过，摩托的主人侧过头来看了看我，问我要不要坐他的摩托，我谢绝了他。我知道，下午两点将会有一辆前往池州的班车，我决定乘这趟班车直接回安庆。

杨梅烧酒

前年冬天,在一家旅行社工作的何稳邀请我参加她们旅行社前往江西龙虎山的旅游。小何是一个热心的女子,只是因为我对她女儿所写的一部小说做过一次简短的点评,她一直把我当作师长来尊敬。等我上了车,才知道,这是他们旅行社所进行的一次冬季培训,除了三两位新闻界的朋友,其余全是正待上岗的年轻导游,全是女性。我的任务,不过是即兴给这些即将上岗的女孩子们讲一些与沿途景点相关的历史故事,那正是我熟悉的。

车上的女孩子一个个青春靓丽,过了长江安庆大桥,车厢里就热闹起来。到底是做导游的行业,一路的歌声,一路的段子,自然还有一路的瓜子零食的噼噼剥剥之声。对于沿途各风景区来说,有没有客源,全指望这些年轻的导游小妹了,相关旅游部门的招待都很到位。这实在是一次惬意的旅行。

第一天是景德镇,当地的旅行社承包了整个接待工作。第二天我们到了江西靖安,县旅游局出面接待了我们,席间,当地人向我们介绍了靖安特产——杨梅烧酒。说着便向我夸这杨梅烧酒的好处,无外乎温养脾胃,舒筋活血。忽然想起郁达夫早年的小说《杨梅烧酒》,小说中写道在一家小酒店里,两个落魄的青年相互吹嘘着发财的经历,却只能不断地以杨梅烧酒来麻醉自己。

所不同的是,小说中杨梅是杨梅,烧酒是烧酒,而我面前的杨梅烧酒却是浸泡在烧酒里的杨梅,杨梅汁已完全融入烧酒之中。

郁达夫早期的小说,带有白话文刚刚兴起时的生涩,相比起来,我更喜欢郁达夫成熟时期的《迷羊》《沉沦》等。这些带着自然主义色彩的小说,是对人性的放逐,也是对个性解放的呐喊。当时的我二十出头,又正处在一个混乱的年代,感觉看不到前途,看不到希望,喝酒、打架、萎靡、彷徨,只有无谓的冲动,只有性情的发泄。二十多年后再读郁达夫时,我已是人到中年,回顾过往,也曾对年轻时的冲动与迷惘表示反省,反而更喜欢郁达夫的散文,尤其喜欢他游记散文中将自己的性情放逐于自然山水时的旷达与奔放。

摆在桌上的杨梅烧酒胭脂一般的红,好看得很。尝了一小口,淡淡的酸,淡淡的甜,口感不错。旅行如此惬意,席间我索性就放开了喝。好在这酒度数不高,只是好喝,却并不伤人,手中的杯子空了一次又一次,一夜无梦到天明。

第二天上午我们是去靖安县新开辟的旅游区三爪仑和宝峰寺。宝峰寺是著名的禅宗道场。宝峰寺在三爪仑下,三爪仑是一处森林公园,大大小小的瀑布从巨大的石缝中冲刷下来,一棵棵千年古树遮天蔽日,三爪仑不愧是一处天然氧吧。靖安旅游局对这一条线路的宣传是"先养身，再养心"，即先上三爪仑，再去宝峰寺。游罢三爪仑，再到宝峰寺，禅宗是要超然物外，就是所说的养心了。两处线路相距不远，不到一天时间，就全都看完了。下午四时许，中巴车载着我们直接开到又一处酒店，接待的人早候在那里了，所喝的酒仍然是盛在大玻璃缸中的杨梅烧酒，淡红的酒液下，每一颗杨梅都透着鲜丽和青绿，真正是酒不醉人人自醉。想起一位老友每每喝酒时总要用他的枞阳腔说过的一句话——饭胀死骨头，酒醉英雄汉。想到他，就想到那些年他带着我到处拼酒的种种往事。老人家故去十多年了，每次临上酒场，总会想到他，想到他的快乐，想到他的甘愿被当作笑柄，逗人取乐的开朗个性。只尝了一小口，便知道今晚的酒与比昨晚更醇厚，更绵劲。人间有清醒，只缘无好酒。那天晚上的狼狈可想而知。

后来，一直陪同我们的那位旅游局官员才道破玄机：之前喝的其实是酒店老板家自酿的果酒，而昨晚喝的，则是真正的靖安特产杨梅烧酒。

楼台山记

我这二十几年里，登临九华已不下百次，然而竟不知有楼台山，这不能不是一件憾事。好在孤陋寡闻者非我一人，查新编《九华山志》，也没有找到有关楼台山的条目。由此看来，越是美妙的景致，越是在不为人知之处，正所谓大音希声，就像卧龙冈上的诸葛先生，不能轻易被俗人求得。楼台山也正如此吧。

安排了几次楼台山出行计划，都因天公作难而不能如愿，这越发撩拨得我心痒难忍。此情有如初恋时会见心仪的恋人，只是急巴巴地等着那个约定的日子。

十二月一日，久雨的天气终于放晴，我们一早便从安庆乘车，九时许到达青阳县城，小兵一行人已在店里等候多时了。小兵的朋友文谷君开着私家车，当日游陵阳古镇和冠以"风流"名号的谢家村，是夜宿其明山里的老家，一夜安睡无梦。翌日清晨用过早饭后再至陵阳与老西等另一批人会合，两辆车一前一后，开始向楼台山进发。不知过了多久，车行到半山腰，突然停了。司机叫嚷着，说山路太险，他不敢上山，接着就争着原先说得模糊的价钱，最后只得依了他，付了钱，放他下山。陪同的南阳乡文化站刘站长不得不打电话招来另一辆中巴车。当这一辆中巴车载着我们继续往山上爬行时，才知道先前司机的惧怕并非无理。这是一条尚未正式开通的公路，公路上不时设有路障，是为禁止游客车辆的登山。然而又哪里挡得住欲一睹楼台山究竟的游人？路障也不知何时被人冲开，我等一行共十一人挤在一辆中巴车中，严重超载，然而司机却一脸沉静。问他有否把握，他回答说："放心吧，一年不知要爬多少次呢。"车蹦跳着，越爬越高，山路也越来越陡，越来越险，有一处甚至逼近悬崖，且又坍塌，只剩残石的路基。然而司机却轻巧地绕过险段，显得十分熟练。一车的人说说笑笑，似乎并没有觉出危险的存在，我一颗悬着的心也渐渐放松下来。

约摸爬了半个时辰，听有人说"到了"。一伸头，车竟停在一处悬崖边，眼前是一座峡谷，头顶的天空狭长如线，有风从峡谷中扑来，尖锐而冷硬。一只鸟尖叫着，由头顶飞快掠过，不时有碎石由壁上滚落，遂跑步穿过峡谷，这时候，楼台山所有的景致便洋洋洒洒地在周围铺展开来，一览无余，尽收眼底。脑海里回忆着二十几年前去过的黄山北海，大抵也不过如此吧。一行人兴奋着，叫喊着，各自举起手中的长短家伙，忙着拍照。

这几十年来，也不知爬过多少座山，不论有名或是无名，每一次都能让我心有所得。当然，我更爱隐于林深不知处的大山，越是高山大岭，越能体现出山的雄浑和个性。一般说来，江北的山多硬朗稚拙，江南的山则多灵秀婉约。此刻，我身处九华后的楼台山中，脚下的公路，开凿于楼台山的腹地，所处的位置，正是在楼台山风景区最集中之处。四周的山，四周的树，无一处不是灵秀的化身，无一处不给人想象的余地。远处的山，那裸露壁仞的山石在冬日的初阳下微放橘红，恰如一个个北方汉子鼓实的胸肌。我不能不佩服公路开凿者的匠心独运，他让游客处在远山与近景之间，让人在这层次分明的视觉中感受楼台山所有的美处和妙处。于是，楼台山的硬朗与灵秀便集于一身了。

当楼台山的美一览无余地展现在眼前时，我这才感到，一个没有到过楼台山的人，是算不得真正来到过九华山。所幸我终于补上这一课，仍算得上一个地道的九华山人。随即又暗自庆幸，如果楼台山早就被外人所知，又哪里会有今日一座完整如初般的楼台山展现在我的面前，任我观赏，任我尽情地徜徉其间？

神龙谷

我们从楼台山下来时,已近中午。南阳文化站的刘站长早候在这里。看到刘站长,自然又想起他家的狗。上午刘站长在岔路口等我们时,就看到一条皮毛纯黄的狗温顺地站在主人的身边。我喜爱狗,而且只喜爱这种乡村土狗(只要它不太凶恶)。我与狗的因缘,可追溯到三十多年前我曾养过的一条土狗。因此,每每看到土狗,都让我对那条狗生出许多的怀念。我走过去,轻轻地抚摸着狗缎子般柔软的皮毛。狗看了看我,摇了摇尾,仍温顺地站在那里,像一个羞涩的少年,并不时用舌头舔一下我的手,像是生怕冷落了我的热情。我喜爱得不得了,当我们准备上车时,狗有些失落,我不忍将它丢下,便抱起它,想将它带到车上。狗并无反抗,但却遭到车上同伴的劝阻。这时候再看到狗的主人,便又问他的狗来了没有,他回答说没有。这一次失落的是我了。

在半山腰的小饭庄吃完午饭,稍事休息,一行人兵分两路,一路去一天门景区，一路去神龙谷。我则选择后者。

去神龙谷的小路被一片浓荫覆盖着，斑驳的阳光从树缝中漏下来，花花的，虽已是正午，却让人感觉是在早上八九点。路面上有厚厚的松针积叶，踩上去松软而瓷实。不知名的鸟在树林里啁啾，空气清新得让人沉醉。因刚吃过午饭，人有些慵懒，眼前的景色迷离起来。我想着，即使没有值得一看的风景，在这条路上走走也是一种享受啊。

路渐至陡峭，人不得不扶着临时搭起的树杆扶梯，小心地向谷底探去。不等下到谷底，就听到有流水的轰鸣之声，然而却看不到流水。有人说，神龙潭到了。有一泓瀑布由岩缝中泻出，如一条白龙直冲潭底，那喷吐着珠玉般的水流在潭底回旋、缭绕，再一路向下，一股凉气由潭底拔起，人也从方才的慵懒中猛醒。潭深邃、空旷，头顶一方青天。据说有月的夜晚，能在此看到难得的奇观。故此处的景观被人命名为"神龙袖月"。潭壁有一处处圆丘，其壁光滑，有水流回旋的痕迹，可以想象曾经的瀑布流水是何等猛烈，何等宏大。袁局说："大自然的力量无法想象，这该有多少万年的冲刷才形成这样的回旋洞壁呢？"然而这些洞壁只能成为历史的遗迹，曾经雄浑的自然景观早不复存在，而留给今人的，就只有这一泓瀑布，以及这一处处被数万年瀑布冲刷而成的光滑的圆丘，让人对大自然原始风貌的渐渐消失生出一丝徒劳的感慨和无奈。想着历史的亘古和岁月的匆匆，如流星般稍纵即逝的人又算得了什么呢？

我们继续向谷底探去。前方有一亭，不记其名。亭的左前方有一条巨大的瀑布悬挂在壁上，远看白如银练，细看，却又密如细雾,这该是神龙谷最大的一处瀑布了。瀑布沿岩壁直泻而下,下有水潭,其水碧绿幽蓝,深不见底。我所见过的瀑布不可谓不多,有高达百米的雁荡山大龙湫瀑布,有飞流直下的庐山瀑布,所有的瀑布,无一不是让人先闻其声,再得其形。而眼前的瀑布一泻数丈,直挂岩壁,却只有沙沙的细微之声,像一群古代仕女隐忍不住的笑声。我觉得奇怪,这样美丽的潭,当地人为什么会给它起名"苦女潭"呢?

直到这时,我才发现上午在楼台山邂逅的三十年未曾见面已一头白发的古稀师母,奋勇当先,第一个下到潭底。老人家已经摆好三脚架,开始拍照。我们也兴奋地大叫着,一个个来到潭前,在瀑布前拍照留影。

有人说,不走了。另有人说,那就扎进深潭,与苦女为伴吧。然而不能不走,这样美妙的景致,观一眼足矣,能驻足至此,该是人一生中的福气。于是我继续前行,继续寻觅人生中新的目标,新的风景。

神龙谷渐至平缓,流水瀑布更随处可见,虽然再无先前神龙、苦女二瀑的气势,却同样各具神韵,让人流连。伴随着淙淙的流水声,我们时而歇息,时而前行,一路上说说笑笑,何其乐矣。

庙前的雨

雨没完没了地下着，人走在庙前街湿漉漉的石板路上，就像是一条条滑行而过的鱼。已经是四月中旬了，却依然寒冷。清晨出门时原没有穿足够的衣服，这时，穿街而过的风夹着雨一阵阵袭来，我禁不住打了两个寒噤。现在，我们一行几十人，正要去看一座有些历史的桥——彩虹桥。

这些年来，我经过庙前去杜村，前往傩戏之乡刘街方向，几十次之多，竟没有一次经过这条河段，因此也就无从知晓有这样一座值得一看的桥的存在，当然也不知道有这样一条古旧的街——庙前街。庙前的庙，天台寺下院就坐落在这条街心上，但老人们都习惯说老关帝庙。庙的后门连接着这条石板路。这样的格局，街上人想亲近菩萨了，一抬腿就进了庙门。寻常日子里，铁匠铺里的打铁声紧追着庙里木鱼的节拍，庙里的檀香混合着油条铺里的烟火之气。长久下来，庙前老街便有了一层厚而油亮的包浆，显现出历史的痕迹。就像庙里和尚们说的，红尘内外原没有什么分别，中国佛教说到底是不离世间的。镇子于是就有了名字——庙前。

已是下午，又是雨天，石板路上一家家店铺门在雨水中半开半合，附近的店铺里传来敲打白铁皮的声音。这熟悉的声音勾起我的一丝乡愁，让我对故乡的那个镇子有着梦幻般的忆念。雨越下越大，打在伞面上，分明感觉出它的分量。街的尽处，彩虹桥就横亘在那里，静卧在九华河上。我茫然地看着远处那桥，廊桥呢？廊桥上的亭廊楼阁呢？这些都没有。雨中的桥并没有想象中的壮观，感觉只空有了那美丽的名字，一时间有些失落。雨下太大，人和细骨雨伞都禁不住这风雨的肆虐。我收起伞，钻到桥西头的一条廊檐下。眼前的桥三孔，虹一般地拱立，同我们在皖南境内见到的类似石桥一样。只是，从我的角度，桥看起来有些倾斜，桥面原本的弧线因数百年的挤压而有了棱角。此刻，风雨中的彩虹桥似一个经年染霜的老者兀立在九华河上，默默地承受着数百年的雨打风吹以及洪水一次次的冲击，虽一年年地老去，却没有怨言。

桥有几百年的历史了吧？我向一个打伞经过这里的老人询问着这桥的来历。老人停下脚步，看了看我说："三四百年了啊，当初桥建成时，天边一道彩虹横跨在九华河上，桥便被命名为彩虹桥了。"老人的叙述，让眼前的这座桥一下子有了诗意，它在我面前也顿时生动起来。这时，一辆载重的四轮卡车鸣着喇叭，颤颤巍巍地爬上了桥面，我担心它会压塌了桥面，当然担心是多余的。桥是坚韧的，老则老矣，却依然坚实，任凭车载人踏，一年又一年。这应该就是人的精神,不屈于自然,也不屈于人自身,唯能如此,方可立于苍穹大地。

雨渐稀,附近的水面上传来几声零落的蛙鸣,蛙鸣让这沉闷的雨季有了一丝欢欣。一只燕子从我的头顶飞到廊檐下,很快又飞出去了。我不敢打扰这春天的使者,赶紧离开廊檐。站立一处,听得清桥下奔涌的水流冲击着桥下的岸渚和石头的轰鸣声,雪白的浪花飞扬,桥在我眼前的轮廓渐渐清晰起来。这并不是发水的季节,河床大部分裸露着,河岸的菜地里的油菜花和淡紫色的萝卜花零星地开放着,衬着桥面上同伴们撑着的各色雨伞以及他们的衣着,还归了这春天本该有的颜色。河的上游,嵯峨的九华诸峰在缭绕的云雾中时隐时现。眼前的景物就像一幅刚刚泼湿了的水墨画,我走进这画中,也成了这画中的一部分。

江南多河流,也多石桥。逢山开路,遇水搭桥,成就了古人对慈善功德的追求。一座座桥的存在,分明是古人德行的一座座丰碑。眼前的彩虹桥贯通于九华河之南北,不知多少年了,当初的建桥者早化归泥土,化作一缕清气还归天宇,而桥却依然屹立于天地之间,它方便了一代代行人,方便了一拨拨朝山的香客,也成就了这一片镇子——庙前镇。庙前镇让朝礼九华的人有了方便的栖息地,也成为九华山下一处最重要的商品集散地。

雨还在下着,归去也!街面上除了细如潮汐的风雨声,便是店铺内闲敲棋子的嗒嗒声。两个白发老者坐在店铺内,在棋枰旁打发着这傍晚时分闲暇光阴。关帝庙里的僧人正做晚课,从那面墙里传来蠹蠹的木鱼声合着僧人悠长的诵经声，让傍晚时的庙前镇有了一丝昏昏欲睡的感觉。禁不住路旁一处糕饼坊里飘出来的芝麻饼的香气，一干人收起雨伞，全都鼠一般钻到那暖烘烘的门洞里去了。

雨还在下着，秦朝的风，明朝的雨，将这条清朝的老街洗涤得光滑透亮。

一只画眉鸟

皖老离去一周年那天上午，一只画眉鸟飞进了我的书房。

那天清晨我醒得很早，看看表，正是皖老离开这世界的时刻。我沐浴后，便在皖老的遗像前焚香、供了净水和昨天就准备好的鲜花。到了上班的时间，我就到办公室去了。过了一会儿，妹妹给我打来电话，告诉我说，家里飞来一只画眉鸟。我一开始并没有觉得这件事有什么特别之处，妹妹又说，这只画眉鸟有些特别。我问怎么个特别，妹妹说画眉鸟是从阳台的窗户飞进来的，飞进我的书房，就再也不肯出去了。

"你没觉得这只画眉鸟有些特别吗？"妹妹说。

我明白妹妹的话了，今天是皖老离开这个世界一周年的日子，妹妹一定把飞来的画眉鸟与皖老不灭的灵魂联系到一起了。心头微微一震，虽然我知道皖老是不会再到这个世界上来的，但我还是很快就回来了。果然，我的书桌上有一只羽毛金黄、颈脖上有一圈红色斑点的画眉鸟。妻子和妹妹都站在书房里，我看见她们眼眶里有泪水盈盈欲滴。皖老是我们全家最尊敬的上人，在他人生的最后几年，几乎每年都要到我家小住几天，来时，就睡在书房里的那张单人床上。

画眉鸟在我的书桌上玩耍，它跳跃着，一会儿在我零乱的书上啄啄，一会儿又跳上书橱，在那些工艺品之间自由地跳动着。妻子递给我一把小米，让我去喂它，鸟顺从地跳到我的掌心，调皮地啄食我手中的小米，却又不肯好好地吃，一会儿跳开，一会儿又飞过来。我想起一句成语——小鸟依人。眼前的情景就是这样。

我很快就知道怎么回事了。屋后不远处，不久前新开了一家花鸟市场，那里有无数的画眉鸟。这是一种人工饲养的鸟，性情温顺，既没有远飞的技能，也缺少独立生存的能力，不知怎么偏偏就有一只从笼子里飞出来，飞进了我家。

我并没有把我的推测说破，我宁愿让妻子和妹妹把对皖老的一份念想寄托到这只偶尔飞进家里的画眉鸟身上。我们都没有饲养鸟的经验和能力，我必须把它放回它应该去的地方。于是，我把画眉鸟捧着，小心翼翼，然后来到阳台。我对鸟说："你来了你应该来的地方，你还得回到你应该去的地方。"我把画眉鸟高高地举到头顶，向着花鸟市场的方向。画眉鸟听从地从我的掌上飞出去了，一直朝那个方向飞去。

这天，我们全家一直都在谈着皖老。我得感谢这只画眉鸟，它在这一天飞进我的家里，也把一份温暖带给了我们。

螳螂

为了一本书稿的最后修订，我住到头陀岭下九珍农庄的一间木屋里。在这个深秋季节，木屋四周虫声唧唧，云雀从屋顶上飞过，丢下一片尖锐的叫声。屋外不断有成熟的果实从树冠上落下来，打在灌木上，发出夸张的声音，我想这大约就是《五灯会元》里所说"溪花含玉露，庭果落金台"的亘古禅境吧。

我是在吃完早饭回来的路上看到这只螳螂的。当时它趴在墙垛上，一动也不动。围墙不高，正好齐腰，围墙另一面是悬崖或深渊，被层层灌木覆盖。我曾经分不清蚂蚱与螳螂，并将它们混为一谈。后来知道，螳螂是螳螂，蚂蚱是蚂蚱。应该说，我喜欢蚂蚱，喜欢蚂蚱那略显肥胖的身姿，喜欢它通体美丽的斑纹。童年时，我们用草绳拴住蚂蚱，看着它贴地飞翔却又逃不出我们管控的滑稽姿态，或者将蚂蚱扔进油锅，那是一道美食。而螳螂，不要说那两把令人生畏的大刀般的前臂，单是那单调不成比例的体形就足以让人远离的了。

在我的生活中,螳螂并不是什么稀罕的东西,却也不常见。正因为如此,当我看到一只螳螂一动不动地趴在光溜溜的墙垛上时,便习惯性地打开手机,准备拍几张螳螂的照片。我尽可能小心翼翼,以免惊动了这只体形壮硕的螳螂。我从各个角度一连拍了十几张,那只螳螂依然趴在那里,一动也不动。如果不是看到它的触须在我的眼皮子底下轻微地摆动了几下,我还真以为这是一只没有生命的螳螂。

我再次经过这条路时,已是三小时后。那只螳螂居然还蛰伏在那里,蛰伏在光溜溜的围墙垛上。我之所以用"蛰伏",是觉得用这个词能更准确地形容那只一连数小时趴在一个地方不肯挪窝的螳螂的坚毅和耐力。想起那个著名的成语,我开始仔细地观察四周。至少,在它四周,我没有发现任何可疑的猎物。然而云雀的叫声让我意识到危险的存在,我很想将它移到墙垛另一面的深渊中去,那里应该是一个安全的所在,然而又想,是云雀,总要吃螳螂的。或者说是螳螂,总是要被云雀吃的。生物界的因果法则,没有谁能够逃脱,就像螳螂注定要以蝉为食一样。

我曾看过一部科普动画片,是关于螳螂夫妇之间残忍的交配活动。在交配过程中,雌螳螂一边享受着交配的快乐,一边却将她的夫君一点点吃掉。而奇怪的是,那只雄螳螂明知这是一场致命的绝杀,但却选择在极致的快乐中死去。我想只有两种可能,其一,追求本能的雄性螳螂是在不知情的情况下去尝试交配的。毕竟,对于一个有情生命来说,交配是一种快乐,其次才是延续后代。想起我熟悉的一个孩子在其叛逆期与父亲争吵时回敬父亲的话:"我不过是你们一时快乐与激情之后的产物。"其二,为了延续和繁育后代,这只雄性螳螂宁可赴死。它静静地待在这里,等待另一只异性同伴的到来。这样的死,是带着某种悲壮色彩的。由此可见生命之庄严、伟大。如果真是如此,这位勇敢赴死的螳螂便是一位伟大的父亲。

我再次用手机对准这只雄性螳螂,肆无忌惮地拍了几张近景。回到屋里,当我把手机中的图片放大,第一次近距离地观察这只雄性螳螂时,我开始意识到,以前对螳螂的认识是错误的。这只螳螂简直就是力的化身,单是那两只大刀般的前臂,就足以展现出一只昆虫的雄性之美。这种美,是一点也不逊于四肢发达的人类的。

我走出木屋,要再去好好看看那只螳螂,我对那只长时间蛰伏在那里的螳螂生起特别的好奇心。我想象着它蛰伏在那里,是在等待一只雌螳螂的到来吗?或者,在我发现它之前,这里已经发生过一次生死之爱,但它却是一只侥幸存活下来的螳螂?它蛰伏在那里,是因为一场激战过后的疲惫?是因为庆祝一次不死的劫难?或者都不是,它只是经过那里,就像人类一样,唯有经过生死之劫,方才意识到"生命好在无意义"。我想起赵朴初先生的一句诗:"作善有善报,作恶有恶报,莫羡忉利天,转眼泥犁掉。"这只长时间蛰伏在这里的螳螂是否像人类一样,在经历了一场决战之后,终于石破天惊地悟出了某种禅机呢?

然而当我再次走到那围墙垛前时,螳螂已不见了。

我写下这篇文章,以纪念一只以某种神秘意义出现在我生活中的螳螂,还有那个奇妙的上午。

书蠹

山中数日，每日绞尽脑汁，煮字疗饥。"这是我最后一本书了"，这是这本书的开头一句。既是书中人的话，也是我的话。遇到写不下去的时候，我索性关掉电脑，打开窗户，看云开云合，听空山鸟语。

我每次来，几乎都是住这间屋子。只是，屋子去年重新装修过，米色的墙壁仍有一股淡淡的油漆气味，家具是全新的，屋角的书架上整齐地摆着一些书，一摞最新一期《甘露》杂志，另有一套柏杨先生的《资治通鉴》白话本。

对于南朝的历史，我多少还是熟悉的。几年前写长篇历史小说《梁武帝》，几乎翻遍了《资治通鉴》以及相关的研究资料。南朝的历史其实就是一段封建帝王的自虐史，自公元420年刘裕桓玄之乱夺得政权，建立刘宋王朝，到公元581年杨坚接受禅让建立隋朝，总共不过一百六十一年，但朝代更迭，却是如同翻书。

刘宋王朝在连年内讧中轰然倒塌，宋文帝被其子刘劭所杀，但接着又被他的兄弟所灭。刘宋王朝的内讧，却让另一个人得利，那就是齐王朝的开国皇帝萧道成。父子相残，兄弟阋墙，是历史上封建王朝普遍的规律，齐王朝同样摆脱不了这一历史魔咒，持续不过四十年时间，也是南朝历史上最"短命"的王朝。而在整个齐王朝中，齐明帝萧鸾算得上一个最凶残的帝王，寿命不长，病入膏肓时，下诏官府，征求"银鱼"，以为药剂，这才暴露了自己行将就木的秘密。

银鱼又是何物？《尔雅》中所说的"蟫鱼"。蟫，音银，因其有银子般的白色，又称银鱼。唐代僧人寒山有诗"脱体似蟬虫，咬破他人书"。

唐人段成式《酉阳杂俎》中有许多稀奇古怪的故事，其中说到唐建中初年，有一个叫何讽的书生常在青灯黄卷之中用功。一日，见一本书中有一环状发卷，书生不知何物，将发卷掐断，竟滴出一升左右的水来，书生用火烧之，则有头发烧焦的气味。何讽便去问一道人，道人说："可见你是一个凡夫俗胎，遇到这样的宝物竟错过了得道成仙的机会。你所烧之物，是蠹鱼三次吃到书中的神仙二字，羽化成仙，这样的好机会，却被你错过了。"书生翻开书，果见书中有三处被蠹鱼吃空了的书页，寻义读之，三处都是"神仙"二字，书生为失去羽化成仙的机会哭晕过去。

古人云，书中自有黄金屋，书中自有颜如玉；书中自有千钟粟，书中车马多如簇。读书，是古人求取功名富贵的重要途径。《儒林外史》中的范进晚年中举，一高兴，便疯了。范进的岳父胡屠户在范进中举之前对范进的态度是冷漠甚至是轻蔑的，称范进为"现世宝"和"没用的人"。范进中举后,胡屠户开始对范进极尽恭敬,称呼他为"贤婿老爷",可见世态炎凉。如今读书成痴的人少了,更不会有人为寻仙成道而读书,但读一本书,读到快慰处,大哭或大笑者则有之。我在写长篇小说《红兜肚》时,写到主人公朱子尚死时,竟也禁不住伏案而泣,也算一痴。

古往今来,读书人多愿将自己喻作书蠹,以示自己对书的偏好,如陆游《灯下读书戏作》中即有"吾生如蠹鱼,亦复类熠耀"。黄裳是我喜爱的现代作家,他的《过去的足迹》是我时常翻阅的一本书。黄裳曾作《银鱼集》,也可见他对书蠹的痴爱。

会飞的蟋蟀

家里有了一只蟋蟀,一只会飞的蟋蟀。

是在一个炎热的中午,我躺在沙发上昏昏欲睡,忽然就听到蟋蟀"油亮"的叫声——吱吱吱。"油亮"不是象声词,更多是用在形体和形体的颜色上,但我用"油亮"来形容蟋蟀的叫声,可见我对蟋蟀的熟悉。蟋蟀身体虽小,但却通体油亮,其外表看上去有着绸缎般的丝滑。它叫起来声音洪亮,余音中有一股金属般的回响。

很多年了,我生活在城市里,很少听到蟋蟀的叫声。起初我以为这声音来自隔壁人家的电视机,但很快,我弄清这叫声来自我二楼南面的书房。书房外是一片宽大的晒台,晒台下隔着一条小路,是迎江寺的院墙,院墙里的花园有茂密的杂树和一方不小的水塘——寺院里的放生池。蟋蟀应该是来自那片花园的某一棵杂树,平常日子的白天或是晚上,我经常会听到从院墙的那边传来蟋蟀油亮的叫声或是沉沉的低鸣。我不得不多用些笔墨来描写书房与那片院墙的距离，书房中间隔着一条过道，我不知道这只蟋蟀是怎样飞越这重重障碍，飞进我居住的四层楼房，再进入我的书房的。我的天，这是一只怎样的蟋蟀！

蟋蟀或许被我的惊讶吓住了，它不再发出油亮的叫声。我退到楼下，静静地听楼上的动静，过了大约十来分钟，楼上的书房里再次传来蟋蟀的叫声。

整个中午，我为这只飞进我书房中的蟋蟀而费着心思。

如果飞进我书房的是一只蝉，我一点也不奇怪。蝉有着一对巨大的翅膀，蝉有足够的力气从那片花园的某一棵杂树飞到我的四层楼上，进入我的书房——这实在是一个复杂的过程，难以描述。但飞进我书房的是一只蟋蟀，虽然蟋蟀也有一对翅膀，但这只蟋蟀能穿越一个个空间，进入我的书房，的确有些不可思议。这真是一只会飞的蟋蟀。

我知道蟋蟀不是蝉。如果飞入我书房的是一只蝉，我一定想方设法撵走它。蝉别名蜩，《酉阳杂俎》说"蜩三十日而死"，可见其生命周期之短。但幼蝉在土壤中却能活很长时间，五年或者十年甚至更长的时间。这期间，蝉蛹只吸食树根部的汁液，再用排出的尿液打湿洞穴中的泥土，为自己开辟一条生命的通道。但这不是一只真正的蝉所要的生活，没有一只幼蝉不渴望着它生命的成熟期，就像人一样。经过艰难的孵化和一次次蝉蜕后，幼蝉从洞穴中缓慢地移居到树上。一只蝉成熟了，成为一只真正的蝉，成为一个"男子汉"。在此后短暂的生命时期，一只雄性蝉可以尽情地歌唱，可以与其配偶完成一次次交配，然后快乐地死去，就是这样。蝉只饮不食，离开树的汁液，蝉将无法生活。如果飞入我厨房的是一只蝉，我会想方设法撵它走，让它在自然的环境中尽情地歌唱，去寻找配偶，为死亡而歌，为快乐而亡。

虽然蟋蟀的生命周期同样很短，但蟋蟀是食物多样的昆虫，树叶、南瓜花、菜叶甚至米饭，蟋蟀们从不挑食。幼时的我们一个个都是斗蟋蟀的好手。"地喇叭"是瓦砾中的歌唱家，其叫声有钟鸣般的回响。"金将军"披一身褐黄色战袍，一口金色的牙齿，尖利无比，谁要是拥有一只"金将军"，谁就能在一条街道上称王称霸。"黑张飞"的名字名副其实，黑色的身体，褐色的牙口，极易被激怒，却并不耐斗，最大的毛病是不能像其他蟋蟀那样很快进入状态。它有着猛张飞的杀气，但它的杀气只在开场的几分钟，如果它的主人没有诸葛亮的智谋，不能充分调动它开场前那几分钟的杀气，那它的主人就只能认输。

那天中午，我把所有大门打开，尽量为蟋蟀的逃离打开一切通道，并在它有可能经过的通道上留下菜叶和豆芽，还有一块撕碎的面包。虽然我希望这只蟋蟀能成为我家里的长客，能为我日夜歌唱，直到它生命的自然结束，但我此刻却希望它尽快离开我的书房，回到适合它生长的家园。

半山亭记

住处的楼下即是寺院的后花园,名"宜园"。寺院四百余年了,园内绿树森森,假山嵯峨,平常间游客络绎不绝。宜园西侧有放生池,水波荡漾,以成就有缘人内心的一丝善念。只是,那池里的鱼经常会被人偷偷捞走,做了下酒的好菜,但隔没几天,又会有人将新的活物投放进去。正如皖老生前所说,这个世界上,行善者有之,作恶者有之,一块小小的放生池,便也照出百样的人生。

很多年来,我与宜园比邻而居,也算是我的福分。好多次,我都想效仿文人雅士,在我的书房挂一块匾额:宜庐、宜轩、宜居,或是其他什么好听的斋号。好在我还不甚糊涂,知道自己一介俗汉,又何必拾人牙慧附庸风雅?况且我书房的书也不多,房也不大,又在复式楼的顶层,冬天寒风刺骨,夏天又灼热难当,又何必挂个风雅的名头?先贤们说:"好事不如无"。

宜园有亭,名"可亭"。可者,适合之意。寺内有园,园又设亭，园与亭及寺，无论从名字还是园林布局，都是相宜的。正如庄子所言："其味相反，百皆可于口。"这恰恰也是佛家的意思，世上事物，无论顺逆，也不论咸淡，只要保持一份平常心，均可人也。遂又想起九华山汪俊生先生的斋号：怎么都好。

可亭可矣，但人们还是习惯称它为半山亭。

这城市是没有山的，寺院原本也没有山。只是因为有了塔，便也有了山。塔七层八角，矗立江岸，自建成之日，即被当作城市的标志。当初建塔时，用的是堆土法，一圈一圈地垒土，一层一层地砌塔。塔成后，那些土便覆盖在塔的四周，于是便有了山，便有了一座寺院，便也有了这半山亭。我的住处与宜园隔着一条巷子，巷子的另一边是逶迤的龙墙。墙橘黄色，树是绿的，一年四季，浓荫一片，这浓荫甚至也勾连到我的阳台上。到了春天，满园的紫藤花、广玉兰以及月季花点缀着园子，花的香气一阵阵随风飘入我的书房，让人忘却了城市上空的污浊。至冬季，当寺院的金顶飞甍被皑皑积雪覆盖成一片童话里的世界时，我便为自己能住在本城最好的所在，为能欣赏到一年四季的美景而欣欣然也。

半山亭背依龙墙，贴墙而建，我看不到亭，却可以感受到亭的存在，就像一抬头就能看到塔的存在一样。当初看房子时，爱上的就是楼下的这片园子，我知道那是一片不变的风景。几年后，我们又在本城最好的小区购得一套更大的房子，但我们还是习惯回到原先的居处，回到宜园的毗邻处，为的就是这园内风景。虽然很多时候，游客的喧闹声总是不时打断我的思维，导游的电喇叭总是放出刺耳噪声，但长久的相处，我们也逐渐习惯了园内的一切，包括不时的噪声。

有时候，我会在傍晚人稀时走进园子，坐在半山亭的大理石长椅上，在寺院的晚钟声中进入沉思的状态。往事缥缈，覆水难收，许多的人，许多的事，都会在那一刻进入我的思绪。于是，我总是想，什么时候出一本集子，集子的名字就叫《半山亭记》。而每次出集子时，我又觉得这名字过于学究了。我的文字是平实的，一如我的为人，我需要为自己的集子取一个平实而不老气的名字。

亭壁上的画，不知出自何人之手。虽是画在壁上，但画面云山雾嶂，蔚为壮观，有一两块山石巧妙地镶嵌在画上，倒使得这画有了质感，也让这画生动起来，仿佛人真的走进了一片迷离的山水，走进一片无染的世界。

半山亭太"年轻"了，我在编《迎江寺志》时，曾遗憾这是一座没有故事，也没有历史的亭子。然而有一天，皖峰长老给我讲了一段关于这寺，关于他本人的故事，让我从此不敢再轻看了这亭子。

皖老说，很多年前，一个年轻的僧人皈依在老和尚膝下。几年过后，执意要将衣钵传给他的老和尚还是把年轻人送上了轮船，让他去寻找诗，寻找远方。临离去的那天晚上，老和尚带着他将一件信物深埋在寺院后的龙墙下。老和尚说："一场劫难在所难免，但终有一天，你会回到这座寺院，并成为这寺院的住持。"老和尚指着脚下的一抔新土说："记住这地方，将来你回来时，将它取出来，完成你我间的衣钵传承。"

历史是墨写的，有时又不得不蘸上血，方丈月海到底没能熬过那场浩劫，直到十年后，社会摆脱阵痛，开启了一个新的时代，已至晚境的皖峰受命回到当年的寺院，就像一艘轮船在江上打了一个旋后，重新回到原先的码头。时光交错，四十年矣。

造物是神奇的，但更为神奇的是人的命运。好多年后，皖老在睡梦中安然示寂。在他的案头，有一副墨迹未干的条幅：

一树半边生，春秋共此根。

香消云天外，犹有芳气存。

那是很多年前皖老为纪念园内一棵死去的老树而写的诗。现在，他用这首诗与这世界告别。似乎在一眨眼间，皖老逝去十七年了。十七年中，世界发生了太多的变化，包括这寺院，包括这园子。我也很少再走进园子，很少再坐在半山亭的大理石长椅上陷入沉思。己亥年农历三月十五日夜，我因贪喝了两杯新茶，竟一夜无眠，直到天亮时方蒙眬入睡。忽见皖老依偎在半山亭的扶栏上，深情地看着这方世界，看着我。骤然醒来，看看照进室内的阳光，始知方才是梦，但老人家的慈容却一如生前。我看看日期，始知昨日是皖老的生日，距他的忌日不到二十天时间，遂翻身而起，一口气写下此文，以供养皖老在天之灵。

家在龙山凤水

秋雨正不紧不慢地下着,将远处那片山水环绕的村庄浸染得墨绿透亮,邓石如故居"铁砚山房"就坐落在一大片正待灌溉的稻田中央。多年前我开始习书时曾得友人所制印章一枚——"家在龙山凤水",果不虚然也。

雨终于停了,远处缭绕的云雾下,铁砚山房就这样被浸泡在山光水色之中。蓦然回首,远处的山岚间,有一老者美髯飘拂,芒鞋竹杖,正款款向这边走来。天地间,白鹤振翅,飞鸟纵横,眼前一切,如真如幻。

走过一片小小的院井,进入邓石如故居的正厅,迎面中堂的大幅隶书是邓石如长子邓传密所书《朱子家训》。知父者莫如其子,这幅字貌丰骨劲,刚健婀娜,大有乃父遗风。两旁柱联"海是龙世界,天是鹤家乡"则出自邓石如本人。我很少读到邓石如的草书,这幅狂草用笔凌厉,气度斐然,大有南朝智永禅师草而不野,狂而不怪之风。此前亦见白石老人的"海是龙世界,云是鹤家乡"。云者,有道家之风,却不合于白石老人。而天者,则包六合,生万物,这气度,这宏伟,却是与邓石如的篆隶行草相宜的。正厅两道门额悬挂的匾额,一幅"介福王母"。

现在,一幅"介福王母",一幅"母仪寿相"想到对仗,内容上互为因果。古人认为,王者为天,母者为地,是谓斯人之大福得之于皇天后土,得之于母仪寿相。这自然是后人对铁砚山房主人的礼敬与褒奖。而事实上,籍落于安庆北麓的邓石如却出身寒微,几乎一生都在以卖字为生。难能可贵的是,邓石如虽枯老穷庐,却终身保持着一介文人的铮铮铁骨。三十八岁这一年,邓石如得遇贵人,他在金陵梅府一住就是八年。这八年,邓石如不仅穷阅梅府所藏珍贵典籍,且得以游历天下,结识了大量的文人墨客,更被袁枚、姚鼐、曹文埴等文人士大夫奉为上宾。这样的境遇,对于很多阿谀奉承者,必定会受宠若惊,忘其所以,而邓石如却从不甘于守卑,他"每与人论道艺,所持侃凿,丝毫不肯假借,布衣棕笠,宾客公卿间,岸然无所诎也"。

虽如此,邓石如却一直未能真正跻身于上流社会,也未能改变其一生的穷困。这固然因他出身寒微,也囿于他的耿介和落落寡合。直到半百之年,邓石如才回到故里,用游历大半生的积蓄置田四十亩,建寒舍一栋。田年获稻七十担,山房则以朋友所赠"铁砚"名之,额"铁砚山房"。

邓石如卧室仅一柜、一椅、一床而已。床榻上,掀开的薄被似尚有余温,主人午睡方醒,正放鹤于窗外的山野,即刻将归。我们等着他,等着他与我们一同煮茶品茗,等着他捻着长须用绵长的怀宁腔与我们聊一聊他的字、他的鹤，当然还有他畅游于中国书法长廊的心路。

直到现在，邓石如仍是中国书法一座难以企及的高山，这不能不说这是安庆这座文化古城对于中国文化的贡献。清代东阁大学士刘墉当见到邓石如的字后禁不住赞叹："千数百年无此作矣！"当代书家沙孟海认为："清代书人，公推为卓然大家的，不是东阁学士刘墉，也不是内阁学士翁方纲，偏偏是那位藤杖芒鞋的邓石如。"

当下的时代距邓石如已去二百余年，这是一个热闹的时世，也是一个文风浮泛的时世。忽然想，邓石如若活在今天，他的境遇会比当初好吗？答案是肯定的。以邓石如的才气和名气，他起码不至于"采樵贩饼饵，日以其赢以自给"。他的字，定然能像很多书法大家一样按平尺论价。或者，他能跻身于上流社会，成为万人膜拜的对象，只是，邓石如也就难以得到"人如顽石，一尘不染"的品格赞叹了。倘如此，这座铁砚山房还有存在的价值吗？

我的方外导师皖公上人虽少小出尘，却刚直不阿，几死几生。想起他曾执拗地要求我带他去位于安庆菱湖公园的"邓石如碑馆"。那天下午，我们在碑馆足足盘桓了两三个小时，直到天黑方归。三日后清晨，皖老于睡梦中安详示寂。那次去的邓石如碑馆，是皖老人生中最后的驿站。很多年过去，我一直解不透并非书家的皖老将他的人生诀别留给邓石如的真正谜底。待我稍稍读懂了这位清代的书法大家，读懂了他的萧疏清远、空灵荒寒和耿介拔俗，似乎也就悟解了上人要将邓石如碑馆作为他与人生作别最后一站的禅意所在了。

看车人的生活

替这一片居民看车的是一对老夫妇,两人的年龄在六十五岁左右,听口音像是贵池乌沙人。

老夫妇俩就住在车库的一个小隔间里,五六个平方米,只搁得下一张窄窄的双层床,丈夫睡上铺,妻子睡下铺。过道口摆着一张小桌子,他们在那张小桌上吃饭。一只煤炉放在车库门口,煤炉被围在一只旧木箱里。很多年前我在学校教书时,学校分给我一套两居室,因为没有厨房,我们就在走廊上烧饭,那时候我们也是用一只旧木箱围住煤炉,是为防止火力的散失。二十多年过去了,我们早就有了宽敞的厨房,用上了天然气。但看车人的妻子仍然站在车库门口,在一只置于旧木箱里的煤炉上烧饭和炒菜。有时候她在煎鱼,锅里"滋滋"响着,走过的人都说:"呵,好香!"看车人的妻子笑笑,用锅铲子小心地翻着被煎得焦黄的鱼。她的丈夫在一旁或是劈着一块捡来的木柴(大约是用来发煤球火的），或者在替人修着车子。

夏天的傍晚，车库里很热，看车人将一张竹躺椅移到车库外的过道上。过道上有穿堂风，看车人就一直躺在那里。有时候我路过那里，听到看车人发出轻轻的鼾声，我很羡慕他，他不会有失眠的痛苦，虽然他睡在车库门口的过道里，但他却睡得很香。

老夫妇有一个儿子，三十岁左右。那年轻人刚来时就睡在车库外用油毡和石棉瓦搭的一个临时棚子里。冬天，那棚子四面透风，而夏天，那里面不仅闷热，一定还堆满了蚊子，但那个年轻人一直就住在那里面。从去年开始，年轻人好像在外面找到了工作，那边也一定有一间供他睡觉的房子。只是偶尔，年轻人会回到父母的车库这边来，于是，就很难得地听到那一家人用贵池话大声地交流，车库里显得热闹起来。

去年下半年，看车人在车库前整理出一片菜地，一张乒乓球桌大小的地方，撒上菠菜和小白菜籽。那片菜地混杂着煤渣，土质很差，我不太相信那地里会长出什么像样的菜来。但过不多久，竟真有细细的菜秧子从那地里绿油油地钻出头来。菜秧子一天天长大，看车人夫妇就不断地从那菜地里摘出稍大些的菠菜或小白菜下到锅里。到天冷的时候，那地里的菠菜没剩下几棵了，但小白菜却长成了大白菜，每一棵都很肥很嫩。他们一时吃不了（或者是舍不得吃），就砍了，在地里晒干，准备用盐腌了留着过冬吃。今年，他们又在那地里种了包心菜，只是，没等那菜包起来，外围的叶子就被虫子蛀出密密麻麻的洞眼。我说："你应该用点农药。"看车人说："随它去。"看车人不爱说话，说起来，也就是几个字。但没过几天，那些包心菜被看车人用绳子一棵棵捆扎起来，又过了几天，那些被捆扎起来的菜竟然从里面慢慢地包了起来，黄黄的，很嫩的包心菜，和我们在市场上看到的没有两样。

　　看车人住的地方很小，他们所有的财产似乎就只有一张很小的双层床，还有一块很小的菜地，他们脸上的表情却是平静且满足的。或许，他们觉得，人生在世，拥有一张很小的双层床以及一小块菜地，就已经够了。

打烧饼的中年夫妇

巷子口有一个烧饼铺子,打烧饼的是一对中年夫妇。男人个子高高的,女人瘦瘦的,夫妇俩都长得很白净,面容有着那种让人看上去很舒服很养眼的朴实与平和。男人那只赤裸的手臂在那炉子里出出进进,将一块块软糯的饼坯准确地贴到炉壁上,再用钳子将烤熟的大饼一块块取出来。那出炉的烧饼带着一股热气,整齐地躺在炉膛上,散发着一股芝麻的香气。女人手中的长筷子一边在油条锅里灵巧地翻动着,一边收款、找钱。她将打好的烧饼油条用纸包好,递到顾客的手里,动作相当麻利。他们一家就住在距离他们的烧饼铺十来米远的一间旧屋里,门敞开着,站在烧饼铺前,可以清楚地看到屋里的一切,堆得很高的面粉袋,两张简单的床,一大一小,支着蚊帐。夫妇俩有两个女儿,大的十二三岁,小的八九岁,两个小姑娘都长得像母亲,清颖、秀丽,一尘不染的干净。

人少的时候,我会顺便同他们聊上几句。夫妇俩话不多,加上忙,所聊的内容都很平淡。我也只是知道,夫妇俩是和县人,安庆这边有亲戚,所以就过来了。夫妇俩几乎一天到晚都在忙碌着,早上炸油条打烧饼,下午不炸油条,但仍然打烧饼。如果是在夏天,晚上吃稀饭的人多了,他们的摊子前围满了人,夫妇俩的动作仍然像平时一样,似乎忙与不忙,他们都有自己的节奏,不被轻易打乱。有时到了上灯时分,男人仍捋着袖子在门口的一口大盆里和面,动作的幅度很大也很猛,硕大的面团在盆里吧嗒吧嗒地响着,女人将一口锅架在那烧饼炉子上,用那炉子里的余火炒菜、烧饭。他们的两个女儿,一个趴在床上写作业,一个就在门口蹦蹦跳跳。无论是忙还是闲,夫妇俩脸上的表情都十分平静,好像天下并没有什么事会让他们烦忧,也没有多少事能激起他们内心的波澜。

我很久没看到那个高个子男人了。没有了男人,女人重新置了一个油炸摊子,炸些中学生爱吃的藕片和臭干子之类。我很想知道那个男人去了哪儿,想知道他们为什么不再打烧饼和炸油条了,但毕竟不好多问。女人的油炸摊子生意仍然很好,虽然都说那是些垃圾食品,但中学生们不管这些,他们照样围在摊子前吃得津津有味。

不知什么时候,巷子口既不见那打烧饼的男人,也不见那熟悉的油炸摊子。不久,我也搬离了那条巷子,只是偶尔走到那一带,我会习惯性地伸头朝巷子口看看,希望能再次看到那个烧饼油条铺子。

我活在这世上七十多年了,七十多年间从我意识中流过去的人和事如同灰尘一样琐屑，但我却总是忘不了那一对打烧饼炸油条的夫妇。我有时会想象着他们的日子，想象着他们打烧饼以外的生活，他们会带着两个可爱的孩子一同去旅游吗？夫妇俩会为一些生活中的琐事发生争吵吗？但不论怎么想，我都觉得，比起当今很多人，他们的日子过得虽然清苦些，但却很平静，就像一条小溪，看上去很浅，但一直就那样平静地流着，不见波澜，也不见险滩。他们一家也像那小溪里的水，清澈明亮，不见一尘。

青阳六记

纸船

一条青通河连接了青阳与我的故乡大通,青阳在青通河上游,大通在青通河下游。时已深秋,青通河畔夜灯闪烁,照得一河波光潋滟,倒映着两岸的楼房和柳树,如梦如幻。水汩汩地流着,虽无声,却有迹。我知道,水流尽头,便是我的故乡了。便发痴想,若我放一片树叶,让其顺流而下,抵达大通,大约需要多久?站在青通河的夜景之下,我顺手在口袋里摸索着,却摸出一张折叠的 A4 打印纸来,上头零乱地写着一些字。借着手机的光亮,约略见有一行:"别人如何对我,是我的因果;我如何待别人,是我的修行。"这是白天看友人马明博微信中所得金句。又有一铅笔草书:"明日往侄孙处,记得准备红包。"此外还有一组数字,不明就里。事既已过,我便将这纸折成小船,就像几年前曾折给我的外孙女的玩具。折好了，我又在口袋里摸索着，希望能摸出一支笔来，好在船上写上我的名字。笔却是没有的，名字就免了。我将这纸船轻轻放入河中，船随流水，缓缓而行，一直流到灯光不及之处。

柿子的吃法

一行人拿着手机，从不同的角度拍一座不知年代的石拱桥。那桥没有桥额，其造型也无甚独特处，不看也罢，我便坐到路边一人家屋檐下，与三两村人聊天。正是柿子挂果的季节，一妇人用刀在削一个个柿子，就像在削一个个苹果或梨。妇人所用刀具，乃一般人家切菜之刀，动作相当麻利，脚下的桶里已有半桶削好的柿子。我便问她："柿子削了做什么用？"妇人歪着头看了看我，说："吃嘛。"我问得唐突，妇人的回答却是不错的。我知道北方有一种柿子是可以生吃的，皮也不削，用牙一口一口地咬着，咔嚓咔嚓，响声悦耳，如同吃一个刚拔出地里的青皮萝卜。我以为这柿子也是可以生吃的，但妇人说："把皮削掉，切成片，晾干了，放入冰箱，想吃时就拿出来当茶点。"我明白了，柿子的吃法有多种。捂熟的软柿子是通常的吃法。晾成柿干，当作茶点，是另一种吃法。我吃过南方的柿子，也吃过北方的柿子，但相比起来，北方的柿子个头虽大，味道却不及南方的。我问："可以送我两个吗？"妇人说："多拿几个嘛。"我便也不客气，从篮子里取出两个。回到车中，我仔细观赏，那柿子表面殷红光洁，温润如玉，手感很好，便握在手中把玩着，似遗老们握着的文玩。

及至回到住处，我忽然想起那两个柿子，竟丢在所乘的车子上了。

五七大学

几排红砖平房，沿着山坡次第排开，推开虚掩着的大铁门，只听轰的一声，受到惊吓的鸡群四处逃窜，就像当年决堤的黄河。我们便踩着鸡屎和垃圾，向院子里小心地走去。那些教室里曾经响起年轻人的读书声，曾经有过青春期男生女生的憧憬与懵懂。那些四处逃散的鸡是不知道那曾经过往的历史的，包括偶尔走过这一带的年轻人，他们不知道四十几年前的中国究竟发生过怎样的故事，有过怎样的传奇。

老西一处处指着那些破败的教室，一处处说着他在这里经历过的故事。他最好的青春年华，就是在这里度过的。他指着一间屋子说，他就是在这里娶妻生子的。只是，他的儿子再也不会有兴趣来到这荒郊野外，来到这一处养鸡场，去怀古念旧，去看他生命诞生之所在。

在鸡群惊慌的逃窜声中，我们离开这里，离开这座当年的五七大学。

七星河

七星河，源自九华山，在这一片与青通河汇合，成一条大流，直往大通而去。沿着河埂，我们寻找一处最佳的合影处，以纪念此次的青阳之行。大家看上的，就是河埂上的丛丛苇花以及远处那条无声的河流。

山岚如黛，河水清澈，河岸上有钓者数人，连同那些枯萎的老树，一律都成了静物，点缀着这条蜿蜒的河岸。连同他们手中的钓竿，这一刻都成了静穆的天地，人们随便按下手机中的摄影镜头，每一框都是好景。

这一刻，只有旷野，只有旷野下脉脉流淌的河流以及远处大块黄熟的稻田。世界仿佛睡着了一般，连同嘻嘻哈哈的我们。只有白色的苇花在风中飘拂着，有鸟儿在头顶飞过，带着可有可无的鸣叫声，让人感知这有形世界生命的欢快和律动。

童埠渡

过十八索湖，至童埠渡时，已是午后。人很乏了，隔着青通河，河对岸有一座镇子，零落着一些房屋，只是不闻人声，也不闻鸡鸣狗吠。有一渡剪水而来，那是打前站的人马所雇的一艘木船。我们分成几渡，依次登上渡船。想起《坛经》中五祖弘忍与惠能的对话："迷时师渡，觉时自渡。"此刻，我们都成了惠能，成了待觉的迷者，而渡我们前往彼岸的，却是一位当地的船工。焉知他不是弘忍，焉知他不是慧能？

已是黄昏，有多只归鸦在头顶盘旋，就像是在空中划出的一个个逗点符号。远处的高架桥上，一列高铁正由北向南正快速驶过。回望身后那条颖颖之水，想起夫子所语：逝者如斯夫！

过滕子京墓

出七星河,觉得此行可以划上句号了,这一天所看所行,该算是圆满的吧。

没想到车又停下,滕子京墓就在这条公路边上。

暮色已浓。我不是历史学家,没有考古癖,明知道那不过是一处人造的景点,本不想再去看了。但车停下来,右侧不远处的田畈里有一处高地,林木森森,于这旷野中有几分突兀。来了也是来了,还是从众心理,我便跟着去了。

墓为一圆丘,墓前有碑,高丈余。天色已暗,但碑上的字尚能辨认:宋名臣天章阁待制滕子京之墓。墓前好像还有其他碑志,忘记了。

归途,有两人在辩论。一曰:"没有范仲淹,哪知滕子京?"又一人曰:"没有岳阳楼,焉有范仲淹?"这实在是一个"先有鸡,还是先有蛋"的千古命题,论了也是白论。

跋：我的老师黄复彩

嘤其鸣矣

一九八三年至一九八五年，黄复彩老师教了我整整两年。

黄老师教我们的时候是一位青年作家。二十世纪八十年代的作家，是闪闪发光的。听说一个作家要担任我们的文选课老师，同学们都很兴奋。

那一年他三十四岁，我十四岁。

我开始将自己的习作送给他看。我写了一篇一万多字的小说，描述了一个村干部在乡村政治生活中的沉浮。我是按照描红的方法来写作的，就是找来一篇自己喜欢的小说，照着它的叙事方式和情感氛围展开我的故事。我拿来临摹的是一篇外国小说，故事情节跟我要表现的内容毫不相干，但我喜欢它的语言。当然，在情节展开之后，我就扔掉了它，按自己的心意写下去。黄老师耐心看完了我的小说。下课时，他在教学大楼后面的泮池边跟我说："你的文学感觉很好，你触摸了一个好故事，像用脚尖轻轻地踩上去了，但是你太小了，你还不懂生活，将来，你的脚要重重地踩下去，写的东西才会像样子。"他说着，在泮池的状元桥上狠狠踩了一脚，"你看，必须是这个样子"。

后来，我就不敢写这种完全陌生的故事了。我在语文课堂上竖起耳朵，想从他那里获得写作的秘诀，然而并没有听到。他是一个规规矩矩的语文老师，课堂上只讲课文，没有胡天海地讲文坛轶事和写作技巧。每节课，我都希望他能提问我，我很想参与到他设计的问题讨论中。然而他很少找我回答问题，偶尔提问我，我的回答也不理想。为此，我苦恼了很长时间。

课代表，他选了我的一个好朋友。这个同学比我有组织能力，他似乎也没有表示出对那个同学的亲近。他对我们是一视同仁的，我在课堂上得到的关怀似乎比平均值还要低一些。当然这也许是我内心渴求太多造成的错觉。多年以后我当老师，提问时尽量普遍撒网，而且鼓励学生自己发问，就是为了避免给学生造成心理缺憾。后来，不少学生跟我说："老师，求求您在课堂上放过我吧，您的问题太多，太刁钻了。"

我心里对黄老师充满了敬仰。我们传阅他新近发表的中篇小说，猜测他与主人公的关系，有些同学还从主人公与他妻子的关系构拟黄老师的家庭关系。这部小说很快遭到了非议，一家大报在二版大块地发表文章对它进行了批评，我们为此深感不平。

那段时间，学校组织了一次口头作文大赛，就是参赛者抽签拿到一个题目，准备五分钟之后，上台去说五分钟。这不是慷慨激昂的演讲，而是要求讲述一则曲折起伏又清楚明晰的故事。班上推荐了我，我抽到的题目是《她像燕子衔泥一样……》。我很喜欢这个题目，正在构思这个故事的时候，坐在评委席上的校长对黄老师说："复彩，你回头把那篇刚发表的小说给我看看。"校长是一位退役的师长，威严又慈祥，魁梧的身材，浑厚的男中音，让人信赖。他大概是为了安慰和鼓励黄老师。我侧耳倾听他们的交谈，心中暗自想着可不要因为这篇小说影响黄老师的进步。这样听的时候，耽误了自己的事，轮到我上台时，我还在紧张的构思中。不过说实话，并不全怪我偷听他们的聊天。我喜欢燕子衔泥这个意象，但要将它构思成一则故事，当着黑压压的听众，讲一个人如何从细碎处积累成长的故事，对我来说还很难。旁边放着的盘式录音机，磁带在唑唑地走着，也给我一种压力。我大概只讲了一分多钟就落荒而逃。

黄老师并没有怪罪我。他鼓励我说："你故事的开头很好。"

黄老师就住在学校里。他一家三口加上老母亲，住在图书馆下面的一个联排小院子里。冬天的晚上我到他家送稿子，黄老师跟我谈稿子写法上的得失，他很忙，每次没有客套，讲半个小时，我觉得能抵得上一个星期的读书。临出门，老奶奶看我穿得单薄，脚上的鞋子也单薄，她总是不放心，盯着我说："小鬼好可怜啊，多冷啊，没有火烤。"

"他们学生哪里有火烤呀。"黄老师说。

"我不冷，奶奶。"我说着，离开了那间温暖的房子。我是真的不冷！内心都是一团火，怎么会冷呢？我踩着积雪冻成的冰块，心里幸福、充实，虽然我的脚确实和外面的冰块差不多。

有一个学期，我班上包干的卫生区就在图书馆下面的那个小山坡上。灌木错杂，不好打扫。斜坡下面就是黄老师的院子。我打扫的这块地方在他院子外面，跟他家没有什么关系。我低着头，拿着笤帚，将每一棵树下面的落叶和尘土都扫干净了，直到笤帚在干净的地面上画出了细细的纹路，我才放手。我想，他下班时看到这个地方是干干净净的，也许心情会好一点。即使他什么都不会看到，这块地方离他这么近，这就是他的地方，我愿意为他扫室布席。我能为他做什么呢？他那些像火花一样的谈话，照亮了我少年懵懂晦暗的天空。

有个同学说："你是不是因为对面是黄老师家才扫得这么干净。"我顿时脸红了。我为自己的脸红感到羞耻，这样想的时候，脸更红了，我无力辩解，继续扫那些根本不存在的灰土。

一九八五年夏末，学期快结束的时候，黄老师将他任教的班上几个喜欢写作的同学召集在一起，他突然告诉我们，下学期他不教我们了。

我对他的课堂没有太多的留恋，但是，他不教我们，那就是要调走了，我一下子慌乱起来。我担心再也找不到跟他说话的机会。

他那时笑得特别明亮，没有为我们的分别感到一丝离愁，因为他要调到省文联去做一家杂志的编辑了。

同学们都祝贺他，说着开心的话。最后他从一个同学随手带的练习本上撕下一页纸，在上面写着：合肥市宿州路九号，然后将这页纸交给我，说："给我写信。"

我当然会给他写信，寄稿。

他给我的回信，写得比我的信还长。他对新的环境似乎也不是很适应。他看了我的稿件，说："下班途中在公交车上遇到了一个青年文学月刊的编辑，准备推荐给他。"但是他又说："文学期刊很难拿出宝贵的版面给你们这么小的孩子。"他还说有空的时候去他家看看他的女儿。那时他只是一个人到了合肥，家还在学校。他的女儿才两三岁。

我并没有期待发表。我只是对他充满了依恋。我想从他那里得到鼓励和慰藉，包括我那段成长时期的惶惑、迷乱。

四年级下学期，黄老师给我来信，说他离开了省城，调到了安庆报社做副刊编辑。他全家都搬到安庆去了。

我不知道他在省城遇到了什么，我只是个小孩子，他不会跟我讲这些。我也还不知道如何去主动关心一个长者。

毕业了，我回到老家一所乡镇初中教书。我从许多绯色的梦中醒来，触目的是与文学毫无关系的人与事。他来信鼓励我坚持读书习作。

一九八七年初夏，我将一篇习作《门前的树》投寄给他。那是一篇一千多字的小散文。从一万多字的小说开始写起，我越写越短，越写越觉得写作是一件很难的事。他很快将这篇散文发表在《天柱山》副刊上，随样报给我回了一封信，三言两语，看得出，他很忙。

我对着那封信看了很久。我已经是一个成年人了，今后能在这条路上走多远，要靠我自己了。

东西鸿爪

一九九五年一月，儿子出生了。春天，我参加了黄老师报社组织的一次征文大赛。我获得了一个很好的奖项，因此得到机会去安庆领奖。

这一年的七月，我离开了故乡，到阜阳一中去上班了。

开始我还给黄老师的报纸写稿。黄老师也在稿件里写到我，说是从作者联系簿里将我的地址改成了阜阳市人民西路86号。

这年春节我从阜阳回老家过年，经过安庆，我带着儿子上黄老师七楼的新家。好大的房子，好开阔的客厅。儿子刚满周岁，在光滑的瓷砖地板上乱跑。跑累了，就在客厅正中央拉了一泡大屎。

我赶紧来处理。黄老师不以为意，仍然和我聊天。

过了一会，大概是气味提醒了他。他问道："你没教会他上厕所吗？"

那半年，我住在阜阳一中一间五十年代盖的旧房子里，地上都是西瓜虫。前面是厕所，厕所旁边是一个八十岁老头儿晒粪的粪窖，校长也撵不走他。母亲在我住所房前种了冬瓜苗，那年秋冬，我大概收获了几百斤冬瓜。

儿子就生活在这座城市最繁华地带的这块荒地上，他确实还没学会上厕所，因为我还没有卫生间。

这是我最后一次到黄老师家。

在阜阳，我将很多精力放在教学上。期间又去脱产学习了几年，很少写稿，跟黄老师的联系渐少。

跋：我的老师黄复彩

二〇〇一年夏天，我从阜阳去了南京。

黄老师的孩子为了学业上的事到南京找过我一次。我力所能及地帮了他。黄老师来信表示了十分的谢意，我觉得受之有愧。后来我在黄老师的博客里看到他评价我写的文章，有许多溢美之词，我是憔悴难对满面羞。

这年年底，黄老师在写长篇，希望听取我的意见。他想写一部《白鹿原》那样的长篇。但我对这类宏大的作品兴趣不大，所以很难给他提出什么具体意见。这是很对不起老师的地方。他对我的期望，我没有及时承托，没有给出及时、切实的回报，当然，主要是我各方面的能力所限。可喜的是，这部作品不久就在上海出版了，并获得了广泛的好评。几年后，我儿子的班级图书馆里收藏了这本书，听儿子转述，我高兴了很久。

兜兜转转，二〇〇八年秋天，我又到上海教育出版社应聘，侥幸被选中。次年正月我就到上海上班了。这次选择跟去东大出版社有点不同，一是家庭原因，二是我应聘的是与自己专业高度相关的教学研究杂志。

工作的变动，我告诉了黄老师。其时他正在写一部历史小说。我刚来上海不久，每天坐地铁要一小时，从衡山路站出来，赶往永福路还要一刻钟，我的心情像早春的天气一样，湿答答的。我还不适应自己职业的转换。

我看黄老师发来的小说，想起当年他看我习作的那份耐心。我还大胆建议黄老师写历史小说要向井上靖、尤瑟纳尔看齐，要让老故事获得新的意义，不能只是历史演义，不能只关注现实层面。如果能在政治的幻灭和文化的废墟上，写出信仰的力量来，才更好。老师已经出版了十几部书，在文坛上已有足够的地位，现在需要的是具有突破性的作品。"

不到半年，他的这部小说就顺利出版。十年后，另一家出版社再版了这部历史小说，可见黄老师对传主、对那段历史思考之深。我的那些迂阔的建议，不过是局外人的呓语罢了。我说这些不是真的要讨论创作问题，而是强调我们师生之间还有当年那种自在交流的氛围，这才是最值得怀念和记述的事情。

到上海一年了，我的编制还在南京。黄老师这次没有鼓励我，他比我更焦虑，来信说："冯渊，你的情况令人担忧，但我知道你在这个社会上已有足够的经验，应当能很好地应付目前的窘境。你难道不想再回到南京原来的学校去了吗？你的编制不是还在那里吗？盼望得到你的好消息。"

有一次我曾经想请黄老师到我们学院，或者给我们区的高中语文教师讲一讲古代文学作品中的佛教文化，这是黄老师文学创作之外的杰出成就。我跟单位领导聊过这件事，终因多种原因未能落实。这也是让我感到十分遗憾的事。

依旧春温

二〇一五年夏天，我不知是哪根神经搭错了，又想去一个新的城市，想去尝试另一种生活。我写邮件向黄老师诉说，几个小时后老师就给我回复了，信写得很长。他还是一如既往地信任我、鼓励我，并把我的胡作非为理解为注重"生活在精神世界""以满足自己的精神欢愉为首要任务"。

跋：我的老师黄复彩

我嘲笑自己是一个生活的逃离者，或者我看到街头一辆大篷车，就随时想爬上去，忘却了自己的年龄。这次逃离由于决心不够坚定，半途而废。

那以后我和黄老师很少联系。我做的事跟老师越来越远，越来越无趣。我觉得辜负了老师的期望，也没什么成绩向他汇报，时间一长，越没联系就越不敢联系。

老师的长篇小说我读得不多，老师的散文我还是一读就能沉浸其中。我知道多少年后，这是不可多得的好文字。我从网上看到黄老师签名售书的图片，满头银发，还是那种让人倍感温暖的、善良的微笑。我一想起老师来，还是他三十多岁的样子。后面的影像叠映上去，反倒觉得模糊起来。

二〇二二年四月，因为疫情，我都在家里办公。突然接到黄老师的电话，他说："冯渊，我在江边散步呢。刷微信看到上海疫情很严重，你怎么样啊？"我立即向老师报告平安。我们在电话里聊了半小时，好像昨天才见面似的。

然后我加了老师的微信。老师今年七十多了，还在写作。不仅写作，还将写作看作是生命中最重要的事。

我总是一个怀疑主义者，很难认定什么事最重要。正在做的任何事，我都觉得意义存疑，但我会认真去做。黄老师不是这样，他热爱写作，他在写作中找到了坚实的存在感。他写了四十多年，著作等身。加了微信，他立即告诉我，有一篇小说，还有一篇散文即将发表。

我被老师的情绪感染了。我说："黄老师，我去年也开始练笔了，继续我二十多年前的习作之路，我要重作冯妇，攘臂下车了。"

黄老师让我将习作发给他看,我发过去,他马上发到朋友圈,用最热烈的话语夸奖我。我想,如果当年在班上他这样夸奖我,我会不会快乐得飞起来啊?

现在不会了。我想起黄老师当年给我讲的一个故事,它是说当地有个小厂长喜欢写作,在有钱的厂长那里,他是一个文化人,是个业余作家;在没钱的作家群里,他又是一个最富裕的人。他获得了双重身份的满足。我想到了自己,在我从事的半吊子专业里,我能写写专业文章之外的文字,获得一种放松;在我继续少年梦幻的写作里,我又能写一写所谓的论文,为我不登大雅之堂的散文遮羞。

黄老师还把即将发表的文章发给我看,让我提意见。我们师生最多的交谈还是写作,仿佛这世界不存在其他更有趣的事。我当然提不出什么意见,也不想沉溺于写作中,我深知自己的能力抵达不了自己理想的高度。我只想岁月重来,在黄老师的小院子里,与他分享阅读一篇好文章的狂喜之情,享受忘乎所以的自在之感,仿佛这样我们就可以抖落覆盖在身上的三十多年的风霜。

黄老师的院子早就不存在了。是的,我早知道呀。

冯　渊

作者系上海市语文特级教师、洛阳师范学院文学院客座教授